际会风云

郭建生 著

台海出版社

**图书在版编目（CIP）数据**

际会风云 / 郭建生著 . -- 北京：台海出版社，
2025. 1. -- ISBN 978-7-5168-3991-1

Ⅰ . I247.5

中国国家版本馆 CIP 数据核字第 2024V8E073 号

## 际会风云

著　　者：郭建生

责任编辑：戴　晨　　　　　　封面设计：汲文天下
策划编辑：陈长明

出版发行：台海出版社
地　　址：北京市东城区景山东街 20 号　邮政编码：100009
电　　话：010-64041652（发行，邮购）
传　　真：010-84045799（总编室）
网　　址：www.taimeng.org.cn/thcbs/default.htm
E-mail：thcbs@126.com

经　　销：全国各地新华书店
印　　刷：河北盛世彩捷印刷有限公司
本书如有破损、缺页、装订错误，请与本社联系调换

开　　本：710 毫米 × 1000 毫米　1/16
字　　数：226 千字　　　　　　　印　　张：15.5
版　　次：2025 年 1 月第 1 版　　印　次：2025 年 3 月第 1 次印刷
书　　号：978-7-5168-3991-1
定　　价：79.00 元

# 目录

流年逝水匆匆过，际会风云款款来。

第一章

# 履新故地守初心

一个祖先从中原辗转迁徙而来的村落，坐落在戴云山脉南麓一处高海拔的盆地里。晴日晨曦，登上天坛山，俯瞰山脚下的村落，跃入眼帘的是，若隐若现的灰瓦农舍、升腾飘忽的缕缕炊烟、蜘蛛网般的田野阡陌、蜿蜒崎岖的乡间小道，犹如梦幻仙境，令人心旷神怡。

南宋宁宗年间，诸多姓氏的汉族先民迁入这仙境宝地之后，数百年间一直延续着垦荒农耕，繁衍生息的低效生活节奏，其后人并未能够像神仙一样享受清福。元末明初，始有不甘终生埋没于此的一些村民陆续结伴外出谋生，多数选择去了南洋（泛指东南亚国家和地区），在异国他乡做粗活，卖苦力，省吃俭用，以期积攒一些财物得以回寄给翘首以待的家人，极少有人能够圆上致富美梦。二十世纪初，这盆地里就有这么一位林姓少年，刚满十周岁便随父去了吕宋岛，在建筑工地干粗活二十余载，才娶了一位土著女子为妻。婚后十来年，接连生育了三女二男，生活难以为继，只得举家回归故里。回乡头几年，先把刚满十六岁的长女嫁给邻村一户世医人家，接着又把次女和三女分别送出去当童养媳。当时，三女还未满十三周岁，取名金花，从小爱哭鼻子，绰号"金小娘"（闽南语，娇气之意）。婆家是邻村一户高姓人家，有个二十岁出头的哒埔仔，当时即将赴南洋谋生，以逃避被抓去当"壮丁"。临走之前把金小娘娶进家门，置办了几桌家常菜，请堂亲吃了一顿再简单不过的喜酒。婚后第三天，金小娘的丈夫就去了南洋。此后十来年，只寄过几封侨批（闽南语，指华侨信件）回来报平安。一直到新中国成立了五六年，金小娘的丈夫才回来省亲个把月，旋又返回南洋谋生，不久即另组家庭，没再回来。在婆婆帮衬下，金小娘拉扯大了亲生的一位喳某仔，以及抱养的一位哒埔仔。

历经二十世纪五十年代、六十年代、七十年代接二连三的社会生活，金小娘与其他年轻女性走出半封闭的家门，参加乡政府举办的扫盲班，随之投入农村妇女解放、集体生产和社会主义教育运动当中。后来，金小娘逐渐成长为所在大队的妇委会主任和副大队长。然而，面对亲情与爱情，她终究没能冲破封建礼教残余的无形藩篱。在婆婆去世不久，不到四十岁的金小娘也因积劳成疾而抱憾离世。

一九七六年二月初，金小娘的哒埔仔高祥和知识青年陈臻善一起应征入伍前往西南边陲，走上保卫祖国的神圣岗位。第二年，女知识青年陈臻楚和王小梅，以及其他知识青年们陆续返城。当年年底，陈臻楚成为恢复高考的第一批考生，并考取闽南地区一所师范专科学校的中文专业，同期参加高考的王小梅考取与王向东同一所大学且同一个系的专业。而在此前半年，王向东被分配到生源地的县水利部门。

王向东的志向，或者说是他的心愿，他对于第二故乡的炽热情感，深深感动了县水利局局长。这位曾经与他一起学习劳动过的老领导，对他关爱有加，既支持他利用所学专业知识助力第二故乡水利建设的想法，又鼓励他以更高的视野去施展才华，并向县委书记力荐王向东。一九七八年中秋节后，经过深入考察，县委决定任命王向东为红星公社党委书记，并代理公社革委会主任。县委书记带着组织部长一同前往红星公社宣布任命事项。

送走县委书记和组织部长，已是傍晚。王向东站在公社大门外的半坡上。缓缓西移的太阳已经不像午时那样耀眼，斜洒下来的光线金灿灿的。在这高海拔山区，从公社前面的田野里吹拂而来的秋风，带着晚稻扬穗的清香，裹着些许凉意，让他感到十分亲切，犹如遇见久别的亲人一般。他的目光越过眼前那一大片金黄色的稻田，茫然注视着远处错落有致、大小不一的一栋栋灰黑色瓦屑，思绪不由回到半年前匆匆来过的那个夜晚，旋又忆起一些往事片段……

刚参加工作，王向东就按照妈妈的意愿，请求组织批准他到工作条件艰苦的山区锻炼。在那个偏远山区，他留下过青春的印记、付出过汗水、鲜血，萌生过第一次爱的心动。脑海里倏然闪过：扫盲班里，那煤油汽灯照亮下的一双双求知的眼睛；公路工地，盛夏烈日暴晒下的一个个忙碌的身影；天坛山腰，凛冽山风裹挟着的一串串狂舞的火焰；医院病房，床边站立着的一张张陌生的脸庞；水库盆地，挑着畚箕穿梭的一个个辛劳的社员；知青点里，秋夜晚风吹拂下的一排排竹木构造的棚屋……

"王副主任！"王向东背后一声熟悉的叫唤，猛然间打断了他的回忆。他转过身来，看见公社通信员站在面前，脸红得像大姑娘一般。

"王书记，不好意思，刚才叫错了，"通信员低下头，小声解释着，"叫习惯了，一下子没改过来。"

王向东走近两步，轻拍一下的通信员的头，微笑着说："哇，半年多不见，长个儿了！"

"王，王副，书记，"通信员腼腆地自掌了一下嘴巴，"你看我，又差点叫错！读书少，嘴就笨！"

"没事的，"王向东把手收回来，说，"只有我们两个人的时候，随便你怎么叫我！"

"刚才，刚才。"通信员支吾着。

"不要说刚才了，"王向东说，"以后干脆叫我老王好了，这样可以叫上几十年都不用改口的！"

"那……那可不行，"想起刚才跑出来找领导，是有急事要报告的，就说，"刚才前进大队的通讯员打电话来，说有两户人家打架，有人受伤了，刚送到公社卫生院。"

"伤哪了？严重吗？你赶紧去打电话叫他们大队长和治保主任马上来卫生院。"王向东没等公社通讯员回答，就转身朝着公社卫生院走去。

"好的。"

王向东走进公社卫生院时，前进大队的大队长尚未接到电话通知，就已经先一步到达了。

"怎么回事？只伤一个人吗？"王向东着急地追问前进大队的大队长，"伤得重不重？伤到哪个部位？"

"这两家有多年的积冤，时不时就要闹一下。治保主任都记不清劝解过多少回了。"大队长边叹气边说。

"什么积怨呢？之前我在这里这么多年没听你说过啊。"

"农村这样的事太多了，就像家常便饭一样。如果不是吵得太厉害，一般都是厝边头尾几户邻居出来劝解了事。稍微厉害一点，治保主任出面去劝一下，通常都能制止，像今天这样拿扁担动粗，在我们这里并不常见。"

"说了那么多话，究竟什么积怨都没说，"王向东对于大队长这样绕弯子解释，不免有些着急。看见卫生院长从急诊室走出来，他迎面走过去，急切地问道，"怎么样？伤哪里了？严不严重？"

"伤了胳膊和后背，血是止住了，但是得安排车辆送去县医院拍片检查一下脊椎，我们这里还没有这些仪器，"卫生院长说，"你看，真会挑日子！你刚回来，就出了这么个事。"

"大队长说这是两户冤家，经常闹，问题没解决，今天不出事，明天或者什么时候也会出，"王向东侧转过身，问大队长，"你说是不是？"

"是啊，是啊。"大队长忙不迭地应答。

"就让公社的吉普车送去县医院吧。你抓紧准备一下！"王向东跟卫生院长说完，转向大队长，问，"你们大队的治保主任呢？"

"应该还在大队部里。刚才把打人的那个社员叫去大队部了。"

"那就好，除了批评教育之外，还要让他先拿些钱交到大队那里，根据伤者的情况再做处理。我先回公社了，你在这边配合一下。等这边忙完之后，你再来公社一趟。"

"好，好的。"大队长目送着王书记走出卫生院，心里在想，等会去公社是接受批评还是问话？以他对之前王副主任的了解，应该是后一种可能性比较大。不待他多想，就听到卫生院长大声问："大队长，车来了没有？"

大队长朝门口看了一下，也提高嗓门说："还没，王书记刚回公社派车，一会儿车到了马上告诉你。"

"不然你打电话催一下吧。"

"嗯，好。"大队长简短回应着，一边走向卫生院走廊拐角一张搁着电话机的方形高脚桌子，拿起座机电话，一边在心里嘀咕着，"还用你催吗？领导比谁都着急呢！"

转了几圈摇把，大队长接通了公社的电话，那一头传来通信员的声音："是大队长吧，我正要打电话给你。刚刚王副主任，不是，是王书记要我通知你，让你跟车去县医院里，等伤者检查清楚伤情，并协助安排好住院手续再跟车回来。吉普车很快就到卫生院。"

"嗯，好，好。"大队长还没开口催要车子，就接受了通信员传达的新任务。他赶紧搁下电话，走到卫生院门口，看见吉普车正向卫生院开过来，返身去叫卫生院长。

晚餐前，王向东又让通信员打电话到前进大队找治保主任，要他晚饭后来公社汇报这起伤人事件。

吃过晚饭，王向东就在办公室等着前进大队的治保主任。之所以改变最初想找大队长了解这起伤人事件的想法，不仅仅是考虑到那位伤者的伤情严重与否不明，让大队长跟着去县医院，能够临机处置一些情况，因为可能涉及医疗费用、伤者护理等方面的具体问题，而且治保主任对于打架的这两户冤家的历史积怨情况应该更加了解。

垂吊在办公室屋梁下的煤油汽灯丝丝响着。王向东走到木窗前，拔起紧固木窗的插销，推开关闭着的两扇木窗，夜风迎面徐徐吹进来，王向东顿觉精神气爽，一扫突发伤人事件带给他的沉闷气息。

王向东顺着灯光照射的方向看着公路和路边的农田，夜色朦胧，难以看清楚什么，他只是在思考着履新之后的工作规划，怎样不负使命，为改变第二故乡的面貌和提高父老乡亲的生活水平，扎扎实实地做些工作。这里的山山水水，对于他来说，不仅熟悉，而且饱含感情，他不想搞什么"新官上任烧三把火"，也不把这次重回故地任职当作什么新官。他只觉得作为领头羊，责任更大了，考虑的问题应该更有全局性、前瞻性和针对性。正思考着，身后传来敲门声。

"进来，"王向东转过身来，看见通信员领着一位中年男子走了进来。

王向东抬手示意中年男子到窗户边的竹椅上落座。

"当治保主任多久了？"

"十几年了，"中年男子想了想，说，"快十二年了。"

"打架的这两户积怨多久了？"

"至少几十年了，"中年男子竭力回想一下，说，"我前任跟我交底的三个遗留问题，第一个就是这两家的积怨。"

中年男子端起通信员刚送进来搁在竹椅边上还冒着热气的半碗开水，小喝了一口，把头稍倾向王向东，说："你看，刚接手治保主任的时候一头乌发，这十几年下来都花白了，而前任遗交的三个难题，到现在还没有彻彻底底解决一个，只能头痛医头，脚痛医脚。前不久遇到我们小学校长，说我是什么呢？对，说是鼎里的汤水沸了，只是舀起来凉一会儿又倒进去，是不能解决问题的。他说得文绉绉的，我学不来。"

"与其扬汤止沸，不如釜底抽薪。"

"对，对，是这样说，后半句没听懂。"

"就是把灶堂里的柴火抽出来，才能彻底解决问题，"王向东说，"校长引用了古人的智慧来帮你分析问题，一针见血！前任移交给你的三个难题至今都没彻底解决，应该就是没有抓住问题的要害，也就是没有找到主要矛盾，以及矛盾的主要方面。"

中年男子目不转睛地看着王向东，微微摇着头，说，"我只参加过扫盲班学习，没进小学读书，深奥的道理听不懂"。

"嗯，没事，以后找时间再办一次扫盲班，哦，先不说这个，你赶紧说说今天打架的这两家结的什么怨？其他两个难题过后得空我再找你了解。"

"说来话长。"中年男子叹了口气，还没继续说下去，就被王向东抬手止住了。

"你就直接说，哪年结的怨？结的什么怨？为什么解不开？你觉得公社出面能不能彻底解决？至少缓解打架的这一代人，为他们的后代设立一个较长的缓冲期，说不定他们的后代成年之后就化干戈为玉帛了。"

"好，好，后面一句没听出来什么意思。"

"就是说他们的子女长大之后，说不定就和好了。"

"还是领导站得高，看得远！"中年男子心悦诚服地点头称道。

"不用给我戴高帽，"王向东摆了摆手，说，"你就按我刚才说的那几个方面讲给我听一下。"

"祖辈由于相邻的两丘水田引水灌溉问题结了怨，父辈因为修旧房子时的屋檐滴水过界又加深了矛盾。新仇加旧怨，一有鸡毛大的事情都会再翻出这些旧账出来吵。我去劝解的时候，好几次被他们两家的唾沫喷到我脸上，还有一次两家动了手脚，我挡在中间，被他们打倒在地上，他们才住手，赶紧把我抬到大队卫生所。虽然没有打到要害处，但是胳膊和肩膀隔天就青紫了十几处，敷了药膏十来天才渐渐化瘀。"

"这些问题的症结涉及房屋和土地，都是农村里最难化解的问题，确实不是劝一劝就能解决的。你这些年做了很多工作，很不容易，"王向东有所感慨，也不免有些疑问，"之前怎么就没听大队长说过呢？金小娘在世的时候，她不是副大队长吗？也没听她说过啊，都有意瞒着我吗？"

"不是，不是，真不是要瞒你。因为我负责这个工作。遇到这些问题的时候，社员们都直接来叫我。劝住了，我就没再给大队长讲，讲了也是没用的。金小娘家与这两家离得比较远，住在不同的自然村落，中间隔着一座山包，公鸡打鸣都听不到的。"

"你刚才说，报告大队长也没用，大队长认可吗？"

"前任交接工作的时候，给我讲了一些做事规矩，后来我也跟大队长当面处理过，就是家庭婆媳夫妻吵架、邻里各种纠纷，只要没伤人流血的，都由我去劝解，好人、坏人都让我做。"

"好，这些我明白了，"王向东走到办公桌前，伸手端起水杯，喝了一口，努努嘴，示意中年男子也喝喝水，接着说，"最后一个问题，你说，公社怎么来帮你们解决这类问题呢？"

"……"中年男子想了一会儿才说："就是得从根部去解决才行，就像地里的稻子、番薯、菜头，如果是病在根上，基本上只能拔掉。"

"他们可不是农作物哦，这个比喻不恰当，"王向东摇摇头，继续说，"不说是人，就当作是你家附近一棵大树，每年都给你结满桃子或者李子，或者给你遮风挡雨，一旦发现根部有病虫害，也是一拔了之吗？"

"不是，先打药治一下，"中年男子听王向东这么说，也觉得刚才的比喻确实不妥，嘿嘿两声，自找个台阶下来，说，"我没文化，就是讲不到理上。"

"来来来，你就演一小段平常去制止邻里纠纷的过程，让我见识一下。"

"好，不，不好，演不来。"

"不是演，"王向东说，"刚才我用演这个单词也是不恰当的，应该是回顾还是回忆一下发生过的真实场景，表现或者说是再现给我看看，我才好评判你做得如何。就是这个意思，你也不要顾虑，不管怎样，治保主任这碗饭都是不好吃的。我也不是要检查考核你的治保工作，纯粹就是了解，你放心讲就是，只要真实，不要演戏。"

"好吧，比如上个月有两家小孩打架，后来引起两家大人之间的纠纷。厝边的社员来叫我过去，"中年男子站了起来，在王向东面前排开架势，把王向东当作纠纷的一方，说，"你几岁啦？先不说你自己的孩子还是对方的孩子对不对，你们都是大人了，还和小孩掺和到一起去，怎么说都是不对的。各家都把小孩带回去管教好，谁家的孩子不听话，再打架的话，我就把名字报给学校，交给校长去教育，再不听话，被学校开除了，到时候可不要怪我哦。"

"好，很好！"王向东点了点头，又问，"你这么半劝半威慑，有不听劝的吗？"

"当然有啊。一样的米，养百样的人嘛。"

"那你怎么办？"

"对于一些不讲理，只会骂的，我真的就找到学校里去，没有找校长，直接就找班主任，把小孩叫到教师办公室里，与老师一起对小孩批评教育，一般谈一次就行。比起对他们家长的规劝更有效。"

"好，这个就不说了。不同类型，难劝解的，也举个例子说说。"

"比如说婆媳矛盾、夫妻吵架这些家务事。"

"就说夫妻吵架的吧。"

"……"

"想不起来例子？还是不好说？"

"也没什么不好说的。遇到这类事情，我没那么着急去劝，只要不是打架，不是公婆一起来找我的，通常就观察一两天再说，"中年男子端起碗想再喝水，发现碗里的水已经喝完了，就嘿嘿两声放下，说，"特别是刚结婚没多久的，今天吵架，明天就好了。明天还没和好的，媳妇就跑回娘家去了，等着丈夫带上礼物去他丈母娘家赔个不是，也就跟着丈夫回来了。"

"没有不回来的吗？"

"也是有的，"中年男子皱了皱眉头，说，"刚接手这个工作的时候，就有一个结婚第二天就吵着要回娘家的。婆家不让走，熬到第七天，可以回娘家的时候，婆家这边叫上几位堂嫂堂婶跟着去，最后也是没能劝回来。"

"为什么？"

"开始他们也不跟我讲真情实话，后来讲什么的都有。"

"说来听听。"

"有说婆婆不好的，也有说新郎不好的。还有说得很难听的，我就不细说了吧！"

"嗯，难听的我也不想听，"王向东觉得治保主任不好说出口的，多半就是男女之间羞于启齿的，就对治保主任说，"那么你说，公社能帮你们解决什么问题呢？

"听说别的公社大都有县公安局的派出所，只有我们几个山区公社没有。若是有派出所，一些不好管的事，比如偷砍乱伐林木之类的就能管住。"

"还有吗？"

"还有，就是能不能帮我跟大队长讲讲，换个年轻有文化的人来做？"

"听你刚才讲的这些，至少说明你还是做得很不错的。至于年龄和文化，目前不是换人的理由。这个问题以后再讲，或者你有什么问题可以先跟大队长说说。"

"我跟他说过好几次了。"

"他怎么说？"

"也是说做得很好啊，没有更合适的人来换。"

"说明大队长对你的工作是满意的，而且也没有谁向他说你的不是吧，"王向东边说边走到门口，大声叫唤通信员过来，让通信员给治保主任加些开水，接着又对治保主任说，"时间不早了，本来还想跟你探讨如何从根部去解决那个疑难问题，看来得另找时间了，你回去先好好想想，想好了也可以来找我的，不必等我通知才来。"

通信员又端进来半碗开水。治保主任接过来，感觉水温不高，就咕噜咕噜几口喝完，把碗递回给通信员，转身跟王向东告辞。

"等一下。"王向东叫住治保主任，从办公桌上拿了一只手电筒递给治保主任，说，"走夜路，带上它，防摔倒。"

"我家里有一把，来急了忘了带上。"

"现在手上没有，你就带上吧。"

"那好，过两天带来还你。"

"你就放着备用，不必再拿来还我的。"

王向东走到办公室门口，目送治保主任走出公社大门，心想这些不脱产的大队干部，平常就这样无怨无悔地做着联系社员群众的工作。觉得很有必要举办几期培训班，将公社与大队的党员、干部轮训一遍，着重解决普遍存在的思想认识模糊、唯上不唯实、为群众办事能力不足等问题。

第二章

# 刺桐花开满校园

一九七八年四月中旬一个阳光明媚的周日早上，在闽南地区那座具有悠久历史文化的刺桐城北隅，以刺桐命名的师范专科学校女生宿舍楼上，陈臻楚起床洗漱之后，推开宿舍窗户，夹带着树木与花卉的清香朝她扑面而来。她如痴如醉地深吸了一口，起床时还昏沉沉的脑袋一下子清醒了许多。昨天深夜，室友纷纷入睡的时候，她却辗转反侧，想着如何给远方的高祥回信，既不失少女应有的矜持，又能够让他明白她的心思。此时，她不由想起李白《三五七言》中的诗句："相思相见知何日？此时此夜难为情。"可是，李白在那个秋意阑珊的深夜所表达的相思之苦是双向的，能够引发对方的共鸣，而她却是孤独、单相思的。

放眼窗外，高大的刺桐树上绽放着红辣椒一样的簇簇花朵。陈臻楚从小就对刺桐花喜爱有加。上小学高年级的时候，她写了一篇题为《刺桐花开刺桐城》的散文，参加全校作文比赛，获得一等奖；上初中的时候，参加全地区中学生诗文比赛，写的现代诗《刺桐红满天》，摘得初中组第二名。这些都得益于她从小生活在遍地刺桐树的城市和满屋书香的家庭，以及她对于刺桐花的偏爱，激发她对于刺桐树的枝叶花果特征、本地栽种历史和逸闻典故的兴趣和了解。相传五代十国时期的清源军节度使留从效为了扩建刺桐城郭，环城遍植刺桐树。刺桐花红似火，寓意吉祥富贵，给人美好希望。历代文人雅士不乏歌颂刺桐花之佳作，例如王十朋的《刺桐花》："初见枝头方绿浓，忽惊火伞欲烧空。花先花后年俱熟，莫遣时人不爱红。"

　　不容她多想，陈臻楚匆忙就着温开水吃了几片面包，就赶去参加学校团委与学生会联合召开庆祝"五四"青年节文艺晚会的筹备会。作为班级宣传委员，她第一次参加这样的会议。筹备会只开了不到一小时就结束了，大致说明晚会的时长、节目大类及各类节目数量，要求各班级抓紧发动学生申报参加晚会的具体类目及演出文案。下周日上午的第二次筹备会，将对所有申报节目进行筛选，按照1:1.5的比例初定入围节目，并且在"五四"青年节之前进行的彩排中按照1:1的比例确定晚会节目。

　　回到宿舍之后，陈臻楚马上动笔写了一篇简短的文稿，转达学校团委与学生会将举办庆祝"五四"青年节文艺晚会，以及晚会节目大类及数量等信息，希望同学们踊跃报名，各自拿出"独门绝技"碾轧群芳。她甚至想好了自己要带头报名，以及所要申报的节目类型。想到这里，她的心情才舒畅了一些。

　　午餐后，陈臻楚酣睡了大半天。室友帮她打来晚餐，她才被唤醒起床。吃过晚饭，她邀室友一起到校内的体育场散步。补足了睡眠，她觉得神情特别清爽，脚步格外轻盈。室友姓周，与她同系同专业，不同班级的班长，大她八岁，显得成熟稳重。开学初，室友们自我介绍时，周班长说自己是相邻地区一个山区县城里的代课老师，已婚育一女孩，快四周岁了。女生宿舍不大，安了四张床，还有四张桌子。周班长的家在相邻地区的一个山区县，为了节省时间和路费，一个月才回家一次。其他两位室友家住本市区里，每逢周六下午没课就回家，周一早上才来。

　　陈臻楚也是本市区人，家在城门外的北山脚下。与北山毗连的九日山，在这座刺桐古城尚未形成之前，曾经是祈风扬帆的地方。民间传说有位道人从戴云山步行九日方抵达此地，因此得名。山高虽仅百米，但是存有祈风石刻群，源于两宋时期刺桐港有大量海商频繁往来，至元代海上贸易盛况空前，成为梯航万国、舶商云集的"东方第一大港"。每年"冬遣舶、夏回舶"之时，当地府郡和市舶司高级官员聚集九日山举行盛大的祈风盛典，敬祭海神，祈求海神赐风让商舶往返畅行，并刻石留记。

尽管陈臻楚的家离学校不算太远，可是妈妈让她一个月才回家一次，不要每个周末都回来，以便有更多时间在学校里专心读书。这样一来，陈臻楚和周班长的关系相比其他两位室友有更多的交流，也就更熟络一些。默默地绕着体育场地跑道走了一圈，陈臻楚先问周班长：

"要不要参加'五四'青年节晚会？"

"缺少文艺细胞。"周班长答。

"之前在小学里教哪门课呢？"

"三年级的算术。"

"上学了，小孩谁带？"

"娘家。"

"婆婆和爱人呢？"

"婆家不支持我上学，要我再生第二胎指望生个哒哺仔传宗接代。"

"那小学代课老师还怎么当？"

"婆家要我辞退代课工作，备孕。"

"然后呢？"

"遇上国家恢复高考的好政策，我就在学校里跟另一位代课女老师挤在一间比咱们宿舍更小的房间里复习功课，一直到上这所师专，都没在婆家住过一夜。"

"你爱人没意见吗？"

"意见可大了，说要去找那位在县教育局当领导的亲戚辞退我。"

"被辞退了吗？"

"没有。"

"咱们能够赶上国家恢复高考的好政策，家里人应该支持才是。我妈就很支持我读书。"

"娘家与婆家考虑问题的焦点是不一样的，等你将来嫁人之后就能体会到。"

"不是所有婆家都这样吧？"

"别人怎样不清楚，至少我的切身体会是这样。"

"如果都那样，那又何必找婆家呢？在娘家不出嫁不行吗？"

"你年纪还小，跟你说这些，为时过早。"

"就当作闲聊嘛，给我讲讲怎样看待家庭、婚姻和爱情？给我警示和借鉴，让我提前做好心理准备。"

"不管是家庭，还是婚姻或者爱情，任何一个问题讲一个晚上都讲不完。"

"那就先讲爱情吧。"

"爱情？我想都不敢想。到了谈婚论嫁的时候，我就贪图男方有位亲戚在县教育局当领导，承诺让我到县城里的小学代课，每月有二十四元的工资，能过上城里人的生活，不用整天跟泥巴打交道，就嫁了。"

"那婚后你和丈夫没有爱吗？"

"指哪方面的？"周班长有些不好意思。

陈臻楚右手指向左胸，说："心里面爱对方。"

"刚才不是说不敢想吗？"

"不敢想，不等于没想过嘛，"陈臻楚扮了个鬼脸追问，"比如白天想过，夜里梦见？"

"天天都在一个屋檐下，想啥梦啥呢？"

"这是比喻嘛。"

"咱是乡下人，讲不出什么爱情故事。"

"婚前曾经遇见过，却不敢再想的，也算。"

"我当喇叭，你当收音机？"

"嗯，对啊。"

"那不要，不公平。"

"人家年纪还小，心里空白着嘛。"

"那就等你有故事了，咱们再来交流吧。"

"以后毕业了，各奔前程，哪有机会讲这些？"

"可以写信交流嘛。"

"不嘛，就要现在讲，"陈臻楚摇着周班长的手说，"姐姐先来，妹妹跟上。"

"这还差不多，"周班长说，"你可别耍赖哦。"

"不会的，我保证。"

"空口无凭，拿什么保证？"

"等会我若是耍赖，就请姐姐到校门口喝咖啡，或者给姐姐洗一次衣服。"

"这些都不要哦。乡下人不懂喝咖啡，衣服你洗不干净。"

"那要什么？"

"下次你收到来自部队的信件，让我看看写些什么就行。"

"好啊，随便你看。"

"行，那咱们一言为定哦。"周班长稍作停顿，就讲了她少女时期的爱意懵懂：上高中一年级的时候，班主任是一位青年男教师，还教我们班级的语文。上课时，他给我的感觉是出口成章，文采飞扬，课后还手把手教我们编写班报，并且为这份班报取了一个很有诗意的名称——激扬文字。逢双月出一期，由我当主编，面向本年段同学征稿，刊刻油印成四个版面，张贴到本年段各班级教室的外墙上，得到老师和同学们的好评，我也由此喜欢上了'激扬文字'。"

"这个刊名起得确实好！老师讲过它的含义吗？"

"讲过啊，老师说，'激扬文字'出自毛泽东词作《沁园春·长沙》里的词句：'指点江山，激扬文字。'意思是评论国家大事，写出激浊扬清的文章，来抨击丑恶现象，赞扬美好事物。"

"嗯，老师解释得很清楚，你也记得很牢。然后呢？"

"然后，我就喜欢上了毛泽东诗词，特别是这首《沁园春·长沙》。"

"我也是。"

"那时候，找同学约到稿件，还得审阅修改，提炼文章标题，每一样都少不了语文老师的指导。傍晚下课之后，我就去语文教研室找老师，有时候改得迟了，老师就会催我回家。有一次下大雨，天色很暗，老师不放心，就撑着一把油纸伞，打着手电，送我回家。我斜挎着书包，高高挽起裤腿，脱下胶底布鞋拿在手里，紧紧依着老师，在崎岖不平的青石板路上前行。油纸伞挡不住夹着夜风的豆大雨点。尽管老师把油纸伞大都撑在我的头顶上，但是，我上衣下摆和卷起来的裤腿还是被打湿了，而老师更是从头到脚都被雨淋透。到了我家厝外的屋檐下，我请老师进厝里避雨，老师没有接受，只是催促我赶快推门进去，而我浑身打着哆嗦，内心很希望老师能在屋檐下多待一会儿。可是，他只是犹豫一下，还是转身走了。"

"当时是不是喜欢上那位老师了？"

"那时候，哪懂得是不是喜欢？只是从那次雨夜老师送我回家之后，在学校里一见到他，我就心跳得厉害，脸颊发热。"

"那就是有想法了。"

"是吗？看来妹妹比姐姐有经验哦！"

"哪有啊？我只是瞎猜。"

"那时候，心里藏着老师的身影，偶尔还会梦见他。"

"然后呢？"

"梦醒之后，就悄悄流泪。"

"……"陈瑧楚示意周班长继续说。

"擦干眼泪，就继续睡。断断续续梦见过几次，就渐渐模糊了。"

"没跟老师表白吗？"

"没有。"

"那有'曾经沧海难为水，除却巫山不是云'吗？"

"这是你们城里人的情调。"

"后来心动过别人了？"

"高中上完那年，不满十八岁，回乡务农。到生产队干活，每天只有三个工分。生产队长以我文化程度比较高、做事认真细致为理由，安排我兼职记录社员们的出工情况，并且根据生产队集体评定的全劳力、半劳力和老弱社员的工分标准，给每位出工的社员记录工分。生产队每个月给我十个工分的补助。出工时，生产队长会尽量安排我做些轻活，比如育秧时，负责匀洒谷种；插种番薯时，由我放置藤苗；水稻收成时，拿镰刀割稻穗，等等。而最让我难以忘怀的是，有一次到一片深水田收割水稻，我模仿着阿婶们，把刚打过谷穗的稻草铺在水田里，然后，脚踩着这些稻草，从田埂边沿向水田中部推进。尽管小心翼翼，最后还是陷进烂泥了，只露出上半身。离我较近的一位阿婶听见我惊呼，赶紧拿着一根扁担朝我伸过来，我却够不到扁担，急得大哭。阿婶安抚我说不要怕，差不多就那么深，不会再沉下去的，一边嘱咐我不要使劲挪动身子，一边大声呼喊生产队长。队长听到呼救，赶紧走过来，接过阿婶手里的扁担，解下环绕在腰部好几圈的一条粗麻绳，紧系在扁担的一头，向我甩过来，让我抓住麻绳，他抓着扁担另一头，把我从深陷烂泥中的双腿拉了出来，几乎是被拖着靠近田埂，然后使劲把我拉到田埂上，让阿婶提前收工，护送我回家。我一路哭泣着回到家里。迈进家门那一刻，还没等我妈问我怎么回事，我就放声大哭起来。阿婶跟我妈说了事情经过，我妈谢过阿婶，送阿婶走出户门，回头叫我赶紧到房间里脱下湿衣服。

接着，我妈端了半盆水和一块毛巾走进房间，又回灶间拿来两只热水瓶，把里面的开水都倒进盆里，让我赶紧清洗一下。等我洗好擦干，换上干净衣服，走出房间的时候，我妈已经煮好了一碗生姜汤，叫我喝下驱寒。可是当天晚上我还是发烧了。我妈连夜去村卫生所叫来赤脚医生，给我量了体温，三十九度半，打了一针退烧药，又口服了一片西药，过了午夜，高烧的体温才降下来。"

"后来呢？"

"虽然那次陷入烂泥田有惊无险，后来也没敢再去过，但是内心留下的阴影，让我萌生与泥巴继续打交道的恐惧。"

"多亏这位生产队长！"

"是啊，"周班长微叹一声，说，"是很感激他，在我心目中，他也是个顶天立地的男人汉。十八岁应征入伍，当了三年工程兵，在部队入了党，退伍回来就被推选为生产队长，实际上是个苦差事，不只是管生产，还要管学习。白天催促社员们出工，吹坏了哨子；晚上组织社员政治学习，说哑了嗓子，社员们还烦他唠叨。迟到、瞌睡、开溜的人多了，还会被公社驻队干部批评，要求限期整改。他父母早逝，爷爷拉扯他和两个姐姐长大。在他入伍前后，两位姐姐陆续嫁了出去。除了祖传几间瓦厝、基本农具和少量家具之外，没有盈余家财。三十来岁的年纪，别人家都婚娶生子了，他还未完婚。不过，他却像大哥哥一样关照着我。在他的眼神里，我多少能读懂他的心思。可是，在我们那里，同宗异性是不允许嫁娶的，这是历代延续下来的不成文约定。然后我就想着嫁到城里去，我二十一岁那年，媒婆介绍了县城一户人家。男方比我大十岁，长相一般，不苟言笑，是县豆制品厂的职工，有一位亲戚在县教育局当领导。婆家承诺婚后可托亲戚安排我到县城里的小学当代课老师。因此，婚前我只跟男方见过两次面，一次去县城百货大楼买衣服，拍结婚照，一次去办结婚证，就结婚了。"

"婚后幸福吗？"

"怎么说呢？过日子嘛，不去想那么多。结婚第二年就生了喳某仔，心思就在喳某仔身上了。"

"那你每个月回去，都是回娘家吗？"

"不然呢？"

"没回婆家？"

"没有。"

"可以写信约你爱人到你娘家汇合嘛。"

"不要。"

"为什么？"

"心里有气嘛。"

"不是我在你面前就说你的话，不说别的，单就不让你参加高考这件事，就是你婆家不对。"

"他们认为，把我娶进家门，就是他们家的人，养儿育女是本分，不要想别的。托亲戚安排我去代课，我就该知足。"

"都什么年代了？你婆家还固守这种旧观念！"

"他们骨子里的想法就是把我当成传宗接代的工具。"

"新社会倡导妇女解放，男女平等，就包括平等接受教育、提高素养，实现全面发展的权利，任何人都不能剥夺。况且，知识不只是改变一个人的命运，也会改变一个家庭、一个民族和一个国家的命运！"

"哇，妹妹的思想很有高度啊！"

"这是以前我妈说的。"

"不同的妈妈，说的话就是不一样。小时候我妈只会说，喳某仔比起哒哺仔，多一个改变命运的机会，就是嫁个好人家。"

"所以，你嫁到县城里，算是改变过一次命运了。"

"以前曾经半个身子陷入烂泥田，现在是整个身心掉进无底潭。"

陈臻楚疑惑地看着周班长。

"在婆家人眼里，我是乡下人，只能低声下气地讨他们欢喜才行，稍有怠慢，婆婆轻则给我脸色看，重则摔箸砸碗。"

"你爱人不会护着你吗？"

"他呀，比我公公还要懦弱。有一次，为着一件鸡毛蒜皮的事，我惹婆婆不高兴，他替我分辩两句，就被我婆婆骂得狗血喷头，甚至当着我的面打他。"

"那你公公呢？"

"我爱人若是没替我发声，公公就在一边看着；若是我爱人帮腔，公公就会和我婆婆一起围攻我爱人。然后，我就成了孤家寡人。"

"公公和婆婆念过书吗？"

"念过书也不一定就能改变本性。不是说本性难移吗？"

"是啊。江山易改，本性难移。"

"对，古人总结得很好。婆婆是城里人，曾经念过高小，公公只有初小文化程度，从临县的乡下进城里做裁缝，走街串巷，认识了婆婆。当时婆婆的双亲已经过世，只剩婆婆厮守着一栋平屋古厝。公公除了父母亲，还有两姐姐和两兄长。两个姐姐都已出嫁，两个兄长还没成婚。公公做了倒插门女婿，大小事情都依着婆婆。在这样的家庭里，你说我能改什么运呢？"

"说明你娘家那种出嫁改运的旧观念是不对的！"

"实际上，我们那里，不只是我妈才有这种旧观念。通常来说，山上人家的喳某仔都想嫁到山下；乡下人家都盼着与城里人结亲家。论常理，倒是没什么错。"

"虽然希望通过嫁人来改变生活环境，不好说有什么错，但是，婚姻是把女儿嫁入别的家庭，要与娘家人完全不同的人一起生活，特别是要跟一个异性的身心结合，涉及社会伦理和法律法规。不像农民把农作物卖到城里多卖些钱那么简单。"

"哇，妹妹分析得太对了。年纪轻轻的，懂得这么深的道理！"

"这些道理都是我妈跟我讲的，就担心我将来嫁错人。"

"好羡慕你有个好妈妈！应该把那句'生对埭，卡好识拳头'的俗语改一下。"

"怎么改？"

"对于喳某仔来讲，应该是'嫁对人，卡好生对埭'！"

"嗯，有道理！"

"可是，已经入了婆家门户，发现嫁得不对，也只好吞下苦果。"

"你当时怎么见了男方两次面就结婚呢？为什么不问问自己的内心，是不是可以接受他？"

"那时候，我二十一岁，在农村属于该出嫁的年纪，心里就想着离开跟泥巴打交道的环境。现在回头看，就是在跟男方做一场交易。"

"什么交易？"

"就是把我的青春，跟男方换个代课工作。"

"姐姐当年若是懂得这么想就好了！"

"我这是付出代价才得出的感悟。有时候就在想，咱们是高等级的灵长类动物，按理说应该具有配套的高尚灵魂才是，可是，有时候却会做出跟低等级动物一样的选择。"

"选择什么？"

"比如说，好逸恶劳、贪图享受、不劳而获，甚至以自己的青春和身体做资本去换取物质的享受和鸟笼般的生活，等等。"

"不为五斗米折腰的，也大有人在啊！而且是一个民族的主流意识，因此，这个民族才有希望！"

"嗯，妹妹说得对！否则，社会就没了向上的力量，就不会进步。可是，处于困境的时候，怎么才能做到人穷志不穷，熬过艰难岁月，那是很考验内心和毅力的。"

"姐姐说得很好啊！"

"可是，当年我却没能扛住生活的窘迫，一心只想逃离那个让我深陷烂泥的地方。"

"既然意识到当时选错了人生道路，那为什么不能纠错呢？"

"首先反对的，会是我娘家。"

"为什么？"

"娘家碍于面子，怕被人耻笑，只会劝和，说是嫁鸡随鸡，嫁狗随狗。"

"人怎么跟鸡、狗相提并论呢？"

"就是把女儿出嫁，就像泼出去的水，不能再收回来。"

"随着社会的发展，这些旧观念一定能够消除掉。说不定将来有一天女孩不用出嫁，而是让女婿上门，或者是新婚男女成家之后，就自立门户，不跟任何一方的长辈们住在一起，让新婚夫妻不受或者减少来自双方家庭的干扰！"

"这不现实吧！生养儿子，就是为了传宗接代和养老送终的，那有可能让哒埔仔婚后自立门户呢？"

"目前不现实，不等于将来不可能。或许有一天，国家经济有了更大的发展，个人和家庭也有更多经济收入的时候，农村把那些古厝旧屋统统拆掉，由政府来重新规划，农民按照统一规划的图纸，自行建设功能更加完善的楼房。城里则由政府主导建设公租房，产权是国家的。租给每一对夫妻，不论是老夫老妻，还是新婚夫妻，面积不需要很大，有相对独立的空间就行，避免一个大家庭两三代人生活习惯不同而闹矛盾。一旦婆家或者娘家的长辈们年迈或生病的时候，无论是儿子还是女儿，都要履行赡养义务，直到长辈们走完人生旅途。"

"你的想法很美好，可是得哪年哪月呢？"

"有改革开放的好政策，咱们的日子一定会越来越好！"

"我恐怕等不到那天。"

"姐姐，你要有信心，就像你鼓励我一样。"

"是的，遇上高考，成为一名师范大专生，对我来说，或许就是真正能够改变命运的契机。"

"不是或许，一定是的。"

"高考若是早几年恢复，我肯定不会走嫁人改运这条路的。人来世上一遭，不同于低等动物，是有思想有情感的。血缘亲情由老天安排，只能被动接受，而爱情却是可以选择和追求的。只要心智健全，都会梦想与自己彼此爱慕的异性过日子。若是不能为了纯粹的爱情而托付终身，也不要纯粹为了'改运'而出嫁他人。"

"嗯，切身体会，肺腑之言！"

"咱们得感谢国家，感恩作出恢复高考决策的国家领导，让咱们有机会参加高考。"

"那你来上大专之后，婆家有没有对你好一点呢？"

"哪有可能？孩子都不给我带，只想让我放弃读书。"

"你爱人呢？怎么不把孩子接回家去呢？这样的话，你每个月回婆家看孩子的时候，你爱人不就有好好表现的机会了吗？"

"好好表现什么？"

"比如，到车站接送，在家罩着你，不受婆婆欺负，等等。"

"他一样都没有，能算是爱人吗！"

"你可以写封信跟他好好沟通一下，提出你的意见，看他能不能说服你婆婆改变想法，至少他要支持你读书。你一味的回避，只能是暂时的，不是长久之计。"

"是啊，回避是暂时的，也是无奈的。这么多年过去，一直难以融入婆家。我改变不了他们的本性，他们也阻挡不了我争取改变命运的选择。"

"你毕业之后不是还得回婆家去？"

"那可不一定。"

"咱们师范毕业生，一般都得回生源地分配工作。"

"回生源地分配，也不只是在县城里，也可以到农村。到时候，我就申请分配在娘家那里的小学。那时候，孩子也到了学龄，就在我任教的小学念书。"

"你婆家不是有位亲戚在县教育局当领导吗？他会不会从中作梗？"

"应该不会的，他是从部队转业回来的干部，为人处世的格局不一样。我这次能够顺利入学，他就没有替婆家阻拦我。而且，我当时去教育局拿政审档案，到办公室找过他，感谢他帮我安排代课工作。他说不用感谢，是学校有聘请代课老师的现实需求。还鼓励我好好学习，并且说他批评过我爱人。"

"嗯，部队就是能够锻炼人。你很幸运，将来分配工作的时候，还得去找这位亲戚，让他继续支持你。"

"打算毕业前写封信向他求助。"

"嗯，这样好。说不定你毕业的时候，婆家的态度也会转变的。"

"你刚才不是说'江山易改，本性难移'吗？"

"不是我说的哦，这是一句成语。不过，你想离婚，婆家一定不同意，娘家也不赞成。孩子逐渐长大懂事，也需要一个完整的家。忘了读过哪篇文章了，说夫妻婚后没有爱情，但是相处久了会有亲情。因此，许多家庭就维持着一潭死水的婚姻。我在想，你学校里的同事，大家围绕着一个共同的教学目标，吃着同一锅饭，各自上课，互不干扰，不是也行吗？"

"可是，家庭成员之间，特别是夫妻之间，跟单位里的同事之间，相处之道虽然有些相似，但是也有许多不同。同事之间聊得来，课余时间就多聊几句；说不拢的，见了面就点个头走过去。可是一个家庭里，低头不见抬头见，一张餐桌上吃饭，没有好脸色，说话不投机，是非常痛苦的。忍耐，难以持久。没有爱意的夫妻，同床异梦，相背而眠，是一种精神折磨。无奈之下，夫妻可以一起做别的家务，就是不想做那个。"

"那个是什么？"

"你真不懂吗？"周班长用手指头轻戳一下陈臻楚的额头，问："公鸡母鸡打架，见过吗？"

"见过啊，怎么啦？那跟姐姐说的那个是一回事吗？"

"差不多吧，不过，也不好说就是一个样。否则的话，不就等同于低等动物了？"

"我都听糊涂了，究竟是指哪个呢？"

"妹妹若是真不懂，姐姐也只能说到这里了。反正，我就是不想再麻痹自己了。"

"那现有的婚姻和家庭，打算怎么办呢？"

"最终一定是选择放弃，将期望与失望、辛酸与眼泪统统放下，既放过对方，也放过自己。"

"不可惜吗？走过这么长一段路，岂不是白走了？"

"人生该走的路，双脚总是要迈出去的，而且，自己选错的路，还得自己艰难地走一程，让自己的心灵得到洗涤，才能长记性！"周班长抬头看了一眼暗下来的夜空，说，"虽然走错的路，不能往回走，但是可以改道。我只希望毕业之后成为一名正式教师，提高工资待遇，让生养我的人，我生育的人，还有我自己，过得比现在更好些。哭着来到这个世界，最后能够含笑离开。"

"放弃不合适的，还可以找合意的，趁着还年轻！"

"我可不想再入虎口，"周班长微叹口气，说，"这段婚姻，已经让我身心疲惫。有朝一日能如愿解脱的话，那就谢天谢地了。一旦被蛇咬过，以后见到蛇就怕。"

"一朝被蛇咬，十年怕草绳。"

"是啊，就这样。"

"姐姐看过长篇小说《围城》吗？"

"上初中时，在学校图书馆翻阅过，印象比较深的是作者的文笔很优美，想象力特别丰富，很多比喻新奇又幽默，但是故事情节比较零碎，记不得。"

"小说里面，有'围城'含义的解读，记得吗？"

"好像有一位女生引用法国一句俗语，说结婚就像被围困的城堡，城外的人想冲进去，城里的人想逃出来。"

"是的，小说主人公方鸿渐不断渴望冲出'围城'，却又不得不进入另一个'围城'。实际上，这座'围城'的含义，已经超越婚姻，反映了旧中国三十年代社会生活的种种'围城'困境：希望与失望、欢乐与痛苦、执着与动摇、不断的追求与伴随成功而来的厌烦，相互交织着。作者想要表达的意思，就是带着希望的追求，即使结果难料，也义无反顾。"

"比如说，我若是离婚了，原本不打算再进婚姻这座'围城'，可是在新的工作环境里，遇见那种让我心动的另一半，被他的才华和风度给镇住了，无法抗拒，只好被迫再进这座'围城'，发现正是我想要的生活，或者发现又进错了'围城'。是不是这个意思？"

"对啊，就是这个理，姐姐太有悟性了，一点就通！"

"你把小说的主题，作了深入浅出地概述，我要是听不懂的话，都不好意思与你同宿、同学啊！不过，说实话，我现在只带着把孩子培养成人这样一个希望，供她念书，念到大学，甚至出国留学，毕业后就在国外工作生活，然后让她接我过去养老。不过，也有一种可能，就是她毕业之后，要嫁给外国人，我不赞同，她就跟我翻脸，让我的希望和心血付之东流。当然，将来最大的可能，她还是会在国内上大学，因为我没能力支付昂贵的留学费用。现在她很乖巧，我妈说她很懂事，不挑食、不吵闹，跟我小时候一个样。但是，我有时也担心她长大之后会像我婆家人那样冷漠！不是有句俗语叫做'种瓜得瓜，种豆得豆'吗？可是有时又会想起另一句俗语，说是'坏竹出好笋'！现在她年纪还小，成人之后究竟是好是坏，咱也只能听天由命啊，这是不是人生面临的另一种'围城'困惑呢？"

"是的。"

"反正现在我只能希望她健康成长，尽力栽培她，至于将来她成什么样子，就听天由命吧！"

"咱们怀着好的念想，带着希望去追求，不怕困难，不问结果。如此，每天向前迈出的双脚才会坚定而有力！"

"我说了一大堆的话，妹妹三两句就概括了！"

"别夸我，在生活这本教科书里，姐姐比我懂得多。往后的人生道路，我如果面临'围城'困境走不出来，还得仰仗姐姐指点迷津呢！"

"此一时，彼一时。咱们今天所处的时代背景跟'围城'写作年代有很大不同，不会再面临那么多困境了！美好的爱情与幸福的婚姻肯定是客观存在的，只是我自己缺乏眼力去发现，也没有勇气去抓住而已，"周班长别过脸去，抬起左手理了一下刘海，顺手擦去挂在眼角的泪水，说，"回头想想，跟其他一切相比，能够遇见自己喜欢的人，而对方也喜欢你，说是运气也好，说是缘分也罢，都是很难得的！那种既想接近，又羞于见到的感觉，终生难忘。若是能够时光倒流，让我重新来过，或许我会勇敢一些。"

"姐姐一番肺腑之言，让妹妹茅塞顿开！爱情就像天边的彩虹，绚丽而短暂，给人留下念想，也留下遗憾！我这样理解对不对？"

"对啊，这个比喻很形象，也很有诗意！"

"看来，彩虹是可遇不可求的，而婚姻和家庭才是需要面对的现实，感觉有些害怕。小时候无忧无虑，长大之后，慢慢懂事了，反而心生一些烦恼。"

"你出生在书香门第，长在红旗下，泡在蜜水里，有什么烦恼呢？"

"我在想，除了亲情，为什么还需要爱情？傻人真有傻福吗？傻福是一种什么样的福？姐姐可曾想尝试享用这种傻福呢？"

"我不想去做这样的尝试。除了智力有障碍，才会像低等动物那样，不讲感情，不谈伦理，无需爱意，只要是异性，就可以在一起做那个。"

"大白话，浅道理。"

"如果不能同梦，同床就没兴趣。"

"嗯，精辟！"

"如果不能暖心，那又何必暖身？"

"继续讲。"

"如果不能同频，那就不要共振。"

"愿听其详！"

"就是说，若是'三观'差异很大，心灵就很难契合。那么，与其苟且偷生，不如放飞自我。"

"姐姐越讲越好！"

"虽然走过的路坎坷不平，但是，只要路是向前延伸的，那就有越走越宽的可能。而且，咱们正好遇上国家改革开放这么好的时机，没有理由袖手旁观。"

"对！面对改革开放的际遇，咱们不能作壁上观！"

"嗯，就是这个词语。"

从入学到现在，陈臻楚和周班长就是舍友。周班长就像大姐一样照顾着陈臻楚，宿舍卫生几乎都是周班长一个人做的，甚至到食堂帮陈臻楚打饭也不厌其烦。而在陈臻楚眼里，除了感受到周班长生活上的关照之外，周班长着装和日常用品的节俭，给她留下特别深刻的印象，有时候甚至觉得周班长有点像高祥的阿母，言语不多，可是说出来的话却有别于普通的农村妇女。她自述的经历，让陈臻楚觉得爱情不像阳光普照大地那样人人有份，若是有幸得之，愈发显得珍贵。

"我讲完了，接下来该你讲了。"

"比起姐姐，我的情感历程太简单了，不值一提。"

"想要赖是吧？"

"不是耍赖，是真没啥好讲的。"

"这么一位才情横溢的美少女，没有可歌可泣的爱情谁信呢？"

"你不信，我说出来，你可别笑话哦。"

"别贫嘴了，快跟姐姐坦白吧。"

陈臻楚就把认识高祥的经过、与他的情感历程，以及内心难解的困惑，一五一十地讲给周班长听。

"原来是这位兵哥哥让你寝食难安啊，"周班长说，"我觉得你们的情感既单纯又可贵，应当珍惜，不要浪费。"

"浪费？怎么说？"

"你不是当过几年知青吗？水稻熟了，不收割就会掉落；再美的花卉，盛开都有时日。能够在最美好的年华遇上心仪的异性，同时又被对方所感知和回应，那是非常幸运的，也是不该错失的，否则的话，不仅有违天意，也是一种浪费。"

"好姐姐，那我该怎么办呢？"陈臻楚双手抓着周班长的手，言辞恳切地说，"请姐姐指点迷津！"

"我觉得你现在就像是月宫里的嫦娥，得赶紧下凡尘世。我只能这么说，你自己领会吧。"

回到宿舍，趁着周班长去洗漱、洗衣服的时候，陈臻楚从作业簿上撕几页搁在书桌上，通过笔端把她刚刚对于爱情的新感悟分享给高祥，而不再纠结于他能否体察到她的心思。她行云流水般地写满两张信笺，装进信封，看了一下桌子上的小闹钟，还不到九点半，趁着高亢的兴致，又撕下几页作业纸，握笔写了一首《当代青年》的现代诗，分成四段，表达当代青年弘扬"五四"精神、立志报效祖国的情怀。她上幼儿园期间，在县城中学教语文的妈妈就教会她背诵了许多首古诗名作，例如杨万里的《悯农》、李白《静夜思》等等。上小学高年级的时候开始爱读现代诗。前些年她和哥哥要去上山下乡的时候，妈妈让他们带上《艾青诗选》和《泰戈尔作品集》，由陈臻楚保管着，哥哥得空时拿去看几天就送回她手上。在知青点里，她因为过敏，高祥连夜下山去找他大姨丈取回特效药，治好了她的过敏症，让她内心泛起难言的涟漪。为了接近他，她不仅抄写了刘禹锡的《竹枝词二首·其一》给他，甚至附上"如果你喜欢我再写给你，不喜欢我就不再写"这样的模糊词语，她还把《泰戈尔作品集》拿给他看，与他交流学习心得，可是他总是看得很慢，经常需要她催促，甚至需要给他讲解才行，或许是每个人的兴趣点不同吧，她愿意这样去理解，更希望以此说服自己。就像她喜欢现代诗，可是一到落笔写出来，左看右看总觉得不像是现代诗，虽然形式上以字数不等的分行来表达诗意，但是与词作这种长短句并无明显区别。如果以此作为参加"五四"青年节晚会的语言类节目，或将被同学笑话。因此，她打算下次上写作课的时候，利用课前或者课间休息时请教一下授课老师。

刺桐师范专科学校文史系中文专业七七级二班的写作课上完之后，趁着老师收拾好讲义正要离开教室的时候，陈臻楚走过去跟老师打招呼，把誊写工整的诗稿递给老师，说明这是为了参加"五四"青年节晚会而写了一首现代诗，觉得很不满意，想请老师指导一下。

老师接过诗稿，放入讲义夹里，抬手推了推鼻梁上的眼睛，看一下眼前这位长得很清秀的女学生，说："好的，我抽空看看，等下次来你们班上课的时候再答复你。"

一晃就过去了三四天，又是两节写作课。陈臻楚比往常早些到达教室，把教材与学习用具放座位上之后，就到教室外等候写作课老师的到来。一直到上课铃响起的同时，老师才出现在陈臻楚的面前。她赶紧跟老师打招呼，老师边走进教室，边从讲义夹里取出诗稿递给她。

她返回自己座位，迫不急待地展开诗稿，只见诗稿上用红笔在几处诗行下方划了线，有的词汇下面画了小圈圈，又在诗稿空白处写了两行字："立意不错，诗体不够明确，名为现代诗，更像长短句，可又无词牌。得空当面细谈。"虽然老师的批语简短，但是指出的问题，正是她所困惑的。这也说明老师是有认真看过诗稿的，同时也说明老师对于中华古典诗词和现代诗歌都是比较熟悉的。记得开学初，老师上第一节课时的自我介绍，毕业于省城师范大学中文系，分配到刺桐城内一所有着百年历史的中学。后到工厂，安排他在办公室做文秘宣传工作，抄抄写写，有大把时间让他多看些书。只是厂里的阅览室存书不多，大部分是政治类和有关企业生产管理等方面的书籍，文史类的很少，像《红楼梦》《三国演义》《西游记》《水浒》，这些都是不成套的，还有《唐诗三百首》不仅封面破损，里面还缺页。尽管如此，这些残缺不全的文史类书籍也被他视为亲密的伙伴而不致于心灵孤独。这样的日子一直到前年夏天才改变，他被调入这所师专担任写作课老师。

下课回宿舍途中，遇见周班长，陈臻楚跟她说了写诗参加晚会的准备情况："按照学校团委和学生会的要求，我向我们班长报告了这场晚会的节目大类和数量，以及对于各班级发动同学报名参加等方面的要求。班长很重视，要求所有班委不仅要带头报名，还要积极发动同学踊跃参加。同学们报的节目少，只有两位男同学分别报了独唱与笛子演奏，两位女生报了独唱节目，还有我报了诗歌朗诵。而且，你知道吗？报名的我们五位全是班干部，包括班长和我。"

"已经很好了。我也拼命动员我们班的同学报名参加，可是我不敢提班干部带头的要求，"周班长叹了口气，说，"谁让自己没有文艺细胞呢？"

"我不是仅仅为了带头，而是想借此机会锻炼自己。选择语言类节目，是想给自己施加压力去练习写作现代诗，让自己不再停留在单纯地阅读欣赏的水平上。"

"很好了。我要是有你一小半的文采，就谢天谢地了！"

"你可别恭维我，现在正在为这个犯愁呢，"陈臻楚就把自己写作的诗稿，以及老师的批语说给周班长听，然后问周班长，"这位老师说得空的时候再当面细谈。你说，怎么办？我想约我们班上的女同学一起去找老师，可是就算有女同学愿意，保不住回到班里说我的诗稿是靠老师修改出来的。"

"是啊，谁都长着一张嘴，要怎么说，全凭良心。"周班长放慢脚步说。

"所以，想请你跟我去找写作课老师。"

"可以啊，你联系好了通知我，只要不影响上课就行。"

周日下午，陈臻楚事先跟老师约好在学校图书馆见面。她与周班长提前半小时到图书馆选了个靠窗的位置坐下。三点多，写作课老师翩然而至。陈臻楚站起来打招呼，请老师在她对面的长椅上落座。周班长则坐在陈臻楚背后紧挨着的另一条长椅上，低着头阅读一本当月的《红旗》杂志。

"老师，你说我写的不像现代诗，"陈臻楚把诗稿展平在长方型的书桌上，急切地问道，"那得怎么修改？"

"首先，应该肯定的是，立意和内容是很不错的，表达了当代青年弘扬'五四'精神，立足校园学好知识的志向，"老师习惯性地往上推了推眼镜，说，"诗言志，一直都是我们汉语诗歌的主流。毛主席的诗词就很好地继承'诗言志'的传统，抒发了共产党人'改造中国与世界'的宏图大志。一九四五年九月，重庆谈判期间，诗人徐迟向毛泽东请教怎样作诗，并请他题词。毛泽东欣然写下三个大字：'诗言志'。一九五七年《诗刊》创刊时，编辑部请毛泽东题词，他题的还是'诗言志'。"

"谢谢老师鼓励，"陈臻楚被老师表扬得有些不好意思，脸颊不禁泛起些许红晕，赶紧催促道，"老师，您还是直接说说我那篇诗稿的不足吧！"

"不足嘛，"老师抬手取下眼镜，往两只镜片上呵了呵气，又从上衣口袋里掏出一小块蓝布巾，给镜片擦了擦，重新戴在鼻梁上，不紧不慢地说，"新诗，或称白话诗，也就是你说的现代诗，西方称为自由诗，其诗行、诗节没有严格的字数和行数的限制，可随意安排。按照西方学者的观点，诗歌分行主要是为了建立一种明显的视觉间隔，来呈现诗歌的形式特征，以便与其他的文学体裁相区别。当诗人需要凸显某项内容时，可以让表达这一内容的词汇单独排列成行，以表示对它的凸显与强调，例如艾青的《马赛》。对了，忘了问你看过艾青这首诗吗？"

"我很喜欢他的诗，"陈臻楚有些自豪地说，"我家还有《艾青诗选》呢！"

"噢！那你一定读过他《马赛》这首诗了。"

"是的。"

"《艾青诗选》带来没有？"

"没有。"

"没事，"语文老师又推了推眼镜，说，"我们就以《马赛》这首诗为例。全诗有一百二十几行，分成五段还是六段。我读大学的时候背诵过的，多少段和行数现在只记得大概了。不过记得这首诗里面，各段的分行数，以及每一分行的字数都是不固定的。某一个词汇，无论是单音节，还是双音节，都可以单独排列成行。一行也可以是一个不完整的语意，需要由几个诗行共同组成一个完整的语意，叫'跨行'。就是把表达一个完整语意的一行，分为多行。例如，其中的'头顶上''忧郁的流散着''弃妇之披发般的黑色的煤烟'这三个分行，按照汉语古体诗的写法，是可以合成'头顶上忧郁的流淌着弃妇之披发般的黑色的煤烟'一行，表达的是一个完整的语意。而在《马赛》这首诗里，分成了三行：'头顶上'表现的是事物的方位，'忧郁的流散着'表现的是事物的动态形状和诗人对它的感受，'弃妇之披发般的黑色的煤烟'，表现的是事物的最终结果和诗人印象。类似的分行，在这首诗里，以及艾青的其他现代诗作里都有。正是通过诗行对语意所作的这种区隔，让拟凸显的内容得以强调。因此，诗行就如同电影里的特写镜头一样，凸显着事物的局部和细节。你回去翻开《艾青诗选》里的《马赛》诗作，看看是不是这样？"

"好的，老师，还有吗？"

"还有，西方的自由诗，一个完整的语意，用不同诗行的安排，这种跨行的运用，是五花八门的。因为时间关系，今天讲不了那么多，以后咱们得空再讲。你回去之后，就把那篇《当代青年》的诗稿，仿照艾青这首《马赛》的分行写法修改一下，题目也直接改为《青春》，突出和强调'青春'这个双音节词汇，围绕'青春'来展开诗篇。怎么样？刚刚我讲的这些，有什么疑问吗？"

"现代诗的分行，跟我们古典诗词的分行，究竟有什么不同呢？"陈臻楚心里很清楚刚才老师跟她讲解的这些都是很专业的知识，假如在课堂上讲，估计得分好多节课才能讲完。但是，联系那首被老师判定为不像现代诗的诗作，她依然没有真正弄清楚。如果此时不继续追问这个问题，那等会还是无从入手去修改那篇诗稿，于是，她有些着急地问老师道："就以我那篇诗稿而言，也做了字数参差不齐的分行，但是您怎么认为不像是现代诗呢？"

"我一会儿还有事，没时间讲得很仔细，"老师抬起手腕，靠近眼镜，看了一下手表，说，"大致上可以这么说吧，通常我们古体诗的诗句，一个分句通常就是一个完整语意。而西方自由诗，它的每一'诗行'不能确定就是一个完整语意，有时又堆砌几个语意，有时还与汉语标点符号的功能相似，本身不具有文字的意义，却参与文字意义的表达。效仿西方自由诗的汉语白话诗，从诗体上讲，最主要的特征，就是放弃了汉语旧体诗的格律要求。此外，还有人称代名词、指示代词和连接词的使用、跨行的运用等特点。联系你写的那首《当代青年》，内容就不说了，形式上虽然也是一种字数不一的分行，但是每一句都是一个完整的语意，而且每一句里面还有平仄、对仗和押韵的痕迹，从形式上讲，就不像是现代诗，而是汉语古体诗或者词作这种长短句。"

"噢，原来是这样啊！"陈臻楚一下子豁然开朗，连声向老师道谢！

"我还有事，得先走了。有问题先记下来，咱们下次再讲。"老师还没说完就站了起来，抬手示意陈臻楚不用起身送他。

陈臻楚还是站了起来，离开座位，跟在老师后面，目送老师离开图书馆。回过身来，发现周班长站在她身后，吓了一跳，嗔怪地伸出右手，作出要捶打周班长的样子，说："你要吓死我啊！"

"我可不是故意的哦，"周班长手里拿着钢笔和作业簿，故作委屈地说，"你看，我把桌子上的钢笔和本子都给你收拾好，准备走的，结果呢，好心没好报了不是？"

"我刚才真的是吓一跳了！不过，这不能怪你，是我胆子太小了。"

"好了，不说这个了，你是要走还是留下来看书？"周班长把钢笔和本子递到陈臻楚手里，说，"我的任务完成了，得回宿舍洗衣服。"

"我也走啊，本来是想在这里再看一会儿书的。"陈臻楚一手拿着钢笔和本子，一手亲切地挽起周班长的手臂，一起走出图书馆。

往宿舍途中，陈臻楚问："你觉得怎样？"

"什么怎样？"

"这位老师啊！"

"讲得头头是道，不，应该是井井有条。虽然我不懂诗词，但是也能听得出来他讲得好不好。"

"那你觉得他讲得好还是不好呢？"

"好啊。我们班的写作课也是他上的，斯斯文文的一个人，不用等他开口说话，单从外表看就是一介书生。你可能不知道吧？他上课的时候，坐在我旁边的女生眼睛就直勾勾地看着他，都忘了做笔记，课后就借我的去抄。"

"见到这位老师的时候，你会不会想起高中那位语文老师呢？"

周班长侧过脸看了一眼陈臻楚，说："又想套我的话？"

"不是，就想知道姐姐有没有对妹妹说实话。"陈臻楚再扮个鬼脸，笑嘻嘻地说。

"想听实话？"

"是啊。"

"正常人都是有记忆的，说不会联想，你也不信，但是，就像一棵树上的叶子，粗看是一个模样，细看还是不同的，新叶子与老叶子，朝北的和朝南的，大小、色泽都有区别。"

"姐姐说得对，自然界没有两片完全相同的树叶，人世间也没有性格完全相同的人。十七世纪有一位德国哲学家，也说过类似的话，一长串的名字记不住了。"

"是吗？我刚才说的俗语，还跟外国的哲学家说的一样？"

"这不奇怪啊，生活万般模样，道理却是相同的。"

"小小年纪，懂得那么多，不佩服都不行。"

"姐姐又要捧杀妹妹吗？"

"不是的，说的都是心里话。不只是同一棵树上的叶子不同，而且不同品种的树叶差异更大，就像这世上的人群一样，哪怕只是咱们两个人，见识都不是一般的大。"

"姐姐说得也有道理，人的年纪大小、生长环境、阅历多寡、读书厚薄、修养深浅，都可导致个体的差异。"

"就应了'腹有诗书气自华'这一诗句，妹妹记得是谁写的吗？"

"姐姐是真记不得，还是要考妹妹？"

"你满腹诗书，我哪有资格考你啊，是真不记得了。"

"这句诗出自苏轼的《和董传留别》：'粗缯大布裹生涯，腹有诗书气自华。'我妈跟我讲唐宋文学的时候，特别推崇苏轼，说他在宦海沉浮四十年，居然有三十年处于被谪贬的状态。甚至因'乌台诗案'差点丢了身家性命。但他不论身在何方，天真率性不移；无论得意还是失意，总是牵挂黎民百姓。他的两千七百多首诗词中，始终把批判现实作为重要主题。在他的生命旅途中，至亲挚爱先后离他而去，他依然豁达乐观。即使步入暮年，照样认真的活着，是个秉性难改的乐天派。"

陈臻楚与周班长边走边聊，一会儿就到了宿舍。

一进宿舍，周班长先去洗衣服，陈臻楚则坐下来修改诗稿。等周班长洗完衣服，在卫生间里晾好出来，陈臻楚就请周班长帮她看看改得如何？

周班长把双手往衣服上擦了擦，接过陈臻楚修改并且誊写过的诗稿，轻声读了起来：

《青春》
青春，
是喷薄而出的朝阳，
山岗上，
海岸边，

遍洒金色光芒，

照耀着，

沐浴着，

花草树木成长。


青春，

是锦簇绽放的刺桐花，

春天里，

枝头上，

盛开如火花瓣。

凸显着，

渲染着

古城校园底色。


青春，

是意气风发的骏马，

校园里，

赛场上，

彰显千里志向。

磨炼着，

砥砺着，

拼搏精神昂扬！

第三章

# 解放思想谋发展

就在王向东紧锣密鼓地准备举办第一期社队两级党员、干部学习班的时候，党的十一届三中全会在北京召开了。王向东是通过有线广播收听到这次会议新闻报道的，感觉就像一场及时雨一样滋润心田。随后，他把社队两级党员干部学习班的学习计划做了修订，加入学习贯彻党的十一届三中全会精神的内容，并且以这项新内容作为学习班开班动员的主基调。一周后，县委召开了学习贯彻党的十一届三中全会精神部署会。会议期间，王向东把准备举办社队两级党员、干部学习班的计划向县委书记作了口头汇报，得到县委书记的充分肯定。会议结束之后的第三天，红星公社就在大礼堂举行了社队两级党员、干部学习班的开班仪式。

大会堂里的主席台两侧，分别写着"解放思想 拨乱反正 团结一致向前看""鼓足干劲 群策群力 加快农业新发展"；横批写着"深入学习贯彻党的十一届三中全会精神"。王向东落座于主席台居中位置，于王向东履新之后才陆续到任的党委谢副书记和三位委员分别坐在王向东的左右侧。

王向东作了动员讲话，指出举办学习班的目的意义、学习内容，以及学习贯彻党的十一届三中全会精神和县委的部署要求的初步打算。他说，党的十一届三中全会，是在全国开展《实践是检验真理的唯一标准》大讨论之后召开的，重新确立解放思想、实事求是的思想路线，确定把全党工作的着重点转移到社会主义现代化建设上来，作出实行改革开放的重大决策，是我们党历史上具有深远意义的一次伟大转折。他要求社、队两级党员干部在开班仪式过后，分两批参加学习，除了学习贯彻党的十一届三中全会精神，还要学习党在农村的方针政策和农业生产管理等其他内容。无论是公社脱产干部，还是大队非脱产干部，都要做到日常工作有人做，集中学习不耽误。

　　开班仪式之后的次日上午，王向东在第一期学习班上作了《实践是检验真理的唯一标准》的专题辅导。他打开学习笔记，翻到其中的一页，说："检验真理的标准，并不是现在才提出来的，而是一个早就被无产阶级革命导师解决了的问题。1845年，马克思提出，人的思维是否具有客观的真理性，这不是一个理论问题，而是一个实践问题。一九三七年七月，毛主席在延安撰写的《实践论》里面也指出'真理只有一个，而究竟谁发现了真理，不依靠主观的夸张，而依靠客观的实践。只有千百万人民的革命实践，才是检验真理的尺度。'这里说的'只能''才是'，意思就是标准只有一个，就是只有实践，才能够完成检验真理的任务。而且，客观世界是不断发展的，实践也是不断发展的。新事物、新问题层出不穷，这就需要在马克思主义一般原理指导下研究新事物、新问题，不断作出新的概括，把理论推向前进。这些新的理论概括是否正确，由什么来检验呢？同样也只能用实践来检验。正如毛主席在《实践论》当中所指出的：'客观现实世界的变化运动永远没有完结，人们在实践中对于真理的认识也就永远没有完结。马克思列宁主义并没有结束真理，而是在实践中不断地开辟认识真理的道路。'为了探索新中国如何进行社会主义革命和建设，一九五五年底至一九五六年春，毛泽东等中央领导人曾经深入全国各地开展系统的调查研究，随后在中央政治局扩大会议和最高国务会议上，毛泽东作了《论十大关系》的报告，初步总结了我国社会主义建设的经验，明确提出要以苏联为鉴，独立自主地探索适合中国国情的社会主义建设道路，认为建设社会主义，必须不断在实践中积累经验，逐步克服盲目性，认识客观规律，才能实现认识上的飞跃。以上这些，是我前几年在上大学期间，从政治类课本和查阅图书馆相关资料做的笔记。时间关系，今天没能展开细讲。作为党在农村基层组织的党员干部，无论是公社里的，还是各大队的，同志们对于实践出真知、真理来自实践、实践才是检验真理的唯一标准，都有着深切的体会与理解。因此，希望大家通过两天的集中学习讨论，能够进一步解放思想，澄清模糊的思想认识，按照党的十一届三中全会精神和县委的部署要求，鼓足干劲，群策群力，加快农业新发展。我大学读的就是水利专业，还兼修了电力专业的部分课程，毕业时放弃了留校工作的机会，回到咱们县的水利局工作，在局领导的支持下，历时三四个月，我对全县水利建设概况做了一次比较全面的了解，然后草拟了一份建议书。县水利局专门行文呈报县委和县政府。随后，县委和县政府提请地区专署协助组织专家进行了初步论证。这次组织上又安排我回到咱们红星公社工作。我将与同志们一起，争取早日启动重修那座停工多年的水库，并且争取配套建设水电站项目，让农田灌溉不缺水，让社员群众用上电。"

王向东端起搪瓷口杯，吹了吹热气，小喝了两口，说："今天我就先做这个发言，算是抛砖引玉。明天上午的讨论，我再给大家讲讲学习毛主席的《关于正确处理人民内部矛盾的问题》，到时候我准备请一位大队干部现身说法，跟大家分享他这些年是如何做好邻里矛盾调解工作的。大家先不用猜测这位大队干部是谁。我也不想提前通知他做准备。到时候，就请他聊聊平时怎么做的就行。"

散会之后，社、队两级党员干部从大礼堂的前后门走出来，有男有女、嘈杂的声音飘荡在退场的队伍里：

"哎呀，上了几年大学就是不一样啊！"

"我觉得没有不一样啊，虽然当了书记，又是大学生，可是讲话的口气还是那样，没有打官腔，不像之前调走的那个人，整天沉着脸……"

"刚才他说的大队干部是谁啊？"

"王书记不是说不要猜吗？"

……

会后，在公社食堂吃午餐的时候，党委陈秘书打了饭菜，端到王向东旁边的餐桌上，拉过一把长条木椅坐下，等着领导开口交代工作。这已经成了一种习惯。虽然在红星公社任职时间不到半年，但是之前他在县直机关单位担任过办公室主任，对于秘书工作是比较熟悉的。而更早一些时候，他还在县城中学当过语文老师和学校团委书记，刚刚而立之年的他，被调到这山区工作，应该是组织上有意让他经受锻炼。刚到任的时候，他看见这么差的工作条件，完全超出他的想象，心里不免有些凉意。王向东的到来，让他目睹这位新任书记的行事风格，听了新任书记的讲话，感觉就像上学时遇到一位好的班主任一样，心情舒展了一些。

"你查一下参加第一期学习班的大队干部名单，看其中有没有前进大队的治保主任？"王向东拿筷子比画着，说，"姓高，一点一横下面一口子，还有那个什么……明白吗？"

"这个大队的社员都这个姓，大队干部也都是，不过，只要知道是做什么工作的就错不了，"党委陈秘书答道，又问，"查这个是要？"

"如果不在第一期名单里，就通知他们大队长调换一下，让这位治保主任参加第一期的学习，其他就不用说了。"

"好的，"党委陈秘书想起书记在上午开班仪式快结束时的讲话内容，点点头说，"我明白了。"

次日上午，还是在公社大礼堂，参加第一期学习班的社队干部早早落座于一排排简易的长条椅上，大家尽可能坐到主席台前面的椅子，虽然人数比前一天少了大半，但是一排排整齐落座，现场显得井然有序。公社党委谢副书记和党委陈秘书与公社其他干部坐在有桌子的第一排。

主席台上，王向东寻找着等会儿要跟大家介绍做群众工作的治保主任，目光最后落在第三排中间座位上，抬起握着钢笔的右手，朝着目光停留的位置，说："昨天上午，同志们都参加了开班仪式，我代表公社党委就如何学习贯彻党的十一届三中全会精神和县委的部署要求，联系如何深入学习《光明日报》所刊载的《实践是检验真理的唯一标准》这篇文章，提出了一些意见，着重谈了自己对于毛主席的《实践论》的理解。今天是第一期学习班的第一课，由我跟大家一起学习毛主席的《关于正确处理人民内部矛盾的问题》。昨天已经跟大家做了预告，要请一位大队干部给大家讲一讲他是如何做好邻里调解工作的。这位干部就是前进大队的治保主任。好，就请到主席台上来讲吧。"

"我？"前进大队的治保主任从座位上站立起来，手指头指着自己的鼻子，面向主席台上的王书记问道。

"是的，就是你。"

"我没有什么好讲的，做的都是分内该做的工作。再说，我的文化水平低，讲不好。"

"又不是让你讲什么大道理，只要把平时怎么做调解工作的讲一讲就行，"王向东是想借这位治保主任之口，来辅助说明今天要讲的话题，就说，"你就把那天晚上跟我讲的那两三个例子讲给大家听一听，也让大家评一评，看做得好不好，还有没有改进和提高的所在？"

见王书记在主席台上站起来等着他，治保主任不好再推辞，就站在座位那里，把那天晚上跟王向东讲过的例子复述了一遍。

尽管这是听的第二遍，而且没有那天晚上讲的那么生动，但是王向东依然饶有兴致地听着，不时地点头，投去赞许的眼光，时而又在笔记本里记着什么。听到大家对于治保主任所讲的例子报以掌声的时候，王向东也跟着鼓掌。

"讲完了，"治保主任脸色通红地说，"请领导和大家批评指正！"

"好，讲得很好，"王向东抬手示意治保主任坐下来，然后说，"我到任的那一天，前进大队发生了一件因邻里纠纷而伤人的事件，当天晚上我就把这位治保主任叫来了解情况，最后又让治保主任举例介绍平时是怎么调处邻里纠纷的。那些看似平常，实际上并不容易做好的调解工作，这位治保主任不推责，靠前做，让我很受感动。刚才大家也都听到了，也给他鼓了掌，说明大家对他的调解工作是赞许的。如果每个大队，每一位大队干部，乃至每一位生产小队的干部都能够这么有担当，想尽办法做好发生在身边的群众工作，那么，我想，群众的心就能够跟我们靠得更近一些，我们党在农村的工作就能开展得更顺利一些。因此，接下来，我要跟同志们一起重温一下毛主席的《关于正确处理人民内部矛盾的问题》，谈谈我的学习心得。"

王向东从桌子上拿起《毛泽东选集》第五卷，说："举办学习班的通知里面，要求大家带上《毛泽东选集》1—5卷，有带来的，请打开第五卷第363页，没有带来的，就跟旁边的同志一起看。《关于正确处理人民内部矛盾的问题》，系统地阐明了关于严格区分敌我和人民内部两类矛盾，以及正确处理人民内部矛盾的理论。强调严格区分和正确处理两类不同性质的矛盾。人民内部矛盾只能用民主的、说服教育的方法去解决。"

……

时针已经指向十一点了，王向东自我打趣地说："跟大家几年没见面，一开口就止不住了。希望有助于同志们学习和领悟党的十一届三中全会精神。前进大队治保主任介绍的调解处理民事纠纷方面的做法，对于学习和理解《关于正确处理人民内部矛盾的问题》这篇著作，也是很有帮助的。今天下午，将由公社党委谢副书记给大家作学习毛主席《矛盾论》专题辅导报告，希望同志们认真听讲。明天上午由公社党委陈秘书组织大家讨论，就是联系各自的思想和工作实际，谈谈如何学习贯彻党的十一届三中全会精神和县委的部署要求，希望大家认真做好发言准备，要言之有物，不讲空话。建议大家把主席台两侧的对联及横批一字不漏地都抄写在笔记本里，回到家里吃了饭，别忘了思考今后如何解放思想，加快发展这个重要议题。这期学习班结束之后，紧接着办第二期，然后各大队还要各自组织学习讨论，切实拿出加快发展的好思路、好措施。我和谢副书记，以及公社党委的各位委员将分组到各大队蹲点，与大家一起探讨适合我们公社社情的发展思路。新年元旦过后，农历春节之前，再召集各大队的大队长到这里来交流，看看各大队都有哪些实招好招，然后汇总整合，看能不能从中找出几条适合咱们这个地方的发展新路子。"

两期学习班结束之后，王向东每天吃过早餐，就带着党委陈秘书到各大队选取一些生产小队进厝入户了解社员群众的日常生活，尤其是困难和问题，倾听他们的想法，从中归纳一些带有普遍性的问题和社员群众的共性诉求，到田间地头兜兜转转，看看地里当下都种植着什么农作物，空置的田地有多少？中午就近到大队干部家里吃家常便饭，听听大队干部们的看法和意见。傍晚回到公社吃过晚餐，王向东就在公社门口散步一会儿，然后返回办公室整理归纳笔记本上和脑袋里所记的情况。

一九七九年元旦前两天的傍晚，王向东下乡回到办公室，一进门就发现办公桌上放着一沓信封，收件人都是公社党委书记。他逐一拆开，大都是县里发的文件或简报，阅看之后写上传阅范围和办理意见等批语。只有两个信封上直接写着他的姓名，其中有一封是县水利局转过来的。他端详着寄件地址与寄件人标注"内详"的信封上的字迹，认不出这是出自谁的笔迹，就直接拆开阅看起来：

尊敬的王副主任：

　　近好！

　　当你收到这封信而尚未拆开阅看的时候，您应该不会想到是我给您写的信吧！如果我没成为恢复高考之后的第一批大学生踏进南方这所名牌大学，有幸与您成为校友，而且还是同一个系这样一种机缘巧合，我此时此刻也不会产生给您写信的想法。地球那么大，世人那么多，竟然能够一次受您领导，一次与您同学，您说这只是巧合吗？还是命运的安排？我知道，您是一位彻底的唯物主义者，不相信缘分、命运之类的唯心主义说辞。前些年，在知青点的时候，利用集体学习时间，您多次组织我们学习《毛选》，分享您对于辩证唯物主义和历史唯物主义的理解。可是，很遗憾，我当时认为这些都是政治教育，内心不免有些抵触，后来回城之后招工到国营工厂，每周有一个晚上的政治学习，也没能改变我的宿命观念。很显然，与您相对比，我就是一位思想落伍的知识青年。但是，我还是要把我内心真实的想法告诉您，而不想有半点隐瞒，包括我前面所提及的自以为是的思想。不过，我的观念，并不影响我参加学生会的活动。在学生会里面，我尽情发挥着能歌善舞的文艺特长，不是想博得同学们刮目相看，而是主观上希望借此平台更好地锻炼自己，客观上也能活跃同学们的课余生活，而且还有一个意想不到的收获，就是学生会主席多次对我们这些新任的学生干部提起您此前担任学生会主席时开展的一些活动项目，以及深受学生们欢迎的情况。也许别的学生干部听起来只是一位学长的先进事迹，然而，对我而言，听到您的名字和您的故事，内心却是欢喜的，亲切的，也让我产生了解您毕业之后分配到哪里的冲动。于是，我接连问了学生会主席和学校学生处，得知您婉拒了留校安排，回到生源地的县水利局工作。因此，我在这个下着小雨的周日夜晚，在舍友外出逛街、看电影的时候，铺开信笺，拧开笔帽，冒昧给您写信，希望得到您对于我当前的学习，乃至今后人生规划的指导。您的意见将被我珍视。期待您能够在百忙当中阅读我的书信，更期待您能拨冗给我回信指点迷津，还期待将来能够分配到您所在的工作单位，继续接受您的领导和指导！好了，今天就写这些，信中如有表达不当之处，请您批评指正！

　　此致
敬礼！

王小梅<br>一九七八年十二月二十一日夜

　　看了两遍王小梅的来信，王向东从座位上站起来，走到木窗前，拔起插梢，推开木窗，习习夜风扑面而来。他深吸了一口气，瞪大眼睛，朝前望去，远处的景物模糊难辨。办公室里的煤油汽灯在夜风的吹拂下嘶嘶作响。他关上木窗，插好梢子，回到办公桌前，坐回木椅，从抽屉里拿出一沓印有本公社名称的便笺，从办公桌上的笔筒里取出钢笔，思量着怎样给王小梅回信。提笔、搁笔，又提笔，不太长的回信写了一个晚上。

小梅学友，你好！

　　很高兴能够在这寒冷的冬令时节收到正在母校读书的学妹给我来信，也很欣赏你能跟我实话实说你内心的想法和感受。每个人的成长环境、工作经历不同，就会有不一样的思想观念，而且还会随着年岁的增长、学历与阅历的增加，以及环境的变化而有所改变。目前你的主要任务是完成学业，学好建设社会主义的本领，而无需纠结于改弦易张此前形成的某些观念，正如你在信里所说的那样："我的观念，并不影响我参加学生会的活动。"套用一下你的说法，那就是不同的人生观，并不影响我们曾经在知青点里一起学习和锻炼，也不影响你我一前一后地录取到同一所大学的同一个系里学习。因此，信的开头，我就以学友称呼，而非职务或者"同志"相称，反而更加实在，倒不是因为彼此的人生观不同而不宜称呼"同志"。至于你提到希望我能给你学习上乃至人生规划等方面的指导，以我的理解，这多半是一种客气的措辞，因为我尚不足以有什么真知灼见可给你"指导"，这也是实话实说的！如果毕业之后，你打算选择来这里工作，我对此表示欣赏和赞成！

　　顺便告知一下，前不久我被组织上调回红星公社工作了，当下正在组织全社党员干部群众学习贯彻党的十一届三中全会精神，到你毕业之时，我相信这里将会有一些可喜的变化，现在还不好说得很具体，因为刚举办过两期社队党员干部学习班，目前各大队正在思考和探讨如何解放思想、加快发展的思路。最近一段时间，我几乎天天在大队里走动，了解社员群众生产生活等方面的困难与问题，想法与要求。新年元旦过后，春节到来之前，公社党委将集中听取各大队如何学习贯彻党的十一届三中全会精神的思路与措施，然后，公社党委再从中研究制定贯彻党的十一届三中全会精神的若干意见。总之，我已经预感到党的十一届三中全会的召开，将如同春风一样唤醒神州大地的广袤田野，包括我们这个山区的一草一木。夜深了，谨此搁笔。

　　此致

敬礼！

王向东

一九七八年十二月二十九日夜

王向东把写好的回信折叠好，装进一个落款标注着本公社名称及地址的信封里，用糨糊封了信封口，写上收件地址名称和收件人姓名，搁在办公桌上，然后拧息煤油汽灯，关好办公室的木门，回到宿舍，躺在床上却无睡意。

思绪回到五年前的知青点。一群本地区城市户口的知识青年在那座已具水库粗坯的北侧山坡上，因陋就简地搭建了多栋竹木结构的房屋，作为知青们集体学习的场所和宿舍。他与这群朝气蓬勃的小青年一起学习，一起劳动，建立了深厚的友谊。后来他被推荐去上大学。从那时起，就没再与知青们联系，但是他们当中的每一个人，每一张面孔，尤其是陈臻善、陈臻楚兄妹，高小梅等几位表现比较突出的知青，他时不时都会想念。而今收到王小梅的来信，让他重新勾起一些往事。那位一直支持他组织兴建水库，后来又帮他做好知青点管理工作的金小娘，已经病逝一年多，她那位聪明伶俐的喳某仔，现在怎么样？最近他带着党委秘书，由远及近，到各大队转转，还没转到离公社最近的前进大队，准备明天去那里调研，接下来再安排时间去溪美大队走走。就这样回忆着、思量着，渐渐来了睡意……

第二天早餐后，陈秘书依然跟着王向东走出公社大门，问王书记是不是要去前进大队？

"是的。"走在前面的王向东回过头来，朝陈秘书点点头。他重新回到红星公社快两个月了，对于这位秘书的工作还是比较满意的，文秘功底比较扎实，党委日常工作安排得井井有条，服务领导的意识比较到位，交代他去做的工作不需要催促。

一会儿，王向东和陈秘书就走到前进大队的大队长家门口了。

大队长就像预先得到通知似的，正在家门口等候着，离家门口还有十几米远，大队长就大步走过来打招呼："这么早啊！吃早饭了吗？"

"吃过才来的。你这是在等我们吗？还是在等你老婆上街买东西回来给你补身子？"王向东打趣道。

"你看这身板，"大队长拍拍自己的胸脯，说，"哪里还需要补？我这是专门在门口等你们的。"

"你不是神仙，还能预知我们今天要来找你？"王向东继续打趣道，"等老婆也没啥不好意思啊！"

"真是在等你们的，"大队长边笑着解释，便提高嗓音喊她老婆快出来，说，"领导来了。"

随着大队长这一喊，户门内疾步走出一位剪着平发的中年女性，手里拿着一块深蓝色围巾，边走边说："今天什么风把领导吹来了？"

"你这是什么话？"大队长侧过头说他老婆，"公社领导最近天天都在各大队里走访，哪要靠什么风吹？真不会说话。"

"是，是，"大队长的老婆连声附和着，"没文化，不会说。领导赶紧厝里坐。"

王向东走进厝里，落座在靠近门口的一张长条木椅上，环顾一下厝里的物品摆设，显得很有秩序，不像其他社员家里那样杂乱，就夸起大队长的老婆："家里收拾得很干净，大队长好有福气啊，娶了这么一位既漂亮又会当家的老婆过日子！"

"我可没有领导说得那么好，平时也是乱糟糟的，"大队长的老婆朝她丈夫努努嘴，说，"昨天吃午饭的时候，他跟我说这一两天公社领导可能要来，我昨晚才赶紧收拾一下的。"

"是啊，是啊。"大队长赶紧接过话题，催促老婆赶紧去泡两碗茶来。

"不用忙，大嫂子，不用泡茶，"王向东面向大队长的老婆，微笑着说，"刚吃过米粥，不渴。要去别家走走，需要你家老公给我们带路，找你借用一下。"

"不用借，他大半是公家的人，经常不着家的。"大队长的老婆微笑着回应，脸上却无一丝责怪的表情。

路上，王向东还在纳闷大队长是事先得到公社秘书或者通讯员的通知，还是大队长细心关注着他下乡的行程？他交代过秘书和通讯员不必事先预告他下乡的具体行程，是不想打扰大队干部们的日常生产生活，也不想让他们事先准备些什么，但是，秘书或者通讯员为了工作衔接而提前一两天告知大队长，也是可以理解的。因此，王向东没有直接问大队长是怎么知道他今天早上要来的，而是拐了个弯，说："你老婆看起来很面善，似乎之前见过的，可是一时就是想不起来在哪里见过的。"

"天天都在家里做饭洗衣服，没出去见过世面，哪里能够见到您这尊大菩萨呢？"

"想批评我官僚就直说嘛，何必给我戴高帽？咱们都是社员群众的服务员，不是等着信众烧高香的菩萨哦，"王向东刚开口，就被大队长反将了一军，不过还是被王向东绕回来了，"其实你老婆不仅面善，也很会说话的，你刚才不让她说话是不民主的。"

"她参加过扫盲班，认了一些字，会说几句应酬的客气话。"

"善良的人，尽管是应酬的话，也不会说谎的，"王向东侧过脸看着大队长，把话头拐到正题上，"比如，她刚才说昨天你就告诉她这一两天有领导要来的。"

"是啊，没错。"

"哦，那你怎么猜到我今天要来的？"

"我有留意您每天到哪个大队。昨天我还打电话问了公社通讯员，他说您已经去过哪几个大队，但是不清楚哪天会到我们大队，"大队长想想又补充一句，"若是以前，金小娘还在的话……"

听到大队长提及金小娘的名字之后欲言又止，王向东心里不由咯噔一下，没再说什么，只是默默朝前走着，一会儿来到金小娘的厝门口。只见入户门紧闭着，厝外前庭从石缝中长出一些低矮的杂草，在晨风中轻轻摇曳着。王向东问大队长道："金花同志的儿子参军回来了吗？"

"还没。"

"金花同志的女儿还在她大姐家？"

"是。"

"隔壁这一户好像就是那位高犇的家吧？怎么也锁着门？"

"是，高犇出事之后，他母亲觉得没脸见人，也走了。"

"去哪了？"

"她以前就不大与左邻右舍来往，生产小队发现她好多天没出工，就让记工的社员上门去找她，这才知道她没在家里，就到大队部反映。治保主任到她厝门前，发现户门挂了一把破旧的锁。从门缝里朝厝内看不出异样，就来叫我一起去撬门，发现鼎里还有没吃完的几小块煮熟的番薯，已经长霉发馊了。"

"然后呢？"

"我让治保主任发动她的堂亲们分头去找了十来天，都没发现踪迹。后来向县公安局报了案。公安局派人下来调查了好多天，还在有线广播里播过很长一段时间的《寻人启事》，都没有结果。"

"嗯，"王向东神情冷峻地点了点头，说："孔夫子认为，'君子有三畏'，就是要畏天命，畏大人，畏圣人。通俗地说，就是要做人有敬畏之心。我特意引用孔夫子这句名言，想要表达的意思，大队长一定是明白的，陈秘书可能不大清楚。"

"是的。"陈秘书答道。

"说来话长，以后得空再和你说。回首那一段不平凡的岁月，无论是组织，还是个人，都是难忘的。"

大队长与陈秘书站在王向东身旁，注意听着王向东的一番感言。

"咱们就近再走几户，听听社员们对于生产积极性不高的看法。"

"其实这个问题还不大好说。"

"怎么个不好说？"

"就是这里面牵涉到一些问题，有的说不好，有的不便说，有的则是不用说。"

"说不好的，不便说的，暂且不说，就先说说哪些问题是不用说的？"

"比如说吧，我家那两分自留地，按季节种些蔬菜，我老婆每天一大早起来做好早餐之后，就会到自留地里给那些蔬菜浇水，傍晚也经常去，所以昨天中午我要提前跟她讲你们可能要来，让她在家等着烧水泡茶。"

"继续说。"王向东点了点头，这从另一个侧面解答了大队长为何要把公社领导下乡的信息预告家属的缘由。

"若是生产小队的菜地，她就不会这么起早贪黑的，不仅我老婆，别家也是这样，其中的道理是不是不用说？"

"要说，我想知道是为什么。"

"明摆着的，大家都懂。"

"不要卖关子哦。快说出来，别管我懂不懂。"

"就是您刚才说的积极性嘛！还用说什么道理吗？"

"啥道理？说说看。"

"给自留地干活，收成是自家的，收多收少关系大；到生产小队的地里干活，收成是公家的，大家都有份，收多收少跟自己关系没那么直接。"

"好，这个不用说的问题说出来了，"王向东侧过头看一下大队长，微笑着问，"接下来先说不便说的？还是说那些说不好的？"

"说不好说的，其实也就说了不便说了嘛。"

"说不好说的，或者不便说的，不妨都说出来，"王向东继续朝前走着，说，"咱们都是党员，要知无不言，言无不尽，不要吞吞吐吐，是不是？"

"说不好说的，不便说的，都比较敏感，万一说错了，会犯错误的。"

"还是思想解放问题，"王向东说，"你看，刚参加过学习班，心里有话还是不敢说出来。"

"顾虑当然是存在的，前几年就因为集体生产的事，被那位姜主任批评过很多次。"

"那是前几年的事，咱们这是在工作调研当中交换看法，你尽管说，不用顾虑什么。"

"那我说错的话，你要及时批评纠正哦！"大队长说，"咱们祖祖辈辈都是种田的，大多数社员都一样，去南洋做工的人不多。只要是在家里，就离不开种田过日子，可是不同农户的劳力差别比较大，为了提高生产率，从初级互助社到高级合作社，再到人民公社，绝大部分的耕地集中到了生产小队里，由集体组织生产。一开始，生产效率还是比较高的，更主要的是解决了分散生产所存在的灌溉问题、种子问题、打药问题、劳力问题等。然而，这些问题基本解决之后，新的问题又出现了。"

"其实就是旧的矛盾解决了，又有新的矛盾产生。"

"是的。"

"接着说，什么新问题。"

"有些社员群众给集体干活省着力，磨洋工，甚至还有个别社员要占公家的便宜，"大队长叹了口气，接着说，"更难的是如何给每个社员记工分。比如，您是一位有经验的老农，我是一位中年女社员，陈秘书是年轻的男社员，这么明显的差别就比较好评工分；若是差不多的，比如都是中年女社员，有的身体好，力气大些，但是做事比较粗，而另一位力气比较小，但是干活比较细，那么就不大好评。为了这个评分，社员之间会闹意见，生产队长们也很伤脑筋。"

"还有吗？"

"有啊，三天三夜都讲不完。"

"好吧，既然这样，那只能再找时间了，"王向东抬起右手指向不远处，有人在地里忙着，就对大队长说，"你先过去打招呼，就说我们要问问农事。"

"好的。"大队长快步前往联系。

"明天就是新年元旦了，"王向东眼睛看着前方，边走边回过头对陈秘书说，"我们中午回公社吃饭，下午你抓紧处理一下需要急办的事情，傍晚就搭班车回家过新年。"

"感谢书记关心，"陈秘书说，"我不回去了，就在公社值班，让其他同志回去，特别是结婚有小家庭和家有年迈长辈的同志回家。我还没结婚，爸妈在县城工作，身体还好，前几天我就写信告诉他们，说好春节放假才回去的。"

"嗯，也好，那你下午把值班安排表送我看一下。"

"昨天晚上我就草拟好了值班安排，打算今天早上跟您下乡的时候找个空当问一下您和谢副书记谁留下来带班，这个确定了，就送您阅批，再向县委和县政府报备。"

"那就我留下吧，让谢副书记回家过节。"

"嗯，好。"陈秘书答应道。

当天晚饭后，王向东刚走到公社大门口，听见背后熟悉的脚步声，回头看一下，是陈秘书，就招呼他一起向着不远处的公路走去。借助如水的月光，听着有线广播里正在播放的歌曲，两人一左一右沿着公路散步前行。

王向东侧过头来，朝着公社北侧那如黛的天坛山仰望着，问陈秘书有没有上过天坛山？

"还没有，主要是没伴同行。"

"我算是去过天坛山，但也没有到达天坛山顶上。当时突发了山火，我和在家的几位公社干部连夜上山参加灭火。"

"听说您还受了重伤？"

"嗯，摔伤了，"王向东拍拍左大腿，微笑着说，"还好，没瘸，走起路来依旧健步如飞。"

"我刚到这里的时候，翻阅了咱们公社，以及之前乡政府历年的工作计划、总结和报表等资料。在一份工作总结里，好像是一九七三那一年吧，记载了天坛山发生的山火，经过广大干部群众齐心协力、奋不顾身的灭火，终于保住了天坛山主峰。也提到您冲在最前头，临危不惧，负伤不下火线，直到失血昏迷了，才被抬下山送去县医院抢救。最后写了如何吸取发生山火的教训而要求各大队排查火灾隐患。"

"嗯，记性不错，"王向东对陈秘书微笑着点点头，说，"秋冬季节，草木干燥，封山禁火。等来年夏天，咱们找个时间，工作不那么忙的时候，和近几年新来的同志一起攀登天坛山。据说顶峰有一块大石坪，留有铁拐李、何仙姑等'八仙'的足印。届时我和大家一起感受一下'仙气'，也不枉来此仙境一遭哦！"

"是，那是！"陈秘书点头回应。

一九七九年元旦后的第三天，红星公社学习贯彻党的十一届三中全会精神汇报交流会如期召开。

背对着主席台的第一排坐着公社党委一班人，王向东居中落座，谢副书记和三位委员分别坐在王向东两侧。各大队的大队长落座于前排其他三面。各大队其他干部则随意就座于后两排的椅子上。

谢副书记主持会议。

王向东从桌子上拿起一份《内部工作简报》，向与会者展示一下，然后代表公社党委率先作了主旨发言：

"同志们，今天这个会议，是咱们公社党委接连举办两期学习贯彻党的十一届三中全会精神的专题学习班之后，公社党委一班人分头到各大队与干部群众研讨如何解放思想、加快发展的思路和措施的基础上召开的。在各大队汇报交流之前，我先把县里转发的这份《内部工作简报》的主要内容给大家吹吹风。"

"前年十一月，安徽省委制定了《关于当前农村经济政策的几个问题的规定（试行草案）》，强调尊重生产队的自主权、试行责任制等。如皖东滁县地区的一些地方开始出现包产到组的农村生产责任制，来安县烟陈公社魏郢生产队和凤阳县马湖公社试行包产到组，由此提高了社员的生产积极性，在当年全省大旱的情况下仍然获得了较好的收成。安徽省委农村工作部把马湖公社包产到组的经验总结成《加强生产责任制的一个办法》，在苏州召开的全国人民公社座谈会上散发，引起极大反响。去年十一月，也就是一个多月前，安徽省凤阳县小岗村 18 位农民签下一份不到百字的包干保证书，将村内土地分开承包。"

"据我了解，目前我们省还没有哪个地方试行这种家庭联产承包责任制，就是以社员家庭为单位，向集体经济组织承包土地等生产资料和生产任务，按照合同规定自主地进行生产和经营。其经营收入除按合同规定上缴一小部分给集体及缴纳国家税金外，全部归于农户。集体经济组织作为发包方，除进行必要的协调管理和经营某些工副业外，主要是为农户提供生产服务。"

"我之所以先跟同志们讲一通外省试行家庭联产承包责任制的例子，是想让同志们进一步解放思想，拿出敢于第一个吃螃蟹的气魄，就像安徽省凤阳县马湖公社与来安县烟陈公社魏郢生产队那样，带头甚至是冒险试行包产到组等形式的家庭联产承包责任制。我认为，这不只是一个地方对于农村生产组织形式改革的探索，或许就是今后全国群起效仿的榜样，这十八户农民签下的联产承包责任书，或称'生死状'，今后说不定将载入社会主义革命和建设的发展史册。当然，作为公社党委，对于这种事关农村和农业发展的大事，我们得按照上级党委的工作部署来执行。这是从面上、从大局上来说的。

但是，在我们这十来个大队和百来个生产队里面，有一两个或者两三个学习安徽省凤阳县马湖公社与来安县烟陈公社魏郢生产队，有那么十来户或者十几二十户社员，像安徽省凤阳县小岗村 18 位农民那样，与所在的生产队签一份联产包干责任书，不妨做个一两年的试点，不行的话，允许他们再改回来。这些只是个人的想法，没有经过公社党委讨论研究过，提出来供同志们参考。接下来，由各大队的队长发言，按照由近到远的顺序，逐个大队发言，大队长说完，其他同志再补充，最后我做总结。"

前进大队的大队长率先发言。他说："刚才王书记提到的安徽凤阳县农民与生产队签订联产承包责任书的做法，我们大队要发动十几二十户社员来做试点，也是有群众基础的。"

"这个问题我补充一下，"谢副书记说，"有的社员拿自留地与集体的田地里种植的农作物做比较，说明集体生产的效率就是比不上自留地，原因大家都知道，我就不说了。因此，刚才大队长说，要发动十几二十户社员来做试点是有群众基础的。对此，我是赞同的。就补充这一点。"

前进大队发言之后，其他大队按照发言顺序依次作了汇报交流。让王向东没想到的是，他在各大队汇报交流之前，先跟同志们讲了安徽省凤阳县等地试行家庭联产承包责任制的例子，引起与会同志们的共鸣与热烈的反响，各大队都表示可以选择一两个生产小队，发动一部分社员先行试点，看看效果如何再决定停止或者推广。此外，各大队也对于恢复兴建那座荒废水库、利用冬季兴修农田灌溉设施、加大推广杂交水稻种植、设立护林防火队、申请县公安局在本公社设立派出所、加强对于军属和困难群众的帮扶纾困等方面提出意见和建议。在总结讲话中，王向东对这次汇报交流会给予充分肯定，要求党委陈秘书将一些带有共性的意见和建议归纳整理出来，打印分发给各大队再讨论一下。各大队如有修改、补充，要尽快反馈给公社党委陈秘书汇总，然后提交公社党委研究，形成一份咱们公社学习贯彻党的十一届三中全会精神的若干思路与措施，呈报给县委、县政府。

春节临近了，县委书记带了县委办和农业部门领导前来红星公社做了两天的专题调研。王向东陪同前往山后大队和前进大队，走访了这两个大队各自所选择的一个生产小队，进厝入户听取小队长和社员群众的意见，对于基层党员干部群众在学习贯彻党的十一届三中全会精神过程中，结合安徽省凤阳县小岗村实行土地分开承包的做法与本地的实际而提出的家庭联产承包责任制的方案给予肯定，支持他们大胆、稳妥地试行，要求公社党委要指派两位得力的干部驻点协助做好试点工作。春节前三天，山后大队与前进大队基本敲定了当年春季开始试行家庭联产承包责任制的具体实施办法，经过两个大队的研究之后，上报到了公社党委。

王向东交代陈秘书拟一份春节期间公社干部值班表，原则上由家庭在本公社范围内的干部轮流值班，让家在外地的干部回去过春节，等春节之后，再酌情安排本地干部补休假期。

陈秘书问："领导带班怎么安排？"

"我带班，其他人都回家。"王向东答道。

"那我也留下吧。"

"不，"王向东把桌子上一叠刚阅完的文件递给陈秘书，说，"元旦放假没回家，这次你一定要回去，也代我向令尊令慈问好！提前祝你们过一个愉快祥和的春节！"

一九七九年元宵节后，公社党委立即召开专题会议，研究山后大队和前进大队的家庭联产承包责任制试行的实施办法。随后，由两位公社党委委员各带一个工作组前往山后大队和前进大队，直接到拟作试点的生产小队召开社员群众动员会，宣讲党的十一届三中全会以来全国各地和各行业恢复生产工作秩序的可喜形势，特别是安徽省凤阳县等地试行家庭联产承包责任制的做法，以及公社党委在年前广泛深入的调研过程中听取许多社员群众希望扩大生产自主权，提高劳动积极性的意见等情况，详细说明试行包产到组等形式的家庭联产承包责任制的方案修改成直接试行家庭联产承包责任制的具体实施办法，再次听取社员群众的意见。有些社员群众提出，最好能够由大队成立一支中青年社员为主体的生产互助队，在春耕春种、夏收夏种等农忙季节，对那些缺乏劳力的家庭提供帮助，并且由大队统一制定工时补偿标准，由各生产小队给互助队适当补贴。王向东再次召开公社党委会议，听取两位党委委员的工作汇报，对两位委员在试行家庭联产承包责任制推进阶段所进行深入有效的工作予以表扬，并且研究同意由各大队成立中青年为主的互助队等合理建议。

第四章

# 西南边陲木棉红

一九七六年的初春时节，高祥与陈臻善，以及家乡所在地区的百名热血青年，乘坐客车前往鹭岛市汇合，然后转乘一列绿皮客运列车，历时五天才到达西南省会城市的一个部队营地。经过三个月新兵集训考核，他们如愿佩戴上了红色领章和红五星帽徽。根据部队需要，参考新兵文化水平、身体素质和爱好专长，高祥被分配在某团卫生队当战士。由于入伍前就有学医基础和赤脚医生经历，加上入伍后的积极工作，因此，在团卫生队当了两年兵之后，高祥被推送到军区医院参加为期一年的"野战救护集训"，然后重新分配。高祥与一位来自中原地区的学员李富家被分配到西南边陲一处木棉树遍地的某野战部队营区。

营区围墙内种植着一排木棉树，大都有十几米高。这种生长于亚热带地区的落叶大乔木，枝干分叉平展，树叶如掌分开。他当它和其他树生长在一起的时候，它会超越群树之上，而不被其他树所遮掩。每年四五月间，木棉花在落叶的枝干上群体绽放，表现出一种特别雄迈的气势，被人们誉为"英雄花"。此时，锦簇绽放的木棉花，与老兵们的笑脸一样，热烈地欢迎他俩的到来。

这是某野战部队刚刚组建的一个卫生分队。分队长由团卫生队的副队长兼任，包括高祥和一起分配来的李富家在内，一共有九位队员。当天晚上召开的队务会上，分队长先作了自我介绍，叫张庆余，副连职干部，其他七位队员都是刚从各营级部队抽调的卫生员，五男二女，分队长让所有队员都各自做了自我简介之后，给刚从集训队分配来的高祥和李富家布置了一项工作，要在半年内通过传帮带，让其他七位队员基本掌握战时救护的知识技能。

短暂的队务会结束后，高祥就回到宿舍，从床铺底下拖出一只小纸箱，解开捆绑的绳子，从纸箱里取出从家里带来的《赤脚医生手册》和在集训队学习期间分发的《国防卫生救护知识训练》教材，思考着如何在规定时间里完成分队长交给的工作。两位女队友来自城市，五位男队友来自农村。为了让队友们能够更快更好地学习和掌握救护知识和技能，他打算先把《国防卫生救护知识训练》教材与《赤脚医生手册》当中的外伤救护知识互相补充，融合起来，重新编写一份简明扼要的速成教材，然后将他们分成两个学习小组，他与李富家各自带一个小组。他的想法，得到李富家的赞同，然后一起去找分队长汇报。分队长当即肯定了这个建议，并将九位队员作了分组安排。

“小高和小李就是两个学习小组的临时组长，负责战时救护知识技能的传帮带，两个学习小组要经常交流学习情况，”分队长看着小高和小李，说，“你们也要经常交流传帮带的情况。目前边境形势越来越严峻，作为军人，我们必须做好随时上战场的准备，作为担负战场救护的卫生员，我们要做到平时人人苦练硬本领，战时救护个个显身手。”

随后，高祥主动承担起编写教材内容的工作，进入紧张的授课筹备当中。

军营宿舍的书桌上，高祥正在把《国防卫生救护知识训练》教材与《赤脚医生手册》当中的外伤救护知识整合起来，自编一本简明扼要的速成教材，分为“火线抢救的一般原则”“火线抢救的一般方法”“战斗伤情的基本分类”“战地救护的四项技术”四个部分，特别是把第四部分作为重点内容，从止血、包扎、固定、搬运的操作要领与具体要求，配上自绘图片，一一做了详尽的介绍。速成简易教材初稿完成之后，他拿给李富家复核，如果不需要修改补充，就可以提交分队长审阅批准执行。

此时，高祥发现金黄色的阳光已经从西南向的窗户斜照到书桌边上。他走到窗前，迎着斜射过来的光线，抬起左手臂遮在眉间，眯起双眼观看逆光中那成排扎堆绽放在枝干上的木棉花，更显得晶莹剔透，嫣红娇美。他不由羡慕起在兄弟部队搞宣传工作的陈臻善，能够使用相机随时记录美景。

李富家去军人服务部邮寄信件时，看到两封寄给高祥的信件，带回分队里递给正在埋头编写简易救护教材的高祥。

"小高，休息一下，看看谁给你的信？"李富家拿着三封信在高祥面前晃一晃。

高祥搁笔抬头，伸手想接信件，说："别闹，给我。"

"一下子来两封信，是咱们集训队那里转过来的，都是谁写给你的啊？"

"信在你手里，我怎么知道谁写的？"

"你不是在忙着吗？要不我替你拆开，念给你听吧？！"李富家扮个鬼脸。

"行啊，没啥秘密的，"高祥收回伸出去的右手，重新拿起钢笔，左手翻开《赤脚医生手册》，继续摘抄起来，低着头说，"下次你忙的时候，我也帮你拆信哦！"

"可以啊，我也没啥秘密，"李富家边说边把两封信搁在高祥面前，憨笑着说，"还是给你吧，咱文化水平不高，万一遇到生僻字念错了，让你笑话。"

高祥继续低头摘抄着，等李富家离开之后，他才把两封信逐一拆开阅看。

　　一封来自其他部队的信件是陈臻善写的。自从两年前新兵集训结束分赴不同驻地的部队开始，两人一直保持着经常性的书信联系。高祥参加军区举办的"野战救护集训队"期间，陈臻善从师部放映队被选送到军区参加为期半年的"宣传报道集训队"学习，结束之后依旧回到放映队，负责协助队长做好宣传报道工作。没多久，就在军报上先后发表了一篇反映军营文化生活的简讯和一幅记录基层连队军训场面的摄影图片。在介绍完自己近况之后，依旧不忘询问高祥的近况。

　　第二封信是陈臻楚写的，是集训队转过来的。她写给高祥的第一封信，是通过夹在寄给哥哥的信封里转交给高祥的，然后高祥简短回信介绍新兵连训练的情况，寄给她哥转寄给她。新兵集训结束之后，依旧通过她哥转达她与高祥的往来书信，一直到今年春节她到当地师范专科学校读书之后，才直接寄信给高祥。那时候，高祥在集训队即将结束，在给她的回信里，答应到新部队之后就给她写信。可是一到新单位，高祥就接受了这么一项急迫的工作，居然过了个把月也没写信给她。于是，她的上一封来信，开头就把"高祥哥"的称呼改为"高祥同志"，然后直接问他是不是贵族出身的，并打上一串问号。高祥赶紧回信说明自己当下正在完成部队领导交给的一项急迫的工作，为自己的迟复表达歉意。此时打开的，是她的第十封来信，不仅恢复了"高祥哥"的称呼，而且娓娓叙述了她与舍友关于爱情、婚姻和家庭的讨论，然后谈了自己对于爱情的最新感悟，希望他能够理解爱情、婚姻和家庭的不同选择，对于人生幸福和生命意义的决定性作用，期待他经常写信与她交流关于学习与工作、人生与爱情等方面的问题。

　　一九七九年一月中旬，我国西南边陲距离边境不到十公里的一所小学里，担任西线反击作战任务的边防部队在此设立野战急救医院。由于这所学校此前曾经遭受过敌方炮弹多次袭击，造成师生数十人伤亡，因此撤离至一百公里外，与另一所学校合并。为了防备敌人再次袭击，野战急救医院附近增设了一处反炮兵雷达站和一个高射炮团负责空防。而且，为了防备敌人越境偷袭，野战急救医院还配了一个警卫连，专门负责保卫工作。

二月十四日，夜幕降临之后，高祥所属的野战救护分队连夜驱车奔袭百余公里，到达野战急救医院。在这里，他们接到命令，需要在战斗打响之后跟随突击部队担负战场救护工作。与他们同行的还有当地的一个基干民兵排，负责运送弹药、食物、饮用水和转运伤员。

战前动员时，野战急救医院政委简明扼要、铿锵有力的话语如雷贯耳。高祥不由心潮澎湃，一种对于敌方忘恩负义的愤慨与我方被迫自卫反击的激情交汇在一起，融入他滚烫的热血中。按照参战要求，野战救护分队成员都写了家信。

高祥和小李拿着一本从部队服务社买的空白信笺，来到一间敞开着的教室，各自找了书桌和椅子，吹掉一些灰尘，赶紧坐下写信。

半小时之后，已经写好了家信的李富家，看见高祥写了很多张信笺，还在埋头写着，就问道："你给家里写那么多啊！"

"也有给朋友的。"

"男的？女的？"

"都有。"高祥不想让李富家追问下去，就连珠炮似地反问他家信写好了吗？写了几封？都写给谁的？

"我只写给家里，告诉我娘最近边境形势比较紧张，即将跟随部队去完成一项光荣的任务，可能会有一段时间没办法寄信回家，让我娘不要记挂，请她自己多保重，并照顾好妹妹，督促她好好读书，长大之后才有出息。我就写这些，你呢？"

"我写了三封。一封给我大姨和大姨丈的，两封给朋友的，是在不同地方的两兄妹。"高祥直截了当地回答李富家。

"那你不用给家里写吗？"李富家走近高祥，饶有兴致地想看一下写给什么样的朋友。

高祥回过头来，说："我阿嬷和阿母都去世了，妹妹住到大姨家里。我给大姨和大姨丈写了几句话，也是说最近比较忙，不能经常给他们写信，请他们不要担心。你帮我看看有没有什么不妥之处？指正一下？"

"你喝的墨水比我多，我哪敢指什么正啊？"

"不是说三个臭皮匠，顶个诸葛亮吗？"

"可我不是臭皮匠，"李富家扮个鬼脸，边走开边小声说道："你也不是。"

高祥疑惑地抬头看了一眼李富家。

"你也不是诸葛亮嘛，不，说错了，"李富家说急了，涨红着脸，做出自掌嘴巴的动作，说，"你也不是臭皮匠嘛！"

"呵呵，说漏嘴了不是！"高祥左手握紧拳头，朝李富家比画一下，说，"等我写完给朋友的信，再找你算账！"

"那我得赶紧躲开。"李富家又扮了个鬼脸，先走出教室，寄信去了。

高祥写好三封信，随即也去军人服务部邮寄。回到宿舍门口，看见分队长正朝他走来。到了跟前，分队长说："队员们都在吗？马上集合，布置任务。"

"是！"高祥响亮回答。话音刚落，分队长的哨声已经响起。队员们纷纷跑出宿舍，成队形集合。分队长喊口令："立正！向右看齐！向前看！报数！"

"1、2、3……10"队员们接连报数。

"很好，到齐了，"分队长说，"同志们。请稍息！刚接到上级通知，再过几个小时，也就是午夜，咱们分队配属边防一〇五团行动。虽然咱们分队刚组建不久，但是前段时间对战场救护做了短期而有效的集训，同志们都比较熟练地掌握了战场救护技能。我相信，我们一定能够做好战场救护工作，出色完成任务，大家有信心没有？"

"有！有！！有！！！"

"按照训练时的分组，由我带一个组，李富家带的这一组就跟着我，另一个组由高祥带。团里派车来接，零时准点集合。大家抓紧时间做好出发准备。"

"是！"队员们立正，响亮回答。

"稍息，高祥和李富家留下，"分队长等队员们散开后，对高祥和李富家说，"你们经过较长时间的专业培训，其他队员集训时间比较短。到了战场上，他们可能手忙脚乱，你们得跟紧一点。根据救护工作需要，也可再拆分若干救护小组，由你们自己处置。"

"是！"高祥和小李齐声回答。

目送分队长离开之后，李富家问高祥如何拆分小组？

高祥说，分队长是让我们根据战场救护工作情况临场处置的。我们现在先预想好救护小组的组长人选，需要的时候才不会抓瞎。

"到了战场上，我们整个分队都在一起行动吗？"李富家再问。

"这可不好说，战场千变万化。"高祥说。

"假如我在战场上回不来了，你能不能答应我一件事？"

"什么事？你说。"

"我家里还有娘和妹妹。我娘身体不好，妹妹今年刚读初中，"李富家从上衣口袋里掏出一张发黄的照片，说，"你看，坐在前排的是我爹和我娘，后排站在我左侧的是妹妹，站在我右手边的是我弟弟。我爹患病过世五年多了，弟弟也在我爹过世第二年的暑假不幸溺水夭亡。假如我在战场上光荣了，战争结束后，你能不能把我的遗物带去给我娘？"

"不要说这些不吉利的话，"高祥说，"我阿嬷在世的时候，如果听到小孩说不吉利的话，就要往地上吐一口水，还会说：'吃咸吃淡，说话不算！'"

"吃咸吃淡……"小李学着往地上吐一口水，抬头笑问，"后面一句是什么？"

"说话不算！"高祥笑答。

"对，不吉利的话，说了不算！你阿嬷很有意思！"

"什么意思？"

"很封建，也很善良！"

"嗯，你说得对！她就是这样的人！"高祥点点头。

"阿嬷是阿妈，还是阿婶？"

"阿嬷是祖母，就是我阿爸的妈。"

"那你妈怎么称呼？"

"阿母。"

"在哪工作？"

"之前在家乡的大队里当副大队长。"

"现在呢？"

"找我阿嬷去了……"

"啥意思？"

"我刚才不是跟你说阿嬷和阿母都去世了……"

"你阿母年纪应该不大吧！"

"三十好几吧，"高祥叹了一口气，说，"我大姨和大姨丈来信说她是患上重病，延误了治疗。"

"对不起，"李富家赶紧转换话题，"刚才提到细分小组的问题，十来个人，那要分成两个还是三个小组呢？还有，小组长要由谁来当比较合适？到了战场上，遇到减员怎么办？"

"我也在思考这些问题。准备再拆分为两个小组，选两位业务能力和组织能力都比较强的来当小组长。"

"让队员自荐还是我们指定？"

"我们先物色好人选，再征求分队长的意见，这样比较稳妥。"

"有道理！"李富家点头称道。

入夜，野战医院一片寂静。午夜刚过，几声清脆而急促的哨声响起。战场救护分队紧急集合，列队走出野战医院大门，登上停靠在大门外的解放牌卡车，消失在漆黑的夜幕中……

元宵节后的第二个周日下午，陈臻楚去学校食堂吃午饭之后，她到收发室查看是否有信件。一走进收发室的门，她就看见那个蓝色的硕大信袋上的最顶上一排插着一个与众不同的黄色信封，她猜想着，或许就是高祥或者她哥寄来的。取下来一看，正是她所熟悉的笔迹，工整但不漂亮。她捏了捏信封，依旧是薄薄的，顺手放入随带的一只小布包里。半个多月前的那个周日晚上，她与周班长绕着学校体育场漫步闲聊时，周班长对于生命与人生、爱情与婚姻的理解，深深地触动了她的心灵。于是，她给高祥写了一封长信，希望他这次能够读懂。那么，他这次的回信能够给她带来惊喜吗？

走出收发室，陈臻楚加快脚步回到宿舍门口，从随带的小布包里取出钥匙，打开锁头，反身关上门，走到自己的书桌前，赶紧拆开高祥的回信，心跳不由加快起来。

臻楚小妹：

来信收悉。打心眼里感谢这些年来你对我的关心与鼓励！同时，对于你在信中所分享的关于爱情的感悟，我只能表示赞同，却说不出什么道理。根源在于我书读得少，人生之路也走得不远。如果不是三年前走进千里之外的军营，也许一辈子都难以走出那个山沟沟。我越来越感觉到自己是很幸福的。小时候，曾经有童伴私底下说我是从外地被卖到这山沟里的，当时我感到很委屈，既恨生我的人，为了钱而卖亲儿子，也对花钱买我的家庭产生了抵触情绪，特别是不服从我阿母的管教。但是，我阿嬷很疼我，用她的慈祥安抚我的心灵。我阿母，也就是养母对我是另一种形式的爱，当初如果不是她硬拉着我去跟大姨丈学医，后来又为我争取到参加地区赤脚医生培训班的机会，那么，我当年就不可能去知青点与你们这些城里来的知识青年们成为好朋友，也就没有机会走进部队这所大学校。

当你收到这封信的时候，我可能正在边境某座硝烟弥漫的战场救护伤员，也可能已经为国挂彩，甚至捐躯了。总之，我和战友们一样，已经做好了一切准备，只有出色完成救护任务的一门心思，而顾不上别的什么了。假如今后一段时间你没再收到我的信，请不要着急，也不要记挂。如果战事结束之后还没收到我的信，你就写信给你哥，让他通过部队的特定渠道去了解我的情况。

我一会儿就把写给你和你哥的信，以及给我大姨和大姨丈的信拿到军人服务部邮寄。

再次感谢你的关心与鼓励！希望此生能够再见！请接受我一个标准姿势的敬礼！

高祥

一九七九年二月十六日下午六时许


陈臻楚一连看了三遍，一次比一次看得仔细，一遍比一遍看得揪心。最后，含在眼眶里的泪水终于止不住了，滴滴落在高祥的信笺上，她赶紧挪开信笺，头趴在桌子上失声痛哭起来。作为当代青年，在国家需要的时候，她完全能理解高祥毅然决然地"走上保卫国家边境安宁的神圣岗位"的情怀。就在此前五天的早间、午间和晚间校园广播时段，她一遍遍地倾听校园广播里传来的中央广播电台授权播发当天《人民日报》头版发表的标题为《是可忍，孰不可忍——来自中越边境的报告》，不由联想起她哥与高祥都在西南边陲的部队里，有很大可能得参加这次自卫反击作战，内心不免有些担忧与牵挂，几乎天天都在盼望收到他俩的来信。可是，这会读到"可能已经为国挂彩，甚至捐躯了"这句话的时候，她的心就像要碎了似的，有一种心悸的感觉，就像小时候妈妈带着她和哥哥到海边沙滩戏水的时候，当潮浪往她面前涌来的时候，她就会惊慌失色地紧紧抱着妈妈。呆坐了一会儿，她离开桌子，走进卫生间洗洗脸，擦干眼泪，又回坐到书桌前，打开抽屉，取出一本空白且撕过许多页的作业簿，落笔回写给高祥的信。

高祥哥：

　　收到你的来信，我接连看了三遍，心情也跟着变化。一开始看到你即将走向战场而担心，甚至有些感伤，眼泪都要掉出来了；再看时，你说的"为国挂彩，甚至捐躯"的那些话，只是一种可能，而应该还有一种可能，那就是出色做好战场救护工作，为国立功，载誉凯旋，届时，你一定要换上崭新的军装，佩戴上军功章，拍个照片寄给我！我要制作一朵可折叠的剪纸大红花寄给你，表达我对心目中英雄的敬意与爱意！看第三遍时，我的眼泪终于止不住了，却不只是担心与感伤，而更多的是为你慷慨奔赴"保卫国家边境安宁的神圣岗位"而高兴，为你和战友们的拳拳爱国之心而感动！

　　再过两个多月，就是"五四"青年节了，学校团委和学生会拟组织一场晚会，我是学生会宣传部的干事，又是班级的学委，因此我带头报名参加语言类的节目，前段时间写了一首现代诗，虽然不喜欢这种"我手写我口"、不用押韵、不必对仗、不讲平仄、大白话一般的诗歌，以为把一句完整语意的话语分成几行就行，就一口气写了出来，自己看了都摇头。后来到学校图书馆找了些关于现代诗写作的书籍阅看，做了一些改动，还是不满意，需要再修改，就暂时不发给你了。

　　我这边以"诗佛"王维《渭城曲》中的经典名句抄录给你："劝

君更尽一杯酒，西出阳关无故人。"这是一首为后人广为传诵的送别名句，读后令人伤感、惆怅！而且，颇感遗憾的是，我都不能在你身边，为你即将奔赴战场而以薄酒送行。但是，我满怀期望，期望你和战友们能够出色完成战场救护任务！等我心目中的英雄凯旋之时，我将去找你，给你戴上我亲手制作的大红花，以那盛开的英雄花为背景，请照相馆的师傅给你拍一张美美的个照！假如你同意，不，应该是你愿意的话，我就站在你的右侧，让照相馆的师傅给我们拍一张特别有意义的合照，我要带回来给舍友们看，让她们羡慕吧！

写到这里，陈臻楚才想起这封信不知道要寄到哪里？看了信封，地址栏上写的是"内详"，邮票上加盖的邮戳地点是云南河口。只能再一次夹寄到写给哥哥的信里，让他转寄给高祥。

于是，陈臻楚接着给哥哥写了一封短信，先说了自己在校学习情况，紧接着就是询问是否接到高祥近期来信，请她哥想办法转寄她给高祥的信件。

陈臻楚给她哥的信刚寄出去，没想到第二天中午就收到她哥的来信，说他申请参加自卫反击战已经获得批准，即将上前线当随军记者。陈臻楚把信捂在胸口，不禁感叹：天啊，哥哥也去了！那么，想让哥哥转寄她给高祥的信件何时才能送达就更难说了，而此时此刻，她更揪心的是他俩在前线的情况。

三月五日上午，王向东受邀到中心小学参加"学雷锋　树新风"活动，午前回到公社。办公桌的边角上放着刚分发的《人民日报》。王向东展开报纸，报头日期是3月1日，头版头条刊发一封题为《"三级所有、队为基础"应当稳定》的来信，对安徽省部分地方试行包产到组等形式的家庭联产承包责任制的做法提出批评。

王向东叫来通讯员，询问订阅《人民日报》的份数及订阅单位。

通讯员答："只有公社订了一份，书记阅看之后，再送副书记和各委员传阅。"

"那就好！"王向东顺手把这天的《人民日报》锁在抽屉里，说，"今天这份报纸，我得空再仔细看一下。"

晚饭后，王向东与陈秘书沿着公路散步时，走到前进大队队部附近时，忽然听到有线广播里正在转播新华社奉我国政府之命发布的声明："自一九七九年三月五日起，中国边防部队开始全部撤回中国境内。"

"好，快刀斩乱麻！"王向东右手比画一下刀斩的动作，不无感慨地说，"自卫反击战结束了。"

此时，百公里之外的刺桐师专校园里，陈臻楚也听到了校园广播里正在转播新华社奉我国政府之命发布的声明，眉头不由舒展开来。自从得知她哥与高祥参加保卫边疆战斗这些天来，她饭吃不香，夜不能寐，上课走神。

"臻楚，"话音刚落，周班长从后面赶上来，边走边侧过头观察臻楚的表情，半猜半问，"什么事这么开心？"

"没事啊。"臻楚满脸笑容地反问周班长。

"不都写在脸上吗？"

"我脸上？写什么？"臻楚一时没反应过来，看见周班长抿着嘴笑，抬手就要捶打周班长，被周班长一把抓住手腕，赶紧求饶，"抓疼我了，快松手吧，好姐姐！"

"先招供，什么好事？"

"我哥在前线来信了。"

"是吗？我看看信封。"周班长松手，做出要接信件的样子。

"骗你的，"臻楚把小布包递给周班长，说，"不信你翻看一下。"

周班长把小布包递还给臻楚，说："我才不看你的秘密哦。"

"哪有什么秘密呀，"臻楚说，"你就像我姐姐一样，有秘密也不会瞒你的。"

"那你刚才一脸笑意是为何呢？"

"校园广播里，刚才不是在转播新华社奉我国政府之命发布的声明，将从3月5日起，中国边防部队开始全部撤回中国境内。你说，这是不是应该高兴呢？！"

"那当然，"周班长说，"边境安定下来，我们才好专心搞经济建设。"

"我就想，再过几天，应该就能收到我哥他们的来信了。"

"嗯，这段时间我发现你心神不定，夜里还说梦话，有一次还听到你的哭泣声。"周班长学着抽泣的样子。

"哪有啊？"臻楚右手拉起周班长的左手，并肩走着，嗔怪地说，"编排我，坏姐姐！"

"是真的，没有编排你。"

"那我说什么梦话了？"

"好像是说'我好爱你'！"周班长学着臻楚的腔调，说完忍不住就先笑喷了。

"你看，露馅了吧！"臻楚假装生气的样子，说，"哪有姐姐这样欺负妹妹的？"

周班长以为臻楚真的生气了，赶紧给臻楚赔不是道："对不起，跟你开玩笑的。不过，日有所思，夜有所梦，说梦话很正常嘛。"

"可我没思什么呀！"

"说假话了吧？"周班长指一下自己的左胸说，"摸摸这里，是不是跳得很厉害？"

"走路时，心跳都会快一些嘛。"臻楚用手轻按了一下左胸，感觉似乎比平常跳得更快了些。

"不说就算了。"周班长又做出生气的样子。

"我就是在担心我哥他们，不知道现在怎么样？"

"不要担心，咱们的部队在边境打的是自卫反击战，是正义之战，正义之战是必胜的！"

"嗯，如你所言就好！"

两个人一左一右，默默地走到宿舍楼下。臻楚说："要不，我们再去体育场里走走，好吗？"

"可以啊。"

两个人来到体育场，沿着田径跑道边走边聊。

"你看，今晚的月亮如勾，很美，"周班长抬头欣赏着皎洁的月光感慨起来，"记得《唐诗三百首》里面，有一首李白的五言诗，题目好像是《静夜思》，后两句是'举头望明月，低头思故乡。'最后这一句，把故乡换成亲人，是不是很契合你现在的心思？"

"人家'诗仙'写的是远客思乡之情，根本不同于我此时的感受，而且，把'故乡'换成'亲人'，也不合韵。我上小学高年级的时候，我妈就给我讲过这首朗朗上口的诗歌，还给我解释这首五言诗的体裁特点，说它是一种折腰体的古体诗绝句，简称'古绝'。我当时听得云里雾里，现在虽然分得清律诗与绝句，也大致明白绝句当中还有古绝与律绝之分，但是，对于音韵与声调，还是把握不准，这跟之前上小学的时候没有学好拼音有很大关系。"

"哎呀，我还以为你只是会写新诗呢，原来你对古典诗歌还很有研究嘛！"周班长竖起拇指称道。

"你过奖了，离研究差远了。"臻楚赶紧抱拳回礼。

"你看，年纪小我一大截，却懂得这么多！以后我可得拜你为师哦。"

"饶了我吧，"臻楚挽起周班长的胳膊，说，"好姐姐，我可不敢哦。"

"姐姐向妹妹讨教，妹妹推得一干二净，还姐姐长姐姐短的。"

"我不是推辞，是真说不出道道来。如果你对古典诗歌感兴趣，咱们不妨找个时间去请教写作课老师吧。"

"这个提议好是好，不过……"

"不过什么？"

"我虽然对古典诗歌感兴趣，但是我的语文功底远不如你，要学好的话，难度会更大。"

"这可不好说，你的人生阅历比我丰富，学起来应该比我更有优势。"

周班长侧过头来看着臻楚，眼光里带着疑问。

"诗言志嘛，不是吗？"

"没错，我喜欢有内涵的诗词，但最好是反映咱们老百姓生产生活的，赞美大好河山的，抒发报国之志的，感怀山河破碎，鼓舞人心斗志的。例如毛主席的《沁园春·长沙》，把描绘祖国河山的美，与关切国家和人民的命运紧密结合起来。整首词作记不全，印象特别深刻的是这么几句：'恰同学少年，风华正茂；书生意气，挥斥方遒。指点江山，激扬文字，粪土当年万户侯'。我之前跟你说过的，上高中的时候，我的语文老师以'激扬文字'作为班报的名称。从那时起，我就喜欢上了毛主席的词作，特别是这首。

"同一词牌，毛主席还创作了《沁园春·雪》，堪称咏史感怀大作。我学习毛泽东诗词的时候，被这首词给震撼了，改变了我之前由于词牌繁多而排斥词作的心理，也在内心真正接受我妈之前不厌其烦地跟我说的一个道理。"

"什么道理？"

"就是说，无论什么文学体裁，最重要的是内容。言志，咏史、感怀、抒情。外在形式是为了更恰当地表达内容，归根结底是为内容服务的。如果内容空虚，即使辞藻华丽，合于诗词格律，也不是一首好诗词。"

"你妈妈说得很有道理！好羡慕你，有这么优秀的妈妈！不过，能够结识你这位诗才横溢的好妹妹，也算是三生有幸了！"

"每个人先天性有差异，但是后天的努力更重要！"

"说诗论词，侃侃而谈；讲人生之道，也句句在理！"周班长啧啧称道。

"懂得这些，皮毛而已。"

"对了，还想问你一个问题，你妈妈也教你哥学古典诗词吗？他学得怎样？"

"我哥喜欢画画，背诵古诗词他就头疼，那些画面感很强的诗词除外。"

"什么除外？"

"那些画面感比较强的画作。"

"能举个例子吗？"

"例如，有一首题为《画》的五言绝句，我哥就很喜欢，把它抄写下来，沾了些米粥，直接贴到饭桌对面的墙壁上。"

"诗句还记得吗？念给我听听。记得不全也行，得空我去图书馆查阅一下。"

"贴在墙壁上，吃饭的时候，低头不见抬头见，不经意也能记住的。"

"快念给我听，别绕弯子了。"

"远看山有色，近听水无声。春去花还在，人来鸟不惊。"

"给姐姐解释一下。"

"就是说，在远处看山，有青翠的颜色，靠近去听，却无流水的声音。春天过去了，花还开着，人来到跟前，枝头上的鸟儿却不害怕。"

"嗯，的确很有画面感，"周班长说，"难怪你哥会特别喜欢。"

"不过，我哥当时贴出来的时候，还挨过我妈批评。"

"为什么？"

"我哥把这首诗的作者写成王维了。我妈说不严谨，让我哥重新抄写一张。"

"为什么？"

"因为这首诗的作者，有多种说法：有说是唐代王维写的，也有说是南宋僧人川禅师所作，不一而足。"

"这样啊！你妈好有学问，而且治学很严谨！"

"不仅我哥，在家上小学的时候，我也经常被我妈批评。"

"毛主席说，批评使人进步，非常有哲理！从你的家教，你的身上，我能想象得出你哥学画画的成就！"

"成就谈不上，当初我妈送他去少年宫学西洋画，他不喜欢，就调班去学了国画。小学高年级的时候，他就有山水写意画作品参加全省小学生美术作品比赛，获得二等奖。后来我们一起上山下乡到了知青点，除了劳动生产，就是集体学习，他样样带头，很受领导器重，后来被推荐参军入伍。在部队里表现也很好，新兵集训结束之后被分到电影放映队，第二年又让他去军区参加美术和摄影培训，这次参加自卫反击战，就是去当随军记者的。"

"你们兄妹都很出色，将来还会有更好的发展。"

"多谢姐姐的鼓励！"

"真心感谢吗？"

"是啊。"

"拿什么感谢呢？"周班长微笑着伸出双手。

"真心感谢你。"臻楚含笑指了指自己的左胸。

"哎呀，情商这么高，不佩服都不行！不过，我还想再问一个问题。"

臻楚微笑着说："尽管问。"

"这段时间你有点魂不守舍的样子，是牵挂你哥还是那位高祥哥呢？"

"都有。"臻楚调皮地侧过头来看了一下周班长。

"我是过来人，你说出来，或许我能帮你分析分析，解解烦恼。若不想说，咱们就回宿舍吧，都转了十来圈，该有三四公里了。"周班长踢踢脚，表现出脚酸的样子。

"找个台阶坐一会儿，歇歇脚再回宿舍好吗？"臻楚指了指体育场边的梯形看台，两个人走过去，选个位置并排坐了下来。

"你看，刚才的一弯月亮不见了，"周班长感慨地说，"白月光不是时时刻刻都有的啊！"

"你以前也经常看月亮吗？一个人月下独看，还是两个人共赏呢？"臻楚借此话题接连发问。

"小时候喜欢一个人坐在厝门口的石凳上，托着下巴，静静地观看月亮从云层里进来出去，从这座山头到那座山头。长大嫁了人，就不看了。"

"为什么？"

"没心思，"周班长轻轻叹了口气，说，"不说这个了，咱们回去吧，还得洗澡洗衣服呢。"

"再坐一会儿嘛，时间不是还早吗？你看，月亮又出来了，"臻楚抬手指了指刚从云层露出的一钩弯月，说，"今晚，我陪姐姐共赏月色，从这座楼顶到那座楼顶。"

"好吧，"周班长侧过头，微笑着说，"不过，要聊的话，得推心置腹哦。"

"当然。"

"之前跟谁一起赏月过吗？"

"没有耶，跟姐姐一样，与月儿对影成三人。"

"一个人看月亮，怎么就成三人了？"

"我是借用李白《月下独酌》组诗其一当中的诗句'举杯邀明月，对影成三人。'就是诗人举杯邀明月一同饮酒，诗人与自己的影子，以及月影相对，就像三个人一样，以此表现诗人的孤独感。"

"我与你在一起，哪里孤独了？"

"嗯，说孤独不够准确，是忧心。就是不知道我哥他们这时候能不能和我们一样，仰着头欣赏这弯月亮？或许他们正在借着月光走在回国途中吧！"

"嗯，应该是的。"周班长双手抓过臻楚的右手，轻轻地握在自己的手心里。

"姐姐你看，这弯月儿又躲在云层里好一会儿了，"臻楚朝夜空努努嘴，说，"本来还指望它给我哥他们引路哩，现在只能靠他们自己了，但愿他们能够平平安安回来！"

"会的，不要担心，好妹妹。"周班长有些粗糙的双手把臻楚细嫩小巧的双手合在手心里，温暖着她。

月亮露出云层。西南边境山谷里的一条泥泞土路上，陈臻善为了拍摄部队回撤的动态影像，戴着头盔，上身露出坦克顶盖，双手拿着摄像机进行拍摄。坦克车内，多次传来让他赶紧躲进车内的叫喊声，或许他过于专注拍摄，或许坦克车队在行驶中的轰鸣声，夹杂着车外不时响起的枪炮声，使他完全听不清楚车内的催喊，而后被车内战友一把抱着他的腰部，强行把他拖进车内，如雷的声音也迅即贯入他的耳窝："耳聋了是不是？"

陈臻善进入坦克车内，光线明暗的巨大反差让他几乎看不清车内的一切。他赶紧闭上眼睛一小会，再睁开眼睛的时候，刚才那雷鸣般的声音再次震响他的耳鼓："知不知道你这样长时间探出上身在车外有多危险吗？我是车长，要对你的安全负责，你必须服从我的命令。"

"是，"陈臻善循声看到自称车长的战友一脸严肃的表情，内心明白这位车长发脾气的缘由，打消了分辩的想法，连声说，"接受批评，接受批评！"

见陈臻善态度诚恳，车长没再吼他，继续专注指挥他的坦克车向着国境线前进。车内的轰鸣声完全盖住了车外的一切声响。车内虽然比较安全，但是，作为随军记者，臻善蹲在车内却如坐针毡，就好比困在战壕里，握着钢枪不能杀敌一样的困惑。半个多月来，他紧跟作战部队拍摄穿插奔袭和遇阻突击等战斗场景，用胶片记录了部队指战员不畏顽敌，英勇作战的珍贵影像，已经有多幅战地影像刊载于《解放军报》。如果能把部队回撤过程全记录下来，那么，战地摄影任务就完成的比较圆满，也就没什么遗憾了。可是，偏偏遇到这位脾气火暴的车长，根本不容许他冒险拍摄。虽然他已经有两天几乎没怎么打过盹，眼皮开始不停地打架，但是，每次将要迷糊的时候，坦克行进途中激烈的震动，会让他一下子睡意全无。

此时，高祥正躺在出发前的那家野战医院里的病床上，他的右上臂和肩胛被手榴弹炸伤，刚接受手术取出多块弹片。他用左手在枕头下取出沾着血迹的一个信封，里面有一幅照片，那是救护分队的李富家洋溢着青春活力的面庞，照片背面写着：

亲爱的战友：

假如我光荣了，请将我的照片转寄我娘。地址见信封。

李富家拜托

高祥的双眼，再次被泪水模糊了视线。他的眼前，仿佛又回到一周前的战场。他与救护分队的战友们，跟随某团一起行动。出发前，李富家对高祥说："我家里没有兄弟了，现在，你就是我的好兄弟！心里面有件事跟你说一下，就是要离开家里的时候，我对娘说，到部队锻炼回来，要带娘和妹妹坐火车去北京看天安门和长城。如果在战场上我光荣了，请你跟我娘说，下辈子我重新做她的儿，一定兑现我的诺言！我担心娘会牵挂，没有说这些，只说最近部队训练任务比较忙，不能像平常那样每个月都写信回家。"

"好吧。你要说的话，我都记住了。咱们努力完成救护任务，同时做好自我保护。"

救护分队跟随某团行动的第三天。某团担负拔除 137 高地的作战任务。敌方借助险要山势，构筑了严密的环形工事，既有外围的战壕坑道和多个地堡，山头顶上还有核心地堡。战壕和地堡前方的坡地上，埋设着许多地雷。经过我方两轮炮火覆盖之后，外层的多个地堡哑火过半，许多地雷被引爆了，山坡上原来茂密的杂树林被炸得仅剩残枝和树根。猛烈的炮火之后，各营配属的火箭筒、迫击炮和轻重机枪进行更加精准的火力打击。虽然最后清除了外围的地堡，和山顶上的核心地堡，我方仍出现了一些伤亡。小李所带第一救护小组，在救护伤员时，小李踩到地雷而身负重伤。高祥和小吴匍匐着来到李富家身旁，发现他两只小腿伤势严重，前胸和额头也有鲜血渗出，低声呻吟着。

高祥贴近李富家的耳朵，说："小李，我是高祥，你受伤了，给你包扎一下。"

李富家的嘴唇挪动了一下，右手艰难地抬起来，指指上衣口袋。高祥把耳朵贴近李富家的嘴唇，却听不清楚说些什么。李富家从上衣口袋里缓缓取出一个沾着鲜血的信封。高祥接过来，顾不得细看，就放进自己的上衣口袋里。

李富家的眼睛没能睁开，他的右手艰难地抬起，似乎想抓摸什么。高祥把脸贴近他的右手掌心，让他触摸到高祥的脸颊。高祥感觉到他的手在不停地颤抖着，赶紧招手让民兵抬担架上来。

高祥对两位民兵说："我这位队友伤势很重，先给他的大腿和头部简单包扎一下，你们小心把他抬下山去，得赶紧转送去野战医院抢救。"

高祥和小吴在随后救护其他伤员时，核心地堡扔出的一颗手雷在高祥跟前五六米的山坡上爆炸，他下意识一边叫喊身后的小吴趴下，一边向着相反方向侧滚。手雷爆炸的气浪把他推出十米开外，他顿时失去知觉。

等高祥醒过来时，睁开眼睛，看到熟悉的军用卡车帆布篷顶，侧过头，发现左右侧各有一副担架，各躺着两位伤员。

"这位战士醒过来了。"高祥听到一位女青年的普通话，就接连问道："这是在哪里？我怎么了？"

"嗯，你受伤了。"还是刚才那位女青年的声音。

"哪受伤了？严不严重？"高祥尝试着活动一下手脚，感觉右手臂不听使唤。心想，这下坏了，伤到筋骨了。

"别动。"还是那位女青年的声音。

高祥静静地躺着，一会儿又昏睡过去。再次醒来时，他已经躺在了野战医院的病床上了，睁眼看见右上臂包扎着厚厚的绷带。右侧床头插着一根长木条，上面吊着一只玻璃药瓶，细长的管子正把瓶里的药液通过右手掌上的针头输入到他的身体里面。

站在床边的一位女护士见他醒过来，弯下细腰跟他说："手术很成功，右上臂和肩胛的弹片都取出来了，肱骨受到一点损伤，得治疗一段时间。"

"谢谢，谢谢你们！"高祥说。

"你们为保卫国家负伤流血，是英雄，无上光荣！"

听到'无上光荣'这句话，让高祥立马联想到李富家，就问："咱们医院有接收一位叫做李富家的伤员吗？"

"我们科里接收了五十几位伤员，没有你说的这个人。我找住院部查一下伤员名单，查到就告诉你。"

第五章

# 改革春风拂山村

一九七九年三月二十一日，王向东去县里参加全县农业工作会议。会后，县委书记把王向东留下来，听取红星公社试行家庭联产承包责任制进展情况的简要汇报，对红星公社党委认真学习贯彻党的十一届三中全会精神，结合本公社实际，勇于借鉴外省经验，积极开展家庭联产承包责任制的试点，推动生产方式改革等方面的工作给予充分肯定。接着，县委书记问他是否看到3月15日《人民日报》刊载的《"三级所有、队为基础"应当稳定》的来信？

"看过。"

"县委本来准备今年底在你们公社召开现场会，全面推行家庭联产承包责任制，现在看来，得推迟了。"

"大概得推迟多久？"

"现在不好说。已经开始试点的生产队，要注意克服试点过程中的问题，如果大多数社员群众有意见、有抵触的，要注意分析问题的实质，分清矛盾的性质与焦点所在，探索和总结试点工作的经验。之前你们定期编发上报试点工作简报暂时不要发到县里来，有什么情况你直接给我打电话。"

"好。"

匆匆吃过午餐，王向东就乘坐公社那辆老吉普车返回公社。

第二天上午，王向东主持召开公社党委扩大会议，除了公社党委委员，参加会议的对象还扩大到公社各所站的负责人、各大队的大队长和公社驻队干部。传达全县农业工作会议精神，布置本公社春耕生产。特别是试行家庭联产承包责任制的生产小队，要把试点工作与春耕生产有机结合起来，在水田耕耘、灌溉，种子、肥料、农药准备，缺劳力社员家庭和现役军属家庭的互助帮工等方面，各大队都要做事做细，公社驻队干部要下到田间地头了解情况，帮助解决实际问题。

党委扩大会议结束之后，王向东把党委委员们留下，传达了县委书记的口头指示。

会后，王向东与谢副书记就分头到前进大队和山后大队了解春耕生产进展情况。试行家庭联产承包责任制的生产小队，不少农户已经在田间地头开犁、整地、灌水、育种，气温刚刚有所回升，就着手忙碌起来了。

清明节后的第二天，王向东和陈秘书专门选择两个尚未试行家庭联产承包责任制的生产小队了解春耕备耕工作。同样的时间段，这些生产队的耕地水田里，还没有什么动静。找了两个小队长，都说正在备耕当中，像往年一样，会赶在五月一日之前插播完秧苗，不会耽误季节。

午餐前回到公社，王向东走进办公室，随手就去翻阅办公桌上新到的报纸，看见3月30日《人民日报》头版显著位置发表了安徽省农委组织撰写的《正确看待联系产量的责任制》的来信。《人民日报》同时配发了题为《发挥集体经济优越性，因地制宜实行计酬办法》的编者按语，承认3月15日刊登的张浩来信及按语中"有些提法不够准确，今后要注意改正"。王向东拿铅笔在最后这句话的下面画了线，自言自语地说："这样就好了！"

第二天上午，王向东再次主持召开公社党委（扩大）会，组织学习3月30日《人民日报》头版显著位置的题为《正确看待联系产量的责任制》的读者来信，以及《人民日报》配发的编者按语。谢副书记翻开工作笔记本有折角的一页，说："刚才王书记组织我们学习《人民日报》刊载的群众来信和配发的编者按语，简要回顾了咱们公社试行家庭联产承包责任制的情况和近期春耕备耕情况，同志们及时有效地解决试行中出现的问题。这对于我们下一步的工作具有很强的针对性和指导性。大家要按照王书记的要求，举一反三，把困难和问题想得多一些，同时把解决问题的思路理得更清一些。例如，山后大队的干部在谈到推行家庭联产承包责任制之后可能还会遇到农田灌溉可能再起纷争，为此，他们建议公社重新启动那座已具雏形的水库修建项目，从根本上避免推行家庭联产承包责任制之后可能遇到的农田灌溉纠纷等问题的复发。"

等陈秘书和其他两位党委委员都谈完各自所了解的情况之后，王向东作了简短的会议小结："同志们都谈了很好的意见和建议，集思广益，统一思想认识。前不久召开的党的十一届三中全会，决定党和国家的工作重点从'以阶级斗争为纲'转向'以经济建设为中心'，也是我们党回应人民群众切身利益需求及其变化的一个非常正确的战略性决策，将使我们党进一步发展壮大，增添朝气与活力。"

王向东说："我想啊，通过同志们齐心协力，乘着党的十一届三中全会的东风，把家庭联产承包制的试点工作做得更加扎实，切实探索和总结出一些好做法，让试点生产队的社员群众率先尝到甜头。好，咱们换一个议题，接下来研究试行家庭联产承包责任制一段时间以来社员群众反映比较集中的问题，该怎样去解决？例如山后大队的干部担心推行家庭联产承包责任制之后可能导致农田灌溉纠纷的复发，建议公社重新启动那座已具雏形的水库修建项目；前进大队的干部提出如何帮助缺乏劳力的农户解决春耕春播、夏收夏种？以及推行家庭联产承包责任制之后，季节性的农忙时段将会缩短，农闲时的劳动力出路问题；还有就是农户手中的粮食一旦多起来，能否恢复和扩大一些传统食品加工和外出销售？"

谢副书记微笑着对王书记说："关于重新启动那座已具雏形的水库修建项目的建议，您最有发言权，您说吧。"

"重新启动那座已具雏形的水库修建项目，并且在此基础上建设水电站，能够从根本上解决农田灌溉问题，还能让人民群众像城里人那样用上电，这不仅是人民群众的期盼，也是我们今后的工作目标。但是，这座水库的大部分库区已经开挖成型，接下来需要在专家指导下，由专业的施工队伍进驻兴建才行，包括配套建设一座小型水电站，这些都是技术活，是社员群众苦干不出来的。我打算近日去一趟县城，到水利局找老局长汇报一下我回咱们公社这段时间的工作概况，特别是试行家庭联产承包制的情况，顺带把大队干部和社员群众对于农田灌溉问题的担忧和希望国家支持重修水库的建议一并提出来，或许可以得到老局长的指点和支持，我想这是很重要的，因为县水利局是负责全县水利建设和设施管理的主管部门，他们的意见将在一定程度上影响县委县政府的投资决策。"

趁着王向东端起口杯喝水的间隙，陈秘书走到王向东侧后，将通讯员刚刚递给他的一份电话记录放到王向东的面前，然后悄悄回到座位。

王向东瞄了一眼电话通知，大意是县水利局主要领导将陪同应邀前来考察的国内水电专家、南方某大学一位资深教授和四位大学生将于近日抵达红星公社，要求做好接待工作。

"正好，"王向东随手拿起那份电话记录晃了晃，说，"我刚才说近期打算去找水利局老局长，他却先要来了，还带着水电专家，而且还是我前几年读的那所大学的教授，但是通知里没写这位专家教授的尊姓大名，说不定还是我的老师呢！"

王向东再次端起口杯喝水之后，在电话通知的右上角空白处，写了这次接待工作的主要事项，要求秘书做好准备工作。然后，对前进大队所提出的如何帮助缺乏劳力的农户解决春耕春播、夏收夏种，以及推行家庭联产承包责任制之后，农闲劳动力的出路，以及恢复和扩大一些传统的食品加工和外出销售等问题谈了他的想法。他要求陈秘书根据他的这些想法草拟一份文稿，分发给各位委员修改完善，等县水利局局长和大学专家学者来这里考察之后，根据他们的意见和建议再做进一步修改。接下来，他准备到前期没有去过的大队走走。

走出会议室，王向东向秘书交代道："明天上午我打算去溪美大队，你通知一下，让大队长明天早饭后到大队部等着。你下午抓紧把接待方案草拟出来给我看一下，晚饭后呈报给县政府办，明天跟我下乡。"

"好的，书记。"陈秘书点头应诺，手拿着笔记本快步朝值班室走去。

王向东默默地看着秘书离去的身影，站在会议室门外，若有所思。

次日上午，王向东带着陈秘书，还有一位公社驻队干部前往溪美大队。从公社到溪美大队有七八公里的路程，一条溪流从大队里穿过，溪流岸边散种着一些油桐树，此时正绽放着细碎的白色小花。堤外是农田，以及间杂其中的灰瓦古厝。整条溪流落差不大，却有几个分段拦截的石坝。坝上疏密有致地分布着一些露出水面的方形石柱，石柱之间可让溪水流过，间隔差不多半步的距离。由此从溪流的横截面把两岸连接起来，既便于人员通行，还可供溪岸边的人家洗涤蔬菜和衣服。

王向东和陈秘书，以及驻队干部，沿着溪流岸边的小路，向着溪美大队部的方向走去。随着捣衣声由小变大，他和陈秘书。以及驻队干部一行三人走到一处石坝边上。王向东弯腰蹲下，与捣衣人打起招呼："大家早啊！"

"不早啦，日头很高了，"一位中年妇女抬起头，循着声音朝王向东回应道，"你们这是要去哪里？"

"要去大队部。"王向东说。

"知道怎么走吗？"中年妇女举着手中的捣衣棒微笑着问道。

"知道。"驻队干部应答。

"哦，那就好。"中年妇女边说边捶着捣衣棒，棒下溅起细碎水花。

王向东继续朝前走去，问陈秘书和驻队干部是否知道溪美大队名称的由来？

"因为这条溪流很美而得名的吧！"陈秘书抢先答道。

"是这样吗？"王向东回过头来，又问驻队干部。

"听大队干部说过，这条溪流岸边，解放前曾经有一片油桐老树，是一户地主家的，每年据说可收成大几十担油桐籽，能换得几百担稻谷。砍掉油桐老树，改成农田种庄稼。现在溪流岸边仅有零星的几棵了，很可惜。"

王向东听着这位驻队干部的介绍，不禁回头看一眼这位驻队干部，文质彬彬的一个人，知道他是公社林业管理站的干部，具体情况则不大了解，就问："你是哪年来咱们公社的？"

"来三年多了。"

"在林业管理站吧。"

"是的。"

"之前你们站里有一位姓谢的干部，多年前曾经在天坛山灭山火时受了伤。"

"是的，我来的时候他已经没在林业站了，听说他伤愈之后不久就调到县城工作了。"

"在县林业局吗？"

"不是，具体单位不清楚。"

"好，不说这个了。你刚才说砍掉那些油桐树？"

"是啊，这种油桐树，全身都是宝。它的根、叶、花，果均可入药；果实可榨成桐油，是油漆、印刷油墨的优良原料；树皮可用来制胶；

果壳可烧制活性炭。"

"你知道油桐树要载种多久才会开花吗？"

"小树种植两至三年就可开花结果，五年进入盛产期。"

"每年什么时候载种？"

"冬季和春季都可载种，以春种为佳。"

"不错，不愧是林业干部，我有个想法，就是以后咱们公社举办几期农业方面的培训班，把你熟悉的一些林木种植管理知识传授给大队干部和社员群众，鼓励大家利用冬季农闲时段找一些适宜栽种油桐树或者其他经济作物的地方，比如溪流岸边、屋前厝后、荒山坡地，谁种谁受益，增加社员群众的收入。"

"好啊，咱们这里的气候，山坡地比较多，平缓一些的，可以种桃李、杨梅，边坡落差大的地方可种植大麻竹，即可减少水土流失，也能通过卖笋卖竹让社员增收。"

"很好，"王向东向驻队干部投去赞许的眼光，再问，"刚才提到溪美大队名称的由来，你清楚吗？"

"传说当时这条溪流岸边有一座雨亭，可供路人避雨歇足，亭子的名称就叫'溪美'。"

"哦，这个说法我倒是第一次听说呢！有什么文字记载吗？"

"这是民间传说，没听说有什么记载。"

"许多美丽的民间传说都是口口相传，一代一代传下去，"王向东对驻队干部和陈秘书说，"你们都是喝过墨水的，工作之余，倒是可以将这里的风物人情，包括一些民间传说加以收集整理，去其糟粕，取其精华，然后编辑成册，是一件很有意义的事情，不枉来这边远山区工作几年。当然，也不要局限于溪美大队，要着眼于整个公社，多与社员群众拉家常，顺便了解和记录乡风民情。"

"书记说得很有道理！思维就是跟我们不一样！"陈秘书不由赞叹。

王向东微笑着对陈秘书说:"《道德经》里有句话:'知人者智,自知者明。'就是说,看懂别人是智慧,认识自己是聪明。毛主席更是直白地告诫党员干部:'要做人民的先生,先做人民的学生。'"

说话间,王向东一行已经来到溪美大队部门口。大队长上前几步,与王向东握了握手,寒暄道:"我刚到大队部一小会,你们这么早就到了!王书记读了几年大学回来,还是保持着过去那种雷厉风行的作风啊!"

"你看,这日头都爬到咱们头顶上了,哪里还早啊!"王向东接过话头,半是呼应寒暄,半是自嘲地答道。

"你们是公社干部,又走了个把小时的路过来的,能说不早吗?"

"看你说的,好像公社干部不起早似的。"

"不是这个意思,"大队长修正道,"我是说,你们有上班时间,不像我们与泥巴打交道的,不管是整地、播种,还是施肥、除草,都得起早才行。现在,我所在的生产小队也试行了家庭联产承包制,社员群众的生产积极性比起之前生产队集体组织生产的时候高了许多。"

"说来听听。"

"生产队是集体,一切听队长的,队长不吹哨子不出工,干起活来磨洋工。联产承包之后就不一样了,社员群众自主确定下地干活时间,地里该做什么就做什么,不等不靠,生产自主性和积极性都提高了。"

"这样好!不过,公社党委只是决定在前进大队和山后大队各选择一个生产队试行,还没有全面推开,你们怎么就开始了?"

"前进大队和山后大队挑选了生产队试行家庭联产承包消息传到我们大队里,许多社员群众就坐不住了,小队长们都跑到大队部,甚至到我家里来反映社员群众的要求,因此,前些时候我和副大队长就到前进大队和山后大队取经去了,包括具体的做法、可能遇到的问题和针对性的解决办法，比如农田灌溉、喷药除虫、缺劳力家庭如何帮忙等等。"

"嗯。"王向东点了点头，表示赞许，接着侧过头问驻队干部，"怎么没听你说过啊？"

驻队干部一时语塞，不知如何回答才好。

"书记，这事我们没向驻队干部汇报，当时只是简单地认为，推行家庭联产承包制，既然有助于提高社员群众生产积极性和劳动生产率，公社确定前进大队和山后大队开始试行，我们也想早点推行，这就像哪家有好谷种，邻里堂亲也要跟着种植一样。如果有错的话，我来承担责任，该检讨，我来检讨。"大队长一脸诚恳地表示。

"认清形势、认准方向，这个不能说有什么错误，也不需要你承担什么责任，"王向东拍了拍大队长的肩膀，说，"虽然不是第一个吃螃蟹，但是，咱们公社党委已经在其他大队试行家庭联产承包制，并且初步显示了比较好的势头，更重要的是社员群众有这个迫切要求，说明你们大队，特别是你这个大队长是有担当的，也是有魄力的。当然，话说回来，此一时彼一时，具体问题还得具体分析。"

"书记这么开明，这么体谅我们基层干部，那我心坎里一块石头就落下来了！"

"等会儿我先去你那个生产小队找队长聊聊，再到一两户社员家里看看，听听他们对于试行家庭联产承包制的看法。然后去金花同志的大姐家看看，离这远吗？"

"您说的是金小娘的大姐吗？"

"是的。"

"好的。咱们先到大队部里歇歇脚，喝杯茶再去吧！"

"不了，还是直接去你们生产小队吧。"

王向东带着陈秘书和驻队干部，在溪美大队长的引领下，到试行家庭联产承包制的生产小队，走访了小队长和两户社员家庭，然后往金小娘的大姐家走去。

溪美大队的通讯员一路找寻过来，把一份电话通知拿给大队长。大队长瞄了一下，就转手递给陈秘书，继续走在前面引路。陈秘书驻足细看电话通知内容之后，紧走几步追上王向东，说："书记，县政府办的电话通知，您看一下。"

"你先去看一下金花同志的大姐在不在，"王向东对大队长说，"我在这里看一下电话通知。"

王向东接过电话通知记录，写得很潦草，就回递给陈秘书，问县里通知什么事情？

"是说县水利局领导陪同那些专家明天就要来我们公社，让我们做好接待工作。"

"明天？上午到还是下午到？"

"明天上午到。"

王向东抬起左手腕看了一下手表，时针指向十一时十五分，就跟驻队干部说："你在这里等大队长，跟他说我有事要赶回公社，改天再来。请大队长代我向金花同志的大姐和大姐夫问个好！"

"好的，书记。"驻队干部答道。

王向东转身正要离开时，听到大队长喊着"王书记，王书记"的声音，转过头来看见大队长边喊边向他疾步走来，后面还跟着一男一女。王向东赶紧回过身来，相向走过去。

"这位是金小娘的大姐夫，"大队长回头指着紧跟在他身后的中年男子，又指了指稍后几步的中年妇女，说，"这位是金小娘的大姐。"

等他们走近了，王向东伸出双手与金小娘的大姐夫握着，说："好久不见，近来可好？"

"很好，很好！"金小娘的大姐夫侧过头去看了大队长一眼，含笑着说，"刚才听大队长说你大学毕业回来当书记了，你看我这孤陋寡闻的。"

"您不能这么说，是我工作作风不够深入哦！"王向东缩回双手，抱拳颔首，对已经走到跟前的金小娘的大姐说，"很抱歉，本来想到您家里看看的，可是刚刚接到县里通知，有领导和专家要来，我得赶回去准备一下，改天得空再来，也想看看金花同志的女儿，应该上学读书了吧？"

"念小学五年级了，这会还没放学，得过一会儿才到家。"金小娘的大姐说。

"这么快啊！下回我找个星期天来。"王向东答道。

辞别金小娘的大姐夫妇，王向东返回公社途中，针对溪美大队通讯员的电话记录潦草难辨问题，对陈秘书和驻队干部说："前几个月，分批轮训各大队的干部，主要是解决思想层面的问题。随着党的工作重点转到经济建设上来，各行各业都需要大量的有文化知识的人才，特别是你们年轻人，包括各大队里的文书和通讯员，要通过举办业务培训班来提升文化素养。要根据不同对象，培训不同内容的知识和技能，有的放矢。到时候，你们都要兼职当老师，就像多年前我当秘书的时候，也兼职当扫盲班的老师一样。"

陈秘书连连点头，本来还想说书记考虑问题就是不一样，话到嘴边，赶紧吞了下去。

第六章

# 水库续建逢契机

接到县政府办关于水利专家第二天就要来我们公社考察的电话通知，王向东只得中断下乡进程，返回公社。王向东让陈秘书把接待方案和书面汇报材料再拿给他看看。这次接待的，可不仅仅是县直机关部门的老领导，更重要的是老领导带着专家来考察水利资源，关系到那座荒废几年的半拉子水库能否重新续建起来，进而兴建一座小型水电站的重大问题。他在会议室布置、考察行进路线和食宿安排这几项，仔细阅看着，对站在办公桌前的陈秘书说："你去打个电话给前进大队的大队长，让他带两三位正值青壮年的男社员，带上砍柴割草的工具，还有手电筒，马上来公社找我。"

"书记，是要让他们先去那座水库探路吗？"

"嗯，是的，"王向东的视线从书面汇报材料转到陈秘书脸上，说，"不错啊，小陈，你都跟我想到一块了！"

"我是昨天突然想到的，就打电话通知前进大队的大队长，请他抓紧去水库看一下，但是那时候还没接到县里的通知，不知道专家明天就要来，也就没要求大队长昨天去探路。我这就打电话问他今天去了没有？如果还没去的话，就让他马上来公社。"

"很好，"王向东说，"你打过电话之后，再去会议室看一下正面墙壁上是否张贴好欢迎标语，内容是否无误，桌椅是否摆放整齐。我这会把汇报材料再看一下。"

"好的，我这就去。"

看着陈秘书走向门口的背影，王向东赞许地点了点头。

王向东刚把汇报材料再过细一遍，陈秘书就走进门来，说："刚才给前进大队打了电话，让大队通讯员去找大队长，请他到大队部回电话给我，或者直接来公社一趟。"

"回话了吗？"

"还没。"

"会议室都安排妥当了吗？"

"是的。"

"还有住宿安排好了吗？"

"也都安排好了。"

"怎么安排的？"

"局长与那位教授住在我宿舍，我和通讯员就在值班室打地铺；两位男大学生住谢副书记的宿舍，谢副书记说他到会议室打地铺；两位女大学生到前进小学去住，我给校长打过电话，让那边的几位女教师挪挪窝，腾出一间宿舍给两位女大学生住。"

"小学离公社有一段不小的距离，让两位女大学生去学校里住宿不大合适。这样吧，这两位女大学生就住你和通讯员那间宿舍，局长和那位专家去住我的宿舍，两位男生的住宿安排不变。"

"那您要住哪里？"

"我就在这里打地铺嘛。"

"这怎么行呢？"

"你们可以打地铺，我怎么就不行呢？"王向东含笑问陈秘书。

"那……"陈秘书一时语塞。

"我们山区的昼夜温差大，夜里气温低，宿舍也比较潮湿，你让负责民政的同志尽可能调剂几床新一点的棉被来给客人使用。"

"好，这就去落实。"陈秘书应诺着，门口传来通讯员的声音，让陈秘书去接电话。他走进值班室里，拿起电话筒，正是前进大队长的声音。大队长说，昨天午后，他与大队治保主任一起前往水库察看。知青点那几座竹木棚屋，有一对夫妇在那里养羊，还利用积水的库区养鸭子。通往水库的山路因为走动的人少，杂草丛生，不好行走。今天早上，他已经派了十位社员带砍柴割草的刀具去清理，估计今天可以完成。

陈秘书赶紧返回王向东的办公室转告书记。

"我还是不大放心，"王向东对陈秘书说，"你给大队长再打个电话，请他明天上午再去走一趟，带上几位社员和工具，看那十几里山路的杂草是否清理完？遇到坑坑洼洼的地方，也要填好。还要给那对养羊的夫妇打个招呼，说明这几天会有专家来考察水利设施建设，让他们把知青点的环境卫生清理一下，不要到处都是羊粪什么的，让客人踩不下脚。"

"明天上午局长和专家就到了，来得及吗？"

"他们最快也得午前才到公社吧，按照接待方案，明天下午就在公社召开工作汇报会，后天早上才去水库，"王向东在汇报材料首页的右上侧空白处写了"同意付印，考察组人手一份"。

陈秘书接过汇报材料，快速浏览一下王书记签阅的意见，返身走出书记办公室的时候，他心里在想：接待方案虽然是自己拟的，但是临到一些节点上，就是不如王书记考虑得周全。

陈秘书离开之后，王向东把汇报材料当中提及的问题和请求专家支持续建水库的措辞又仔细想想，看看是否能既把山区社员群众期待政府资助续建水库乃至水电站的热切心情表达出来，又不至于让专家明显感觉到心理压力。总之，在王向东的心里，非常期待这次老局长亲自陪同专家来此考察，能够促成这座寄托着边远山区许多代人对于水利保障的美好愿望，从根本上解决由于缺乏水利设施而导致长期存在的灌溉纠纷，有利于家庭联产承包制能够更加顺利和更加广泛地得到推行，并且能够让这山沟沟里的群众也像城里人那样用上电灯，彻底改变夜晚黑灯瞎火的历史，不枉他毕业时选择回到县里水利部门工作的初衷。

此时，王向东脑海里，倏然浮现出母亲许多年前在车站送他启程来这山区工作时那含着眼泪、带着期盼的眼光，以及父亲充满着革命情怀和寄希望于后代继续奋斗的遗书，旋又想起多年前与金小娘为代表的大队干部带领社员群众为了挖掘那座水库而风餐露宿的三年，终于基本挖成水库初胚的往事。再联想到自己有幸被推荐上大学攻读水利专业课程，乃至毕业之后回县水利部门工作，得到老局长的信任和推荐，让他在一个比较短的时间段里完成了全县水利资源和设施的普查，接着又被县委委以重任，让他回到第二故乡担任党委书记，实际上就是给了他施展抱负的一个重要平台。这既是组织的信任，也是难得的机遇。他不仅要坚守这个初衷，而且要有更强的责任感。而且，他越来越感觉到自己的青春乃至生命，都已经深深地融入这里的山山水水，希望自己的这腔热血和真情，以及他致力于改变这个边远山区的面貌、改善社员群众的生产条件和生活环境的努力，能够带动公社里所有脱产干部和各大队里的不脱产干部，甚至能吸引王小梅这样的大学生毕业之后加入改变农村面貌的队伍中来。想到这里，他忽然心生一个预感：这次母校的这位教授所带的这些大学生当中，或许就有王小梅。自从半年前他刚回到公社当书记时，县水利局转过一封她的来信，他阅看之后，给她回了信，此后就没再收到她的信件了，或许她的学习任务比较重而未能分心？或许是因为他回信里的措辞让她失望？他不由苦笑着摇了摇头。

"书记，饭点儿过了，"陈秘书站在办公室门口催促着，"去吃午饭吧。"

"好，"王向东离开办公桌走出来，边走边说，"对了，等会儿吃饭的时候，我得跟厨师探讨一下这几天的伙食安排。"

"对啊，我怎么把这给忘了？"陈秘书拍拍自己的脑门，自责起来，"你看我这个参谋当的！"

"智者千虑，还有一失呢。咱们等会吃饭的时候，跟厨师一起合计一下，把这几天的伙食安排得既丰富又有本地特色，让专家们吃得开心满意，从伙食上弥补住宿的不足。"

"有道理，书记考虑问题就是周到。"

"你看，又来了？我这不也是刚想起来吗？"

到食堂里，厨师见书记来了，赶紧去锅里取出温在热水中的饭菜，先把两碗咸饭端到餐桌上，又要返身去端热汤，被王向东叫住："热汤让陈秘书去端出来，你的饭汤也端来这边一起吃，咱们边吃边议一下拿什么招待好客人。"

"好，我去端了饭就来。"

等陈秘书和厨师端来热汤和咸饭，三人围坐在餐桌上，王向东拿起陈秘书摆在他面前的一双竹箸，问："师傅，这次有一批重要客人要来，你知道吗？"

"知道。"厨师答。

"什么时候来？有几个人？要住几天？都清楚吗？"王向东问。

"陈秘书前几天跟我说了，具体人数和时间，等他通知我。"厨师答。

"上午刚接到县里的通知，客人明天上午来，有两部小车，连司机大概有十来个人，先准备五天的伙食。怎么安排这几天伙食，你边吃边思考，王书记想了解一下。"陈秘书说。

"你在部队当过炊事班长，又来公社食堂做事好多年了，你做的饭菜，我很放心。明天要来的这些客人是从南边省来的，习惯吃的是粤菜，可能你在部队也做过粤菜的。问题是我们这里可能缺乏做粤菜的食材，巧妇难为无米之炊，那么，你仔细想一下，能够就近从哪里搞到做粤菜的食材，开个清单给陈秘书，下午或者明天，陈秘书派车派人出去采购一些。明天中午这一餐要先做好，多做几样菜，你比较拿手的，又是取自我们这山区的食材，比如米粉、面线、红芋、鼠麴粿（也称鼠壳龟，是一种以鼠麴草汁和糯米粉为主要原料制作的食品）、芥菜干、番薯、番薯粉、菜头干，黑猪肉、黑羊肉、黑鸡肉、番鸭肉，等等。把这些食材，充分利用起来，不同的排列组合，不同的烹饪方法，我相信，你一定能够做出好多道既有本地特色又色香味俱佳的菜肴的。”

“好的，我好好想想，下午先写出五天的菜谱，连同需要外出采购的食材名称和数量，交给陈秘书。”

吃过午餐，出了食堂，陈秘书跟着王向东走向书记办公室，到了门口，问书记还有事交代吗？

“刚吃过饭，咱们就在这庭院里走几圈，消化一下再去打个盹，”走了几步，王向东说，“住宿安排好了，用餐也交代了，还差什么没有考虑到吗？”

“就是晚饭后怎么办？”陈秘书扰扰头发，说，“吃过晚餐，趁着天色还没暗下来，可到公路上散散步。夜幕降临之后，到处黑灯瞎火的，只能回到各自宿舍。不过还好，宿舍里都有煤油灯，他们要看资料，如果觉得亮度不够，我就把大小会议室的煤油汽灯取下来，给他们使用。”

“虽然是个解决办法，但是，煤油汽灯不仅声音大，而且燃烧之后产生的烟尘多，宿舍空间小，不大适宜长时间使用。”

“那怎么办？”

“可以跟他们说，如果晚上他们要看书和资料，或者要集中学习讨论什么的，可以在小会议室里，那有一盏煤油汽灯，如果他们觉得亮度不够，就把大会堂的煤油汽灯拆一盏过来，”说到大会堂，王向东忽然想到安排文化娱乐项目上来，就问陈秘书，“这边的民间南音社还在活动吗？”

"还真不知道呢，"陈秘书反问："之前有吗？"

"咱们公社没有，可以联系邻近的公社，或者跟我们相毗邻的其他县，不限于弦管社，也可以是嘉礼，高甲戏，等等。"

"家里？哪家里？"

"不是家里，是嘉礼，闽南语的称呼，就是木偶戏，也叫布袋戏。"

"我来这里时间短，还听不大懂闽南话，"陈秘书借着这个话题，微笑着问王向东，"听说您也不是在闽南长大的，来这里多久才听得懂闽南话？"

"好多年才大致听得懂。在这里工作，能听会说闽南语，对于开展工作是有利的。我一开始来这里的时候，不懂得闽南语，成了与群众打交道的一只拦路虎，后来通过创办扫盲班，初步教会了一批中青年人说普通话和识字写字，然后从中选择一些比较优秀的青年男女来参加当时的社会主义教育运动、妇女解放运动，等等，在这些运动当中，培养了一批不脱产的干部，现在各大队的主干，基本上不仅参加过扫盲班的学习，也都参加过历次的思想教育运动。同时，我也在跟他们的密切接触当中逐渐听懂闽南语了。"

"我得向您学习，以后您每天教我两三句，争取一年能听、三年能讲。"

"好，这样的学习速度远远超过我了。"

"希望能够这样，"陈秘书抬起左手，做出要与对方击掌的姿势，忽然觉得不妥，就伸出右手掌，自己合掌一击，说："那就太好了！"

"以你的悟性和决心，我看没问题！"

"好，听书记话。没别的事，我去忙您刚才交代的工作了，落实好再跟您汇报。"

当日傍晚，王向东到食堂找厨师要招待客人的菜谱。

厨师说："我下午不到三点就把需要外出采购的食材名称和数量写了清单拿给陈秘书了，需要根据采购回来的食材品种和数量才好确定每天的菜谱。陈秘书说，得明天早上搭客车去县城采购，明天晚上六点左右就能买回来。"陈秘书说。

"你就按照本地食材，先确定明天的菜谱。明天晚上，外出采购食材回来了，再根据实际采购到的食材种类和数量，安排后续几天的菜谱。这样行不行？"王向东跟厨师商量。

"行，这样好，"厨师对王向东点点头，说，"等晚餐饭菜做好了，我把菜谱写出来拿给您过目。"

"好，那你去忙吧。"王向东边说边走出食堂，看见陈秘书正向食堂走来，就问他："晚上的活动项目安排好了吗？"

"打电话请县委宣传部的同学帮忙联系县城附近公社的民间演出团体，还没反馈过来。一有消息，我就跟您汇报。"

王向东刚回到办公室里，谢副书记拿着汇报材料走进来，说："王书记，材料我仔细看过了，陈秘书写得很好，我只改动了一两处词语和标点符号。"

谢副书记刚说完，陈秘书也走了进来，说："书记，宣传部的同学刚刚打来电话，告知已经帮忙挑选了声誉最好的南音、高甲戏和打城戏各一个演出团体，让我跟他们联系演出剧目、价格和日期。"

"南音表演场所不大，是可以的，而高甲戏和打城戏，不知需要多大的演出场地，以及多少演出费用，你仔细了解一下，然后咱们再确定。"

"好的。"

陈秘书出去后，王向东问谢副书记对于安排好专家一行的晚间生活有什么好点子？

"王书记，我理解您的心情，就是想招待好专家和他的学生们，希望他们能够帮我们把水利资源项目考察好，但是，咱们这山沟沟一到晚上就笼罩在黑夜里，也没有什么文艺演出团体，就连电影都放映不了。这些都是明摆着的问题，一时半会解决不了。我在想，咱们公社近几年分配来几位年轻人，虽然都是男的，但是中心小学里有几位年轻教师，有男有女。是这一两年才来的，可让他们来跟专家团队搞个小型联欢晚会，哪怕只是唱唱歌也好。"

"对啊，这个办法好，怎么不早说？"

"什么办法好啊？"陈秘书走进来，没听到完整的语句，不禁问道。

王向东朝谢副书记努努嘴，示意他再说一下。

听完谢副书记的想法，陈秘书也认为这个办法可行，接着汇报了刚了解到的南音、高甲戏和打城戏相关情况。

"我的意见是，立足咱们公社，不要舍近求远，就按照谢副书记刚才提出的思路，作为一项工作任务布置下去，以中心小学里的青年教师为主，各所站的年轻人配合，凑上四五个节目。"王向东对谢副书记和陈秘书说。

"好，我马上去布置。"陈秘书答道。

"还有，"王向东对走到门口的陈秘书补上一句，"你要带头哦！"

"您得先上，接着是谢副书记，我最后再上。"陈秘书说。

"我只会唱几首革命歌曲，别的不行。"谢副书记说。

"那就唱革命歌曲嘛。不过，如果都唱革命歌曲，就会过于单调。你们比我年轻，唱流行歌曲也行。"王向东说。

"现在流行歌曲很多，唱哪一首比较好？"陈秘书问。

"不是有一首《爱拼才会赢》吗？前些日子去县城开会，会前就播了这首流行歌曲，很有闽南语的韵味，"王向东对陈秘书说，"你不是要学说闽南语吗？从学唱闽南语歌曲入手，说不定学得更快些。"

"短时间要学唱闽南语歌曲，没有把握。"陈秘书说。

"那就朗诵这首闽南语歌词，用闽南语或者普通话都行。"王向东说。

"好吧，试试看。"陈秘书应诺。

第二天上午十点多，公社大门左前方的公路上，两辆吉普车由远而近向着公社驶来。已经站在公社大门口等候的王向东与公社党委其他成员，赶紧走到公路边迎接。第一辆车在距离王向东他们五六米的地方停稳，前排副驾座位下来一位中年男子，王向东认得他是县水利局办公室的副主任，只见他伸手打开后车门，走下一位头发有些花白的男性学者，未等办公室副主任走到小车另一侧，那边的车门已经打开了，下车的是王向东所熟悉的老局长，只见他绕过车后走到另一侧，微笑着对紧走过来的王向东先打了招呼："向东，你看，我把专家教授给你请来了！"

"太好了！教授一路辛苦了！"王向东上前伸手去握住教授的手，说，"我叫王向东，代表红星公社党委热烈欢迎您带学生来这里考察！我旁边这几位同志是公社党委班子成员。咱们赶紧到公社里面，坐下来喝喝水，再给您一一介绍。"

"好，好。"教授满脸笑意地呼应着。

王向东转过来紧握老局长那双有些粗糙却很厚实的大手，说着感谢老领导的话。

"才几个月不见，就跟我生疏客气了？"老局长微笑着揶揄王向东，"我要是没陪教授来考察，还不知何时能够见到你这大忙人呢！"

"您每天都在我这里记着呢！"王向东指了指自己的左胸，说，"总想着到县里开会的时候抽空去看您的，可是，每次开完会，又有这事那事的急匆匆赶回来。本来打算最近专程去找您汇报这段时间试行家庭联产承包制的情况，顺带把大队干部和社员群众对于农田灌溉问题的担忧和希望国家支持重修水库的建议一并提出来，希望得到您的指点和支持，没料到您亲自把专家请来了。"

"知道你忙嘛，"老局长微笑着拍了拍王向东的肩膀，说，"刚好水利专家来我县考察调研，我陪同他们来，咱们不就可以好好聊聊了吗？好，不说这个了，赶紧招呼教授到公社歇一会儿。后面一辆车是教授的学生，看看有没有你认识的？"

"哦，"王向东回头一看，一位高挑的女大学生走在其他学生的前面。他定睛看着走在前头的这位女大学生，等她走到跟前的时候，伸出右手，一边跟大学生们一一握手，一边接连着说："欢迎，欢迎！"

"您就是王书记吧！小梅姐托我带一封信给您。"高个子女生从随手的绿色挎包里掏出一封牛皮纸信封递给王向东。

"是的，谢谢！"王向东接过信封，扫了一眼信封上的字迹，就顺手转进上衣口袋里，边转身边说："山路弯弯，都晕车没，赶紧到公社里面坐下说。"

王向东带着老局长和教授一行人径直来到围着一圈长方形桌子的小会议室里。他让老局长在会议室正面的桌子前居中落座，教授坐在老局长的左侧，他则坐在老局长的右侧，公社党委谢副书记、县水利局办公室副主任、包括陈秘书在内的公社党委委员，以及四位大学生分别就座于小会议室的两侧。等大家都落座之后，王向东站起来说："工作汇报会安排下午召开，现在大家先坐下喝喝水。这是个山区公社，工作条件比较差，请大家见谅。大家喝几口热开水，缓缓胃，等会儿带各位参观一下公社各个所站、用于召开社队两级干部会议的大会堂，以及食堂和提供给各位下榻的宿舍。午餐给大家准备的是我们这里土生土长的食物，厨师是一位部队退役炊事兵，已经在公社服务很多年了，厨艺可能比不上城里的大牌厨师，却能把这山区里司空见惯的食材做成美味可口的食物，让大家吃得饱，又吃得舒服。午餐之后休息一下，下午两点半在这间会议室召开工作汇报会。明天早上去看一座半拉子水库，要走十几里山路，来回至少得花三四个小时，加上在库区考察工作的时间，一天就满满的了。后天到公社周边的两个大队考察农田灌溉情况。山区的早晨亮得迟，太阳落山比较早。因此，早上大家可以睡迟些再起床，傍晚收工回来比较早，特别是去那座水库的时候，要天亮了才能去，太阳落山之前一个多小时就要启程回来。吃过晚餐，咱们就在食堂或者大会堂搞一次联欢晚会，咱们公社这几年分配来几位年轻人，有的是大学毕业分配来的，有的是补员招工来的，中心小学那边也有几位青年教师，昨天已经把工作任务布置下去了，明后天选一个晚上，咱们一起热闹一下，到时候，老局长、刘教授带头表演节目，说唱都行，四位大学生也得献歌献舞哦。总之，重在参与，不怕献丑。考察过程中，教授和局长需要再补充什么项目，随时调整。咱们现在先到公社各个所站转转，然后去食堂吃午餐，怎么样？局长，教授？"

局长侧过头，看着教授，说："刚才公社党委书记简要汇报了考察日程的预安排，要不要做什么调整？"

教授转过头来，对局长说："我先介绍一下这次跟我一起来这里考察水力资源及利用项目考察的团队组成人员，下午开会的时候，我再具体谈谈考察工作总体规划、路线、项目和时间安排。我本人姓刘，文刀刘，粤东地区的客家人。你们这里属于闽南地区，与粤东虽然间隔不远，地貌特征大同小异，但是方言差异很大，也都是比较难学的。我之前在羊城大学任教，大前年秋季被调到现在这所大学担任水利水电系主任。在座这些学生是我到这所大学之后的首批学生，当然不只这几位，他们大都是品学兼优的学生干部，原来还有一位王小梅同学也要来的，她不仅是系里的团支部书记，还是学校学生会里的干事，来这之前的三四天才拿着学生会要换届的通知找我请假.她说以前在这里当过几年知青，很遗憾这次没能一起来。"

"是的，她在这里当过几年知青，多才多艺。"王向东说。

"如果这次她能来，那么，刚才王书记所提议的联欢，她一个人就能出几个节目的，加上在座的几位学生，那我敢说一定不负局长和书记所期盼！"教授抬手看了一下手表，又看看局长和王向东，说，"现在咱们参观一下公社的所站吧，边走边看边聊。"

"几个所站就在咱们公社里，有的隶属于公社，有的是县职能部门派出的。没有他们，难以运转。"

"行，"局长站起来，对王向东说，"走，前面带路。"

出了小会议室，教授对局长说："要不先把行李放在你们安排的宿舍里，早点去食堂吃午餐，然后大家都休息一会儿，各所站就不看了，好不好？"

"好啊，"局长对王向东说，"走，你把我和教授安排在哪里，带我们去看看。其他人，就请陈秘书带他们去各自的宿舍。"

王向东就带着老局长和教授来到自己的宿舍，推开门，说："山区住宿条件比较差，没有空余的房子能够腾出来做招待所，得委屈局长和教授将就一下了！"

"很好了。"老局长拍了拍王向东的胳膊，打趣道。

教授接话说："我曾下到农村一所中学教书，也经常得挽起裤腿去帮群众干农活。"

"哎呀，比起我们这些工农干部，你这位大教授真是屈才了！"老局长说。

"不能这么说，我倒觉得是一次很难忘的经历，深刻地感受到在基层工作的艰苦，以及要改变农村面貌的不易。"

"是啊，难得两位长辈能够有这种回望岁月的情怀，还有对农村的深厚感情，"王向东见他们还站着，赶紧招呼他们，"坐，坐下说。"

"不坐了，也不谈往事了，"教授对王向东说，"你还是带我们去看一下我那几位学生住哪吧。"

王向东领着老局长和教授刚走到陈秘书的宿舍门口，就听到宿舍里传出年轻人那充满青春活力的高音贝说笑声。

老局长拿手背轻轻碰一下教授的胳臂，说："我们不要进去破坏他们的气氛吧！"

教授显然也被宿舍里飘出的说笑声传染了，舒展了眉头，附和着说："要不，我们直接去食堂，看看那位退役炊事兵的厨艺吧。"

"好，走。"王向东走在前面，向食堂走去。

第一顿的午餐是芥菜干咸饭，乌醋炖黑猪脚，三层肉炒蛾眉豆，清炒莴苣叶，原味土番鸭汤炖麻笋片。不仅教授与学生们赞不绝口，老局长也是啧啧称道，而作陪的王向东、谢副书记和陈秘书也是吃得津津有味。

"真没想到啊，能在这里饱食山珍啊，"刘教授感慨道，"可以说，从没吃过这么可口的饭菜呢！"

"是啊，我虽然之前吃过这些饭菜，但是没有今天吃的味道好，"老局长侧过头微笑地问王向东："你太有口福了！"

"不瞒您说，虽然之前我在这里待了好多年，但是这些可口饭菜集中在一餐里面，我也是第一次呢。"王向东回应道。

"这说明什么呢？"老局长问。

"说明一要有好食材，二要有好厨师，三要有好时机，四要有好心情。"王向东再答。

"解释一下。"老局长说。

"俗话说，巧妇难为无米之炊。因此，有好食材，是做得好饭菜的物质基础。好厨师则是把好食材加工成美味佳肴的主观因素，否则的话，一手好牌也会被打得稀巴烂。刚才介绍过，咱们这位厨师原来在部队当过炊事班长，来公社食堂服务也有好多年了，厨艺有口皆碑。好时机是指这些好食材是有季节性的，比如这种麻笋，就是麻竹刚要出土或者刚冒出来的幼笋，得入夏之后才有。虽然竹林里一年到头都可挖笋，但是不同的季节、不同品种的竹子，挖出来的竹笋品质与味道差异很大。只有这个季节的麻笋最好吃，不仅满嘴生津，而且营养丰富，含有高蛋白、高纤维、低脂肪和多种维生素和微量元素，能促进肠胃蠕动和毒素排泄。这是从客观方面来解释好时机的，而从主观上分析，早几年，山还是这些山，竹子一样出笋，但是，集体封山育林，竹笋是被禁止采挖的，为的是多出竹子，要等竹子长高了，生产队才组织砍伐。党的十一届三中全会之后，咱们公社的一些生产小队借鉴其他省份的做法，小范围试行家庭联产承包责任制，希望探索有利于克服大集体生产体制的一些弊端，提高社员群众生产积极性和劳动生产率，增加社员群众收入的路子。同时，各大队也将山脚、边坡、沟壑就近分配给社员作为自留山和自留地，鼓励他们种植麻竹，既能固化山脚、边坡、沟壑，减少水土流失，增加社员的收入，就像午餐里的麻笋，基本可断定是这些自留山或者地里挖出来的。这样解释好时机对不对？"

"对啊，"高个子女生着急地发问，"那好心情怎么解释呢？"

"不是有句谚语叫酒逢知己千杯少吗？"王向东微笑着问高个子女生。

"好像还是哪首古诗里的诗句吧？"高个子女生看着王向东禁不住疑问。

"不止一首古诗里有酒逢知己千杯少的句子，而最早的出处倒不是古诗，我只记得是什么古集里收录的谚语。"王向东补充道。

"如果我没记错的话，是《名贤集》。"老局长说。

"对，就是《名贤集》，"王向东向老局长投去赞赏的眼光，说，"虽然咱们只是喝汤，不是喝酒，但是我看各位贵宾喝着土番鸭汤，表情就像是喝酒那样惬意，这不是因为汤比酒好喝，而是你们千里迢迢来到这山沟沟里考察水利资源利用项目，能够为这里的社员群众日思夜盼解决灌溉和照明问题带来希望，是来做一件很有意义的工作，由此感到心情舒畅。虽然你们第一次来这里，但是，为着共同的美好心愿，和我们走到了一起，我觉得这是人生旅途中有幸相逢的最纯粹的知己，因此，大家吃到肚子里的饭菜就特别香，喝到嘴里的鸭汤就胜过美酒了嘛。是不是这个道理？"

"说得太好了！"高个子女生绯红着脸，不禁鼓起掌来。

"是啊，招待我们吃这么可口的饭菜，可见王书记和公社其他领导的用心！概括出这'四个好'，特别是对好心情的解读，深深地感动了我，肯定也感动了我的学生们。我觉得王书记借此表达了对我们这次考察工作的期望。请放心，我和我的学生们一定会在这几天里努力做好考察工作，具体的想法和安排，下午再展开说。"刘教授说。

当日下午的工作汇报会由老局长主持，他借用会议室两个侧面墙壁上的欢迎标语做了开头，他说："大家看我左手边的墙面，红纸白字写着'热烈欢迎领导和专家一行莅临考察指导！'作为全县水利部门的主要负责人，我很惭愧，如果不是教授给我这次陪同考察的机会，我真不知道哪一天才会踏上咱们红星公社这片空气清新、满眼生机的土地呢！尽管向东同志好多次向我表达了诚挚邀请！因此，面对你们的热烈欢迎，我深感惭愧！再看我的右手边墙面上，写着'衷心祝愿领导和专家一行考察工作顺利！'这既是对我们这次考察工作的美好祝愿，更是对我们这次考察工作的热切期待！向东同志当年来到这里的时候，与在座的几位大学生差不多的年纪，先后担任过秘书、公社副社长、社长等职务，带领这里的干部群众兴建公路，开荒造田，挖掘水库，致力于改变山区的出行条件，改善农田灌溉设施，增加粮食产量。被推荐去上大学之后，几个假期都泡在学校图书馆里，不仅学习了水利专业的功课，而且兼修了电力课程，毕业后放弃了留校工作的机会，分配到县里的水利部门，来了之后，就主动请缨，带队普查全县水利资源和设施，写出一份数据翔实、立论缜密的普查工作报告，得到局里上上下下的好评。局里专报给县委、县政府之后，受到县里党政主要领导的表扬，然后把他直接派到这里担任党委书记，其实就是组织上寄予他厚望！我们都是唯物主义者，不相信有上帝的存在，可是他就偏偏可以感动'上帝'呢！如今，'上帝'又派了刘教授一行来助他一臂之力！可谓天时地利人和啊！地利比较好理解，就是我们这里的山势高，常年雨量充沛，水资源丰富；人和，就是咱们这里的社员群众对于修建一座水库和配套建设水电站的强烈愿望，那座尚未建成的水库，基本上就是社员群众双手开挖出来的；天时，就是党的十一届三中全会的召开，全党的工作重心转到经济建设上面来，让重修水库和建设水电站成为可能，或者也可以说，党的十一届三中全会的召开，将是咱们公社重修水库和建设水电站的重要契机！因此，作为他曾经的领导和同事，实际上我更愿意把他视为自己的晚辈，我和他，以及全公社的干部群众一样，真心希望和衷心祝愿刘教授一行在这里的考察工作不仅顺利进行，而且取得满意的考察成果。我就先做个开场白，接下来，请向东同志对关于红星公社水利资源和农业灌溉现状及展望作个汇报。"

王向东首先感谢老局长亲自陪同教授对教授带领学生前来偏远山区考察农村水利资源！然后汇报了红星公社所在地域的历史文化渊源、山川风貌、资源禀赋和风土人情，以及当年兴建水库的缘由与历程、困难与问题、现状与展望。

刘教授详细介绍了考察工作总体规划、路线、项目和时间安排，最后，讲了几句话："第一，感谢咱们县委和县政府对我们这次的农村水利工作专项考察工作的重视与支持，同时感谢局长把全县水利资源普查资料复制给我们，让我们的考察工作更有方向感，有助于提高考察工作效率。而且，局长还在百忙中亲自陪同我们来这里考察，让我们很受感动，也很受鼓舞；二是感谢红星公社党委对这次考察工作的精心准备！王书记刚才的汇报，给我和我的学生们补上了一堂生动感人的农村社会主义建设的当代历史课；第三，我和在座的四位学生将在这短暂的一周里面，尽可能深入地了解咱们公社的水力资源、农业灌溉等现状，特别是那座尚未建成的水库将作为重点考察项目，包括库区容量，对周围山体的地质环境的评估，以及配套建设小型水电站的可行性等内容。总之，我们希望通过这次考察，能够为将来某一天续建这座水库，并且配套小型水电站建设提供基础数据的支持！"

"好，非常好，感谢刘教授！今天的工作汇报会开得简短而有效，"老局长在会议即将结束时给予充分肯定，"我想借用会议室右侧墙壁上这句话的大意作为结束语：衷心祝愿专家一行在我县的水利考察工作圆满成功！"

会议结束时，天色还很亮，王向东陪同老局长和刘教授一行沿着公社外的公路就近走走。刘教授看见农田里有的人在耕地，有的人在插秧；有男有女，有老有少，不像是集体生产的样子，就问王向东："这边还是集体生产的组织形式吗？"

局长也朝王向东投来疑问的眼神。

王向东说："不瞒二位，眼前这个生产小队正在试行家庭联产承包制。"

"家庭联产承包制目前在全国只有个别地方在试行，但是我们县委书记的思想是比较解放的。早在今年年初召开的全县农业工作会上，他曾经提出过这个问题，对于个别公社请示试行家庭联产承包制表态支持。会上他没明讲哪个公社试行，我没想到就在这里啊！"老局长不禁感叹道，"这让我联想到《墨子·尚贤》一段话：'尚贤者，政之本也。'"

"我也有个没想到。"刘教授以称道的眼光看着老局长。

"请讲！"老领导饶有兴致地说。

"没想到咱们局长这么有学问，就连古文都这么熟悉！"刘教授说："像我这样的理工男，总感觉对于咱们中华传统文化精髓的学习和了解是很不够的，比如您刚才提到的《墨子·尚贤》，我们可能都是陌生的。"

"是啊，给我们讲讲吧。"跟在教师身后的几位大学生异口同声附和着。

"所谓'尚贤者，政之本也。'是说尊重和推崇贤才，是治理好国家的根本。"老局长解释说，"咱们古代很多思想家都提出过'尚贤'或类似的人才主张。例如，孔子提出'举贤才'，孟子认为'不信仁贤，则国空虚'。而墨子把'尚贤'提高到'政之本'的高度来认识，是其前人所不能比拟的，而且他还认为，对贤才，要'听其言，迹其行，察其所能'。刚才我之所以引用《墨子·尚贤》里的那句话，是有感于发现红星公社在全县率先试行家庭联产承包制，我这是有感而发，感慨县委在崇贤任能方面是可圈可点的！"

"您过奖了，"王向东对局长说，"我只是凭着一腔热血去做一些作为党员和基层干部理所应当的工作。我将继续努力，不辜负组织上的信任，也不辜负您的厚爱和栽培！"

"王书记这么年轻，又这么有涵养，将来一定会有更大的舞台！"刘教授颇为感慨。

"我们是您的学弟学妹，王书记今后可得多给我们帮助和指导啊！"那位转交王小梅信件的高个子女生绯红着脸，接着教授的话语说道。

"对，对，要多指导我们！"其他三位学生附和着。

"我虚长你们几岁而已，大家都是校友，任何问题都可以探讨，不是指导，"王向东跟学弟学妹们说完，转向局长和教授，笑容可掬地说，"太阳就要落山了，咱们回去吃晚餐吧。不然的话，天色一旦黑下来，食堂没有电灯，担心学弟学妹们把饭菜塞进鼻子哦。"

"不会吧，"高个子女生扮个鬼脸，回应道，"王书记心里面是把我们当成娃娃了？呵呵！"

"只是开玩笑的话，哪有可能吃到鼻子里去呢？虽然还没用上电，但是食堂里有煤油汽灯的。"王向东微笑着答道。

"王书记，不，是王学兄，说话还很幽默呢！"高个子女生绯红着脸说。

"Where where !"王向东故意用汉语的谦辞直接音译为英语单词打趣道，让学弟学妹们笑得捧腹。

大家有说有笑地回到公社里，径直走进食堂。晚餐是用粳米做的白米饭，厨师就地取材做了七样菜和一道汤。保留了三层肉炒麻笋片和清炒莴苣叶，新上了三荤两素：一大盆黑猪五花肉焖白萝卜块、油炸小溪鱼、茶油焖兔肉、干煎豆腐块和清炒绿豆芽，以及猪排炖淮山汤。这些美味菜肴，荤素搭配陆续端上餐桌，再次获得教授和大学生们的啧啧称赞。

吃过晚餐，谢副书记和陈秘书送局长、教授和县水利局办公室副主任离开食堂，回宿舍休息。

王向东想起高个子女生上午转交的信件，还在上衣口袋里没拆开，回到办公室点亮煤油汽灯，拆开信封，信笺上既没有抬头称呼，也没有落款。娟秀的字体，只写了两行字：本来可以跟教授去考察的，学校临时有事走不了，颇感遗憾！只好托舍友带张短笺给您了，得空再寄信长叙。

王向东打开办公桌抽屉，把王小梅的信夹在一本红色塑料皮的笔记本里，然后离开办公桌，打算去自己的宿舍看望老局长和教授。

刚走到办公室门口，借助办公室投射出来的灯光，一眼看见老局长正迎面走来。他紧走几步迎向前去，说："我正要去看您和教授呢！"

"教授和他的学生正在讨论明天的考察工作呢。我想你这时候应该还在办公室里，就找你来了。"

"好啊，我正好有事向您请教呢！"

"一直都这么谦虚，真是秉性难改啊！"老局长以揶揄的口吻，表达赞许之意。

"您不仅是我的老领导，而且堪称我人生旅途中的指导老师，"王向东边说着，边把老局长迎进办公室，在靠窗的椅子上坐下，说，

"按照我奶奶在世的时候对我说的，就是大贵人啊！"

"贵人不敢说，缘分是不浅。"老局长点着头说。

王向东接着老局长的话语，说："咱们成为忘年交，又相遇于工作单位而成了您的部下。这得有多深的缘啊！"

"是啊，正如《增广贤文》里所说的：'百世修来同船渡，千世修来共枕眠。'你说咱们得有多少年的修行呢？"老局长接过王向东递给他的搪瓷口杯，掀开盖子，吹了吹了热气，喝了一小口，感慨地说。

"局长，我这下知道您的古文根底很深呢！"王向东一脸敬佩之情。

"年轻的时候，好学古文，得益于中学的一位语文老师，经常把他的古文书籍拿给我看，也不管我看不看得懂，要我通篇看下去，不懂就看注解。嗨，都是老黄历的事了，咱说别的吧，你不是说有事要和我说吗？"

"想请教的事情很多，目前最紧要的是如何引导正在试行的家庭联产承包制的社员群众走好第一步，发挥好家庭式生产的积极性和灵活性，克服单干的弊端，比如农田灌溉如何处理相邻地块不同承包户的关系、喷药除虫如何协调统一时间，缺劳力家庭如何互相帮助，以及提高生产效率之后的剩余劳力出路等等一些问题。"

"问题还不少啊，说明你是深入社员群众当中，而不是浮在面上瞎指挥呢，"老局长说，"年轻人容易犯的错误是唯上不唯实，急功近利，好大喜功，而不肯花时间蹲下去倾听基层干部群众的意见，不愿意做深入细致的调查研究工作。但是，从你在局里工作期间，乃至昨天下午的工作汇报，还有你刚刚提出的这些问题，都说明你已经很好地避免了年轻人在工作上的通病，也说明组织上没有选错人啊！"

"感谢老局长再次夸奖和勉励！可是您还没就我刚才提到的那

些问题指点迷津呢！"

"你刚才提到的那些迫切需要解决的问题，都是涉及正在试行的家庭联产承包制，这在全国范围里，还只在少数地方试行，尚未全面推广。因此，你们公社既然作为全县的试点，既是难得的机遇，也会面临困难和问题的挑战。县委也在默默地支持你们，那你们就大胆试行嘛！当然，也要把困难和问题摸清楚，并且及时有效地解决好。毛主席在延安窑洞中写的《实践论》科学地解决了'知'与'行'的关系，不过，并非读过《实践论》的人，就一定能够很好地理解和把握好'知'与'行'，或者也可以说是认识与实践的关系，还得在咱们进行的社会主义建设实践当中活学活用，从实践当中获取带有规律性的认识，再回到实践中去接受检验。如此循环往复，离真理就会越来越近！"

"您说的这些没错，都是鼓励的话，但是，对于家庭联产承包制有利于破除了平均主义'大锅饭'和无责任的'大呼隆'集体劳动，提高农民生产积极性，基层干部和社员群众的看法是一致的，而其中的道理却不是很明白，我也讲不透。这方面，您能不能给我指点一下？不是现在，咱们明天早上陪同教授去看水库，路上再说也行。"

"要回答好这些问题，真不是三言两语就能说得清楚的，而且我的认识也是不深刻的。时间不早了，咱们明天路上再聊吧。今晚你睡哪里？"

王向东指了指堆在办公室墙角的草席和被子，说："就睡这里。"

"好吧，客随主便，委屈你了，"老局长起身走向办公室门口，回过头来，摆摆手，对王向东说，"止步，我认得路，你抓紧休息，明早见！"

第二天一大早，老局长与王向东，党委谢副书记和陈秘书，以及林业站工作人员，陪同教授一行踏上前往水库的山路。

前进大队的大队长与五位中青年男社员带着砍刀、镰刀、锄头、扁担和畚箕等农具随行，走在前面一些，既带路，也清理途中一些遗留的杂草和小石块。

林业站负责人带着两位工作人员，紧随其后，帮那几位大学生携带测量仪器。

教授与学生们走在中间，继续讲授着这次考察项目的相关内容。老局长与王向东，谢副书记和陈秘书走在稍后些。

王向东再次提起昨晚尚未得到解答的一些问题。

"昨晚回到你的宿舍躺下之后，就在思考着今天早上如何回答你这些问题，辗转反侧，过了半夜才入睡，"老局长稍作停顿，说，"咱们只当是路上闲聊，说得不一定对，仅供你参考哦。"

"局长但说无妨，我等洗耳恭听！"王向东回头看了一下紧跟在身后的谢副书记和陈秘书，微笑着伸出右手，向老局长摆出请讲的手势。

"你我对农村和农业生产都不陌生。农业生产有它自己的特点和规律，首先，农业生产是人类社会生产与生物自然生长两个不同过程相结合的产业。它既要受到人类社会发展的影响，也要受到气候、土壤、水分、空气、光照等自然条件的制约，俗话说农业是'露天工厂'，一半靠人，一半靠天。因此，不确定性与风险性都比较大。其次，农业生产环节多，周期长。每个生产环节都对最终产量有着直接影响。一旦某个生产环节上出了问题，都可能导致颗粒无收。而对这些环环相扣的生产环节，生产队集体是难以进行质量评定考核的，只能根据不同的劳动者对于这些生产环节的熟练程度来综合评定工分。至于具体的劳动过程是尽心尽职，还是出工不出力，是难以及时而有效评定的。这就需要劳动者始终保持生产自觉性和责任心。因此，农业生产看似简单的劳动过程，其实是需要特定的生产管理方式，不同于工业生产的组织形式。工业生产场所固定，各生产环节都可建立数量与质量的检验与评定标准，考核结果可与报酬客观地联系起来。

相比较生产队集体，社员家庭具有生产、经营、消费等多方面的功能，着眼于提高生产率和增加产量的出发点和落脚点，具有组织生产的凝聚力和自主性等特点。一个熟悉农业生产各环节的主要劳动力，带领全家其他成员生产经营，要比集体的组织生产的效率更高。农忙季节过后，还可以做些副业来增加家庭收入。咱们回过头来看，作为集体经济组织，生产队集生产、经营和分配大权于一身，社员群众丧失生产经营自主权，也就失去了发展活力，而集体生产经营成果不能达到他们的预期，就难以得到社员群众的认可与支持。因此，作为党在农村的基层领导干部，应当发挥与社员群众直接接触和能够及时倾听群众心里话的优势，真实地向上级党组织反映群众的呼声，提出修订那些偏离实际的政策的建议，让党在农村的各项政策，特别是关系到社员群众切身利益的政策，能够得到群众的支持与拥护，就像一颗颗优良种子一样，落地生根、开花结果！今年年初，已经临近农历春节了，县委书记还带县委办和农业部门领导前来你们公社做了两天的专题调研，亲自听取大队干部和社员群众的反映，可见县委对你们工作的重视和支持。这次安排大学教授一行首站就来你们这里考察，对于你们那座水库的续建或许是一个很好的契机！"

"真是与君一席话，胜读十年书啊！"王向东看着老局长感慨道。

"你看看，昨天夸你，今天被夸回来了。"老局长笑容满面地说。

经过连续五天的紧张工作，水库及其周边山地和整个公社水利资源的测绘勘察结束。大学生们把测量仪器和勘察笔记等资料收拾好，集中放在小会议室里，然后跟陈秘书来到食堂。

王向东等公社领导、局长和教授，局办公室副主任，围坐于两张八仙桌临时拼成的餐椅上，等着四位大学生和陈秘书入座。

陈秘书走到王向东身旁，说："一会儿有三位小学老师要来参加联欢，一女两男，节目一个是女声独唱，一个是男声双人唱。"

"唱的什么歌？"

"我把您的要求跟他们说了，您放心吧！"

"那就好。他们什么时候到？"

"我让他们今天晚上八点之前到，在小会议室等候。"

"那你八点的时候记得去小会议室看一下，如果他们到了，记得问一下唱什么歌曲，到时候你跟我点头示意他们到了就行。还有，咱们几个所站的年轻人有节目吗？"

"没有，可能时间紧，来不及准备吧。"

"嗯，有几个就可以，重在表达我们的热情。"

"明白，那就招呼厨师上菜哦。"

"可以。"

一会儿，厨师就按照荤素汤搭配的顺序陆续上菜。

王向东给老局长和随行的水利局办公室副主任，教授和他的学生们，以及两位小车司机，每人斟满一小杯红色米酒，再给自己和作陪的谢副书记、陈秘书也斟满小酒杯，然后端起小酒杯，说："这是厨师用本地的红酒糟自酿的米酒，有活血化瘀、驱寒除湿的功效，这里的社员家庭如果家里有坐月子的，都会提前酿制几坛子，用来炖鸡肉补身子，或者温热之后给产妇当茶饮。昨天特意交代厨师回家的时候，找左邻右舍刚坐月子的堂亲买几斤带来招待贵宾。厨师说不用找邻居买，他家里也有，他带了一坛子来给大家品尝。现在，请大家举起杯，感谢刘教授和大学生们不辞劳苦，连续作战，比预定时间提前两天完成在我们公社的水利资源利用勘察工作，并且预祝教授一行在其他公社的后续考察工作顺利，干杯！"

看着所有人一饮而尽，王向东示意陈秘书给大家再斟满酒杯，然后端起小酒杯敬老局长，感谢他多年来的关心支持！接着邀请老局长和他一起敬刘教授和大学生们。

谢副书记和陈秘书则分头给身边的局办公室张副主任和两位小

车司机夹菜。餐桌上再次称道起菜品和厨师的手艺。

王向东留意着手表上的时针。当指向八点的时候，他把目光转向食堂入门处。陈秘书准时出现在那里，并且朝他点头示意的时候，他站了起来，端起小酒杯，环视一下餐桌上的各位，说："大家把各自酒杯里的红米酒喝完，然后进入联欢环节。大家坐在原座位，边欣赏节目，边继续吃喝。一会儿，咱们公社中心小学有几位年轻老师要来参加联欢，给大家助兴。"

王向东的话音刚落，陈秘书引导着三位老师进入食堂。两位男老师在门内的一条长椅上坐下，女老师提着一台进口的双卡收录放三用机，跟随陈秘书走到餐桌前的一张长方形的桌子旁，把三用机和三盒歌曲磁带搁在桌子上。

陈秘书走到王向东座位旁，轻声说："准备好了，可以开始。"

"好，"王向东边说边站起来，面向刘教授，说，"首先，有请刘教授给大家表演个节目，大家掌声响起来！"

"不行，不行，得请局长先来。"刘教授推辞。

局长则推王向东开头。

王向东对老局长和教授说："这样吧，干脆咱们三个合唱一首革命歌曲。"

局长问教授道："怎么样？唱哪一首好？"

"就《社会主义好》，行吗？"教授反问局长和王向东。

"好啊。"局长与王向东异口同声。

王向东侧过头去问女老师道："磁带里有这首歌吗？"

"有的。"

"是原唱，还是曲子？"

"原唱的。"

"那你把这首歌选出来，声音调小一点。"

"好的。"

王向东等局长和教授走上来站好，侧过头再问女老师准备好了吗？

"好了。"

在磁带播放的原声伴奏下，三人以浑厚的中低音合唱完《社会主义好》，赢得热烈掌声。

局长和教授边摆手致谢，边走向各自座位。

王向东打手势招呼陈秘书过来。

等陈秘书走过来，王向东面向餐桌，说："接下来，请陈秘书主持节目。"

陈秘书愣了一下，没有推辞，等王向东落座好，就双手抱拳作个揖，涨红着脸，说："敬酒的礼节是先干为敬，主持节目的规则恰恰相反，只负责报节目单哦。"

陈秘书这么一说，场面瞬间静了下来，猜测着主持人会请谁先来表演节目。

"首先，有请刘教授表演节目，大家掌声欢迎！"陈秘书面向刘教授，使劲鼓起掌来。

王向东朝陈秘书会意一笑。

局长和餐桌上的其他人，则朝着教授鼓掌催促着。

刘教授觉得这下是推辞不了的，就站起来，边摆手致谢，边走到陈秘书旁边，说："我想邀请我的学生们和我一起唱《月亮代表我的心》。"

"很好啊，"陈秘书边应答着，边侧过身去问女老师，"磁带里有这首歌吗？"

"有，但不是粤语，是普通话的。"

"行，声音调小一点，像刚才那样。"

"上来，同学们，都过来一起唱。"刘教授招呼他的学生们。

大学生们离开座位走到刘教授跟前。刘教授让大学生们分别站在他的左右侧，一边轻声说："咱们唱《月亮代表我的心》吧，会唱的大声点，不大熟悉的就张张嘴。"

刘教授向前走出三步，给餐桌前就座的王向东和局长弯腰行礼，然后转身一百八十度，抬起双手，说："来，看我的手势，跟上磁带的节拍唱。"

刘教授和大学生们合唱完，王向东和局长都站了起来，朝刘教授和大学生们热烈地鼓掌。

刘教授回转身过来，抱拳致谢，和大学生们走向餐桌椅。

陈秘书未等教授和大学生们落座，就招呼坐在门内长椅上的两位男老师走过来。等他们走近了，就问他们唱什么歌曲。

"我们合唱闽南语歌曲《爱拼才会赢》。"

"磁带里也有吧？还是你们要清唱？"

"跟着磁带唱。"

当他们合唱的时候，陈秘书一边禁不住跟着哼起来，一边就在思考着，等会要朗诵这首歌词的时候是用刚学的闽南语，还是用普通话。前两天，他让通讯员帮他找来这首闽南语歌曲的歌词，让通讯员用闽南语教他说这些歌词，感到非常吃力。

不容陈秘书多想，两位男老师已经合唱完了。陈秘书赶紧走到女老师旁边，说："到你了，要唱什么，先把歌调出来，等你报节目之后，我就按播放键。"

"好的，"女老师走到餐桌前，双手交叉在上衣前摆，弯腰致谢，接着自报独唱节目《唱支山歌给党听》，接着后退三步，呈丁字站好，摆出专业独唱的姿态，然后侧过头示意陈秘书按键。

收录机播出伴奏曲的同时，宛如百灵鸟一样的女高音响彻食堂内外。

等女老师唱完，陈秘书按下停止键，走到王向东旁边，耳语道："预定的节目就这些，接下来得您主持哦。"

　　"好，我来主持最后一个节目，"王向东拉着陈秘书走到餐桌前方，说，"今晚的联欢晚会，虽然节目不多，但是气氛浓厚。时间关系，没能让大家继续倾情表演，最后一个节目有请陈秘书朗诵《爱拼才会赢》歌词，大家掌声鼓励一下。"

　　陈秘书用闽南语很吃力地朗诵《爱拼才会赢》歌词。

　　王向东面向餐桌，微笑着问大家听得懂吗？

　　餐桌那边异口同声地回答没听懂。

　　王向东就说："我提议，请咱们公社的谢副书记、县水利局办公室的张副主任，与陈秘书用普通话一起朗诵《爱拼才会赢》歌词，大家掌声大一些。"

　　谢副书记站起来，拉上县水利局办公室的张副主任，走到陈秘书旁边。

　　陈秘书让谢副书记站在中间，把抄着《爱拼才会赢》歌词的信笺递给谢副书记，三个人紧挨着，瞪大眼睛看着歌词，用普通话齐声朗诵起来：

　　一时失志不免怨叹，

　　一时落魄不免胆寒。

　　哪怕失去希望，

　　每日醉茫茫，

　　无魂有体亲像稻草人。

　　人生可比是海上的波浪，

　　有时起，有时落，

　　好运，歹运，

　　总嘛要照起工来行。

　　三分天注定，

　　七分靠打拼，

　　爱拼才会赢。

第七章

# 校园晚会诵青春

陈臻楚在学校团委与学生会联合举办庆祝"五四"青年节文艺晚会，取得超乎预想的成功！她的现代诗朗诵《青春》被评委们一致打了高分，获得语言类节目第一名。同班两位男同学分别获男声独唱第二名和乐器演奏第三名。整场晚会各大类节目成绩加总，她所在班级成绩在全校排名第二。

晚会结束之后，周班长先于陈臻楚走出大礼堂，然后就在门口等候陈臻楚。她的挎包里有两封信件，是她晚饭后去学校邮政代办处帮陈臻楚取回来的，信封上加盖部队专用邮戳。陈臻楚近段时间几乎天天都要拉着她一起去学校邮政代办处转一转，看看有没有她的信件。等一会儿，陈臻楚见到这两封信，一定很开心的。可是等了好一会儿，却不见陈臻楚出来。周班长返身走进大礼堂，只见陈臻楚被一群同学簇拥着，伴随着说笑声，正走向大门口。周班长默默地站在门内一旁，等陈臻楚走近了，才喊了一声"臻楚"。

陈臻楚循声看到周班长，走过来问周班长道："你还没回宿舍？是在等我吗？"

"是啊，"周班长把斜挎在肩上的挎包往胸前挪了挪，微笑着说，"有你想要的东西！"

"是吗？"陈臻楚侧过头去对周围的一群同学说，"你们先走吧，我和舍友大姐还有事。"

等这群同学走开了，陈臻楚潮红起脸庞问周班长是什么东西？

周班长按着挎包，说："你猜。"

陈臻楚瞥见周班长的挎包扁扁的，应该不是装着什么好吃的食物，或许是哥哥和高祥来信了，就故意说："我怎么猜得到呢？好姐姐，有啥好吃的就赶紧拿出来吧！"

"要比好吃的食品更让你喜欢呢！"

"别卖关子了，快给我吧。"陈臻楚边说边向周班长伸手索要。

周班长不想再与陈臻楚玩笑，就从挎包里掏出两封信来递给陈臻楚。

陈臻楚赶紧接过去，看一下笔迹，说："一封是我哥的，还有一封……"

"不用说了，一定是高祥哥哦！"周班长微笑着揶揄陈臻楚。

"笔迹是陌生的，不知道是谁。"

"拆开看一下，不就知道是谁写的了？"

陈臻楚默默地拆开那封陌生笔迹的信封，回头走进大礼堂，借着大礼堂里明亮的灯光，展开信笺，几行写得大小不一，歪歪扭扭的文字跃入她的眼帘：

臻楚同志：近好！

近来学习任务重吗？前段时间我作为西南边防的一名卫生员，也是一名战士，与战友们完成了祖国和人民交给的自卫反击作战任务，并已凯旋多日。由于紧接着又承担新的任务而未能及时给你写信告知。请勿挂念！

此致

敬礼！

高祥

一九七九年四月二十九日

　　陈臻楚反复看了三遍，一遍比一遍看得慢，看得仔细，信中的笔迹确定不是高祥的，怎么会这样？是不是……？她不敢往下去想，先把信笺折叠好收进信封，放到挎包里，接着拆开她哥笔迹的信封，也是只有一张信笺，只是多了几行字：

楚妹：

　　近好！

　　前一阵子，你所知道的原因，哥未能如往常一样与你见信如面，可是心里天天都会想到你。你之前来信说准备参加学校团委与学生会组织的文艺晚会，报名语言类节目。现在离"五四"青年节的日期已经临近，我在遥远的西南边陲，衷心预祝你的诗歌朗诵一鸣惊人，掌声如潮！我一切安好，勿念！近日得空我将汇寄二十块钱给你，这是我近几个月积攒的津贴，给你改善日常伙食和购买衣服。

　　顺祝安好！

愚兄：臻善<br>一九七九年四月二十七日

　　看完哥哥来信，陈臻楚又从挎包里把高祥的信件再拿出来看一下，越看越觉得不像高祥的笔迹。

　　周班长在门外等了好一会儿，不见陈臻楚出来，疑惑地走进大门，发现陈臻楚就在门内一侧墙根处站着，手里拿着信，仰头看着礼堂的顶棚。

　　"怎么啦？谁写的信？"周班长走近陈臻楚，轻声问她。

　　"明明写着他的名字，可是笔迹不像。"陈臻楚眼睛依然盯着顶棚，像是回答周班长，又像是自言自语。

　　"他是谁？你哥？还是那位高祥哥？"周班长本想追问，忽又觉得此时不宜细问，就改口说，"要不我们赶紧回宿舍，你把之前的信笺拿出来比对一下，不就清楚吗？"

"嗯，对，我刚才脑子怎么就短路了？"陈臻楚一下子反应过来，挽起周班长的胳膊，说，"走。回宿舍。"

"你今晚的诗歌朗诵太好了！给你们班级集体争了光！假如没有你这个成绩，说实话，你们班长是上不了领奖台的。你要是在我那个班就好了，我也能沾一下你的光啊！不过，作为舍友，我也在台下拼命为你鼓掌呢！"周班长比画着手势，既是表达内心对于舍友的赞许，也是想借此分散舍友读信之后的不好心情。

"没有，没有。姐姐过奖了。"陈臻楚只是简短地回答着，双脚只顾着快步朝着宿舍走去。

回到宿舍，打开电灯。周班长先去盥洗间洗漱，好让陈臻楚不受干扰地比对信笺笔迹。等洗漱完出来，却看到陈臻楚静静地趴在书桌上。

"怎么啦？"周班长走到陈臻楚身边，低声问她。

"他一定是有什么事瞒着我。"陈臻楚抬起头，红着眼睛看着周班长。

"何以见得？"

"刚才仔细比对过了，就连标点符号都比对了，根本就不是他的笔迹。我想，很有可能是别人代写的。"

"他认得字，怎么可能让别人代写呢？"周班长摇了摇头，说，"不可能，何况是私信。"

"那就是他自己没办法写字，"陈臻楚忧伤地说，"可能就是受伤了，而且伤得不轻，这才让别人代他写的。"

"那别人会是谁呢？"

"他身边的战友啊，或者医院里护士、医生，都有可能嘛。"

"即使是你分析的那样，那应该不会是重伤，也就是说没有生命危险！"

"是吗？何以见得？"

"就根据你刚才说的这些情况啊，"周班长说，"分析我说不上来，就是一种直觉！"

"嗯，如你所言就好！"

"时间不早了，快去洗漱一下，赶紧去休息。明天上午不是还有一场诗词创作特色专题讲座吗？咱们写作课老师主讲的，你要参加吗？"

"当然要啊！"

"要的话，就得抓紧洗漱休息哦。不参加就可以迟睡迟起，周日又不用上课。"

"一定要参加，你呢？"

"我的诗文基础不好，但是从上高中办班报那时起，就喜欢诗词了，对了，之前跟你讲过的。"

"那好，咱们一起去！"

"对了，你晚饭有没有吃饱呢？现在肚子饿不饿？我去校门外的大街上给你买一盒夜宵回来。"

"不饿，不饿。这么晚了，不要出校门哦。谢谢好姐姐！"

"不饿就快去洗漱吧，我要先休息了。"

陈臻楚洗漱完，换上睡衣裤，却没有半点睡意，她从热水瓶里给自己倒了一杯热开水，喝了一小口，把搪瓷口杯放在书桌上，从抽屉里拿出一本用作信笺的作业簿，提笔给她哥写回信，告诉他已经收到来信，得知他凯旋而高兴！同时汇报自己最近的学习情况，尤其是刚刚参加学校团委和学生会组织的"五四"青年节文艺晚会获得诗歌朗诵第一名的成绩。接着问他近期是否有跟高祥联系？如果得知他的近况，希望立即来信告知。接着，她又思考着如何给高祥回信，握着钢笔的手，一时难以落笔。假如他确实负伤了，哪怕就像周班长所预估的不是重伤的情况，那么，让他人代写书信，也就只能让他人代看书信了。因此，要写些什么？怎么表达？这都需要斟酌一下，不能像往常一样笔走龙蛇的。刚才在盥洗间洗漱的时候，她突然想到，或许就像周班长说的那样，只是受伤，最大可能就是右手伤到了，只能靠左手握笔来写，因此，字体写得不像样子也是说得通的。想到这里，她忧伤的心似乎没那么紧了，就在信笺上唰唰写了起来，不一会儿就写满了两张作业纸，落了款，折叠好装入信封，按照高祥来信信封上的地址和部队邮箱号，依样画葫芦地写上投寄地址、收件人姓名，以及寄信人地址和姓氏。等这一切都做完，才感觉睡意向她袭来。

第八章

# 月光如水情似山

野战医院外科病房内，高祥在看信件。他先拆看的是陈臻善的来信。陈臻善说，完成战地拍摄任务回到原部队之后，部队给他记了三等功。接着，高祥拆开陈臻楚的来信。

高祥哥：

你好！

前一段时间我们曾经以"同志"相称，不仅过于正式，而且还有生分之感，因为"同志"的称谓适合于任何相识或者不相识的人们。可是，我们不只是相识，而且熟识，甚至也可以说是相知了，至少我是这么认为的。解铃还须系铃人。之前是我先称呼你"同志"的，那么现在我先纠正过来！否则的话，当我想到你的时候，浮现在眼前的模样就会越来越模糊，甚至你的来信笔迹，我也认不清了，只得拿出之前你给我的信件来对比，才确认不是我的错觉，而是真的不同！是让他人代写的？还是你故意写成那样难看？我能说通自己的解释，或者说是猜测，是你负伤了。因此，你只能让你的战友，或者医护人员替你写信。或者是你的右手受伤了，只得左手来写，或者是其他更严重的伤情，我不敢再想下去。你为什么不告诉我实情呢？究竟伤到哪里了？你没必要瞒着我！或许在你的心目中，我还是那位爱哭鼻子的知青小妹吧。我已经好长时间没有流过泪了，可是，刚才想到这些的时候，我忍不住又哭了，幸好没被室友们看见，不然要被笑话的。此时此刻，我想起李商隐《无题二首·其一》中的诗句："身无彩凤双飞翼，心有灵犀一点通。"诗意是说身上虽然没有彩凤的双翼，不能比翼齐飞，但是彼此的内心却像灵犀一样息息相通。而我呢，只能怨恨自己"身无彩凤双飞翼"，却不能奢望彼此"心有灵犀一点通"！唯有朝着西南方向，遥祝你无恙！同时希望你见信之后，尽快来信详陈近况，解我所忧！

今天晚上，校团委与学生会在学校大礼堂举办庆祝"五四"青年节文艺晚会，我的现代诗朗诵《青春》荣获语言类节目第一名。我想，作为在校青年大学生，能够安安稳稳地在教室里上课，是因为有你和你的战友们用青春与生命守卫着祖国的边疆。我们没有理由不好好珍惜时光，没有理由不努力学习。掐指一算，再过一个多月就放暑假了。届时，我希望自己能够化成一只彩凤，舒展双飞翼，向着西南方飞去……

已过午夜，虽然还有许多话要跟你说，但是明天上午还有一场诗词讲座，是我们的写作课老师主讲的，跟舍友约好一起去听讲。因此只能暂时搁笔，明早才起得来。谨此抄录白居易《夜雨》诗句，权当结束语：

我有所念人，隔在远远乡。我有所感事，结在深深肠。

乡远去不得，无日不瞻望。肠深解不得，无夕不思量。

妹：臻楚

一九七九年五月五日夜

看完陈臻楚的来信，高祥的内心被陈臻楚的真挚情感深深打动。此前，他总是有意回避她来信当中时而隐晦、时而直白的情感表达，总是觉得自己出生在偏远的山沟里，成长在一个农户家庭，而她生长在城里有文化的家庭，文化程度和思想观念都是他难以比拟的。
虽然目前在部队里服役，但是兵役期一到，他还得回到那个山高路
远的家乡，而她一旦完成学业，就是人民教师了，以她的才华在城
里会有很好的发展。因此，他觉得与她的差距很大，只能在内心感
激她，而不敢奢望别的。还有战友小李牺牲前的嘱托，他的心愿，
那只染着血渍的信封，成了他内心不时泛起的一份沉甸甸的责任。
刚才护士长告诉他，根据他的伤情治疗情况和他连日来多次提出的
出院申请，医院已经同意他归队，正在给他办理出院手续和联系他
所在部队卫生队来车接他，最快下午就可以出院。打算回到卫生队
之后，再抓紧给陈臻善兄妹俩回信，还要找卫生队领导了解是否已
将小李牺牲的消息函告其家人，然后他再写封信寄给小李的家人。
拿定了主意，高祥打开床边矮柜抽屉，取出挎包，整理一下个人用品，
做好出院准备。

　　当日傍晚，高祥与其他十九位伤员脱掉住院服，换上军装。医
护人员给他们戴上折纸大红花，医院领导为他们举行了一个简短却
令人难忘的欢送仪式。来自不同驻地的五辆军车，徐徐驶出野战医院，
渐渐消失在挥泪送别的医护人员视线里。

　　高祥出院回到卫生队之后，听新任的卫生队长说，张分队长已
经升任团卫生队队长，医院党委研究并报上级批准，给所有参战人
员嘉奖和记功。其中，给勇救伤员而牺牲的李富家记二等功，给受
轻伤的高祥、小吴各记三等功一次，其他救护队员都得到书面嘉奖。
部队已经向牺牲在这场自卫反击战中的干部战士原籍地人武部寄去
立功受奖证书、革命烈士证书和烈士家属慰问信，同时给所有参战
立功嘉奖的现役干部战士原籍地人武部寄去立功受奖证书。于是，
高祥赶紧写了一封信件给小李的家人，告知小李在抢救伤员中的英
勇表现和牺牲的经过，并且附上小李那幅沾着血迹的个照。同时，
他向小李的家人表示，今后他就是小李的兄弟，而小李的家人就是

他的亲人！

西南边陲小城的五月底，气温已经达到三十度左右，刚刚下过一场暴雨的天空，如洗过一样的清澈湛蓝。周日傍晚的卫生队驻地里，几棵高大的木棉树上依然挂着如火如荼的花朵，落在树下的木棉花模样不改，颜色不衰。此时，高祥正坐在营房外的石椅上，仰头端详着夕阳的柔和光线穿透硕大的木棉树冠，斜照在地上，形成一道道细长的斑驳光影。那些红色的木棉花在阳光照耀下，花瓣更加通透艳丽，分外妖娆。他的脑海里，再次闪现小李牺牲前从上衣口袋里掏出的带着血迹的信封，以及小李满脸血迹的模样。高祥把目光收回到自己手上拿着的军帽，帽檐正面镶着一颗红色五角星，再摸摸衣领两边缝着的红色领章，想起新兵连集训结束时，连队指导员给新兵们讲的一番话：充满挑战的新兵集训就要结束了，你们都领取了红色五角星和红色领章，意味着你们已经成为一名正式的解放军战士了。希望你们格外爱惜这颗五角星和这副领章，时刻记住那鲜红的颜色是无数的革命先辈用鲜血染成的！

高祥收回思绪，返身走进营房里，在靠窗的一张单人床沿坐下来，从床边的小桌抽屉里取出空白信笺，铺展在桌面上，掏出上衣口袋上别的钢笔，把自己心里刚才想好要跟小李的家人说的那些话一口气写完，在信笺的开头，顶格写上"娘"，落款是"您的儿子高祥"。然后从抽屉里取出信封和小李的个人照。依个人照背后所写的家庭地址和收信人姓名，写了邮寄地址和收信人，落款写了部队住地名称和邮箱编号。

同一天下午，高祥家乡所在大队收到部队寄来的立功喜报，表彰高祥在自卫反击战场上不怕牺牲、勇救伤员的出色表现。大队文书立即把立功喜报送到公社里，交给正在开会的大队长。

"好，这后生家很争气！"前进大队大队长接过高祥的立功喜报，不禁脱口称道。

主持会议的谢副书记打个手势，示意前进大队大队长不要说话。

正在听取山后大队试行家庭联产承包制进展情况汇报的王向东把眼光转向前进大队的大队长，问：“什么情况这么激动？”

“立功了！我们大队的高祥！”前进大队的大队长喜形于色地回答。

“很好啊！”王向东刚才严肃的脸部表情也露出了笑意，说：“等会儿把喜报给我看看，现在继续开会。”

山后大队长继续汇报：刚才说到我们两个试行联产承包制的生产小队，由于都是山田，水温比较低，因此，前几天才把水秧插播完。前些年按照咱们公社下达的任务，要求赶在“五一”劳动节之前完成插秧，有的甚至在四月上中旬就完成了春稻插播任务，结果遇到倒春寒，好多秧苗都冻烂了，重新育秧再插播，反而耽误了农时。因此，我们大队在指导两个生产小队试行联产承包制的过程中，尊重农户的耕作经验，由农户自主决定育秧和插秧日期。从目前的情况看，基本上已经返青。

“问题呢？”谢副书记问。

“问题当然也是有的，刚才前进大队和溪美大队都说过了，差不多就是那些。”山后大队长说。

“好，如果大家没有什么要补充的，接下来就请王书记讲话，大家……”谢副书记想说大家鼓掌欢迎，可是话到嘴边，想到王书记一直强调少说客套话，就改口说，“大家注意听，做好笔记。”

王向东往前翻了几页笔记本上所记的内容，然后说：“在座的有些同志可能对于记笔记有些犯愁，不记也行，但是不能一耳朵进来，一耳朵出去。回到各自大队，还要传达给其他同志，不记住就会传错话。好，言归正传，讲三点意见：

“第一，今天这个会，前进大队、溪美大队和山后大队汇报了试行家庭联产承包责任制的情况，特别是春耕春播情况，肯定了积极有为的一面，也提出一些困难与问题，以及解决这些问题的途径与办法，体现了咱们基层党员干部的责任与担当。随着党的十一届三中全会的召开，全党工作重心转移到经济建设上来，国富民强的未来必将指日可待！

"第二，试行家庭联产承包责任制遇到的问题，按照试行之前各大队集体讨论研究的预案去解决了，比如互助帮困，引水灌溉等问题。有些问题是新出现的，这些都需要各大队和生产小队商定解决妥当的配套解决办法，为接下来全面推行家庭联产承包责任制积累经验做法。既然大多数社员群众都赞成试行家庭联产承包责任制，觉得这样能够更好地调动各家各户的生产积极性和提高劳动生产率，能够多产一些粮食，那么，自己选好的路，就要坚定地往前走下去，逢山开路，遇水搭桥，不能半途而废。就像种稻子一样，不能因为稻子长虫，就把它拔掉，而是要打药除虫才行。"

"第三，对于农闲时段如何引导农民搞一些副业以增加收入的问题。今年1月中下旬，县委工作会议上传达了党的十一届三中全会原则通过的《关于加快农业发展若干问题的决定（草案）》，提出：'可以按定额计工分，可以按时计工分加评议，也可以在生产队统一核算的前提下，包工到作业组联系产量计算劳动报酬，实行超产奖励。'当时县委只是传达文件，对于各个公社如何理解和执行这份文件，以及是否可以参照其他省份的一些地方实行以家庭为单位的联产承包经营，没有提出明确的要求，县委书记不仅亲赴一些公社调研，包括来咱们公社，多次听取试点工作汇报。如今，虽只是试点，但日后就会像哪个生产队的地里长出一穗颗粒多而饱满的稻种，经过悉心培育繁殖，其他社员群众就会跟着种，进而大面积推广种植。

"好了，今天就说这些。"

谢副书记接着做了会议小结，说："刚才三个大队汇报了试行联产承包制和春耕春播情况，王书记讲了三点意见，既有理论高度，也很接地气，对咱们公社今后一个时期的工作有很强的指导意义，大家回去要抓好传达。怎么传达呢？我来概括一下，一是万事开头难。我们现在试行的家庭联产承包责任制，耕地是集体的，属于公有制，收成除了交些公粮、集体预留的种子和用于调剂的一小部分粮食，剩下的都是自己的。随着党的十一届三中全会的召开，全党工作重心转移到经济建设上来，国富民强必将指日可待！二是大多数社员群众自己选择走的路，要坚定地往前走下去，不能半途而废。就像种稻子一样，不能因为稻子有病虫害，就把它拔掉，而是要打药除虫才对；三是家庭联产承包经营，目前只是试点，就像谁家地里长出一个好稻种，能够增产增收，乡里乡亲就会跟着种，就能推广种植开来。各大队下个月底要把传达贯彻今天会议精神的情况反馈到公社里来。陈秘书负责收集一下。"

　　散会之后，王向东招呼前进大队的大队长留下，仔细看了部队寄来的高祥荣立三等功的喜报，频频点头，感叹可告慰九泉之下的金小娘了！并且交代大队长抓紧时间去高祥大姨家转报喜讯，再以大队名义给高祥所在部队写一封信，感谢部队首长对高祥的教育和培养！然后汇报一下咱们这里学习贯彻党的十一届三中全会精神，正在试行农业生产经营体制的变革，闽南农村的面貌正在发生深刻的变化！同时再附上一封给高祥的信，感谢他为家乡人民争了光，鼓励他安心服役，再接再厉，再立新功！

　　过了半个多月，高祥先后收到来自家乡大队和大姨丈的来信，以及小李家的回信。大队来信表扬他为家乡和亲人立功受奖，告知家乡正在进行生产经营体制的改革，勉励他安心服役，再接再厉！大姨丈的来信，赞赏他为家乡和亲人争得荣誉，告知小兰的读书情况，还附上小兰用作业纸写的短信，说她很快就要小学毕业了，毕业之后要让大姨带她到部队找哥哥。高祥不禁会心一笑。接着打开写着小李家乡地址的信件，纤细清秀的铅笔字跃入她的眼帘：

高祥哥：

　　您好！

　　我是富家的妹妹，收到您的来信之前，县武装部、公社和大队的领导来到我家里，向我们转告我哥为国牺牲的消息。这对于我娘和我，就像遭遇了晴天霹雳一样。我娘当时就哭晕了，大队长赶紧去大队诊所叫来医生急救，这才缓过气来。领导们提出送我娘到县医院进一步检查，可是我娘不肯去。学校特批我一周的事假，让我在家陪伴我娘。生产队里的乡亲们也纷纷来我家里看望、帮忙。昨天收到您的来信，让我娘和我了解更多关于我哥牺牲的情况。我娘叫我抓紧给您回信，转告她对您的感谢之意！一方面是要感谢您给予我哥的关心与帮助，另一方面是要感谢您来信当中表达的战友深情！我娘说，家里有我，有公社、大队和生产队，有很多乡亲的关心和帮助，让您不必挂念，安心在部队工作，争取多立战功！有时间再写信给我们，那就像我哥还在部队一样！

　　此致

敬礼

　　　　　　　　　　　　　　　　　　　　妹：勤家

　　　　　　　　　　　　　　　　　一九七九年六月二十九日

　　多么明理、善良的母亲！儿子为国捐躯，尽管内心悲痛欲绝，可是，她宁愿自己承受苦楚，也不让儿子的战友增添负担，反而规劝不要牵挂，这让高祥联想起已经过世的阿嬷和阿母，凡事只求克己，心里装着他人。还有这位知性乖巧的勤家妹妹，多么像小兰啊！两个家庭处于相隔很远的不同省份，却有这么相似的情形，只是巧合吗？高祥忽然想起在野战集训队的阅览室里读过的俄国作家托尔斯泰《安娜·卡列尼娜》的开篇语："幸福的家庭都是相似的。"而现实生活当中，善良的家庭不也是相似的吗？！

高祥心潮澎湃，提笔给这位尚未见面的勤家妹妹回信：

勤家妹妹：

你好！

收到你的来信，一口气看完，觉得你作为一名在学的初中生，信写得很流畅，比你哥和我的文笔都要好许多！虽然信里头的那些话，有些是娘的意思，但是你能把这些话很好地表达出来，这就体现出你的语文功底和书信写作能力！而且透过你这种能力，我能想象得出你在家里也会是娘的得力助手，无论家务还是农活，你都能帮得上忙，接下来还要读高中，依然还是要一边勤学，一边勤家！我不清楚娘有没有念过书，可是她给你和你哥起的名字看起来很平常，实际上是很有水平的，就是男的要富家，女的要勤家，在你们兄妹的名字里，深情寄托着一位母亲对一双儿女的美好期望！如今，你哥光荣牺牲了，娘寄托于他的希望，就由我来承继吧。我现在是战士，是军人，责任是保家卫国，富家还不行，只能等待将来退出现役了，才有勤劳致富的机会！陆军的服役期限是两年，今年底我就可以退伍了。不过，假如部队有需要，让我继续服役，我也会坚决服从的。前天晚上卫生队首长找我谈话，拟推荐我参加部队医科院校的入学考试，让我抓紧准备一下，考试的具体时间等待通知。因此，接下来的日子里，还得你多辛苦，替哥多担待，遇到什么困难，就写信告诉我。今从节存的津贴里邮汇寄给十五元人民币，给娘买些营养品补补身体。收到之后再回信告知。

祝学习好！

哥：高祥

一九七九年七月十三日

高祥去营区军人服务社邮政代办点寄信和汇款之后，回到卫生队。陈臻楚背着布袋行囊来到营区入口处，被执勤哨兵拦住。哨兵查看了证件，问清楚来由，在来访人员登记簿上写了来访人与受访人姓名、来访事由和时间等信息，然后给卫生队打了电话，要高祥到岗亭认人。高祥朝着岗亭一路小跑过来，远远就看见岗亭外边站着一位亭亭玉立的少女。来到她跟前，高祥感觉心也骤然跳得厉害，涨红着脸跟她打了招呼："你怎么来了？"

"来看你啊，"陈臻楚也是满脸潮红，低着头说，"看你是不是受伤了。"

高祥挽起右上臂的短袖，说："轻伤，没事，好了。那段时间右手不好使，就让左手代劳一下，没料到被你发现了。"

"我就猜想一定是负伤了！"

"逃不过你的火眼金睛！"

"好了就好，"陈臻楚转过身去，说，"那我回去了！"

"回去？你这不是刚来吗？"高祥有些急了，脱口问道。

"是啊，不放心，就来看一下。看清楚了当然就要回去啦。"陈臻楚转过身，却没有迈开脚步，站在那里，眼睛看着前方说。

"既然来了，一路辛苦，就住几天才回去吧！不过，我得向首长请假，获准了才能陪你在驻地周围走走。"

"这里有什么好玩的？"

"这是一个小镇，有一条不太长的古街，我去逛过一次，可品尝一些风味小吃。"

"那好吧，可是你还要请假？"

"是的，现在先带你去军人服务社那里，坐下来喝喝水，然后我去请假，看能不能准假再说。"

"好啊，你带路。"

到了军人服务社，高祥让陈臻楚坐在门内的一条长椅上，然后在一只保温开水桶旁边的小柜里拿一只搪瓷口杯，拧开保温桶的龙头，盛了大半杯温开水递给陈臻楚，让她在这里等他回卫生队请假。

陈臻楚坐了一小会儿，就站了起来，手里端着大半杯温开水，在军人服务社里里外外走走看看。售卖日用商品的柜台围成一个"同"字，三面柜台连起来足足有二三十米长，比学校里的小卖部柜台还长，陈列的商品也更多。商店的左边是邮政代办点，右边是招待所。而离军人服务社五六十米的地方是一个篮球场，正好是周日，球场边围着一圈的人在看打球。陈臻楚朝着篮球场走去的时候，听到有人喊她的名字，她循声侧过头去一看，高祥向着她小跑过来，到了她跟前，小喘着气说："首长批准了，特批我一天的假。"

"一天？"陈臻楚以为听错了，再问，"只批一天？还是七天？"

"一天，哪有可能批七天那么长的假？"

"好吧，一天就一天，"陈臻楚假装生气的样子说，"那你这一天假期就属于我的了，现在是下午五时零五分，到明天下午的这个时间，你都得陪着我，不许打折扣哦！"

"那是，当然！"高祥微笑着回答。

"一言为定，"陈臻楚伸出右手，握起小手的拳头，伸直小指头，做出拉钩的架势，扮个鬼脸，说，"包括今天晚上哦！"

"今天晚上？"高祥忽然想起什么，赶紧补充说，"晚上我还得回营区，最迟在熄灯号吹响之前就得回去，明天起床号吹响之后才能出来陪你。"

"不是批一天的假了吗？这哪有啊？"陈臻楚又噘起嘴来，这次是真生气了。

"部队和学校不一样。你们请了假就可以离开学校。我只是请假出来陪你走走，吃饭逛街。只有请假回家探亲，才可以离开部队。"

"那你刚才为何不请假回家探亲呢？"陈臻楚疑问道，"那不就可以有一整天的假了吗？"

"部队的探亲假有严格的规定，干部和战士不一样的标准，探亲的对象不同，假期也不同。我刚才是跟首长说我妹妹放暑假顺道来看我的，首长才特批我一天的假。假如只是老乡或者同学和朋友来访，可能就批不了假的。"高祥忙不迭地解释。

"要是女朋友来找也不行吗？"陈臻楚低着头，含羞问道。

"这个，"高祥挠着头，说，"这个没问，应该可以吧，估计跟兄弟姐妹来访一样看待。"

"还以为可以优待呢，"陈臻楚继续低着头说，"然后你就可以再去找首长重新申请一下。"

"首长都批准了啊，干吗还要重新申请呢？"

"你是真不懂，还是装傻呢？"

"当然是真的，干吗装傻呢？"高祥疑惑地看着陈臻楚在低头摆弄上衣下摆，就说，"你让我再去找首长重新请假，那不被首长批评一顿才怪呢！"

"那就算了，"陈臻楚觉得高祥是真的没有理解她的意思，并非装傻，而她也只是试探他的心思，于是就改口说，"肚子饿了，带我去你们食堂里吃吗？"

"就在这个招待所里吃啊，晚上你就住在这里，我带你去办入住手续。"

"住这里？"陈臻楚刚才已经在招待所外面瞄了一眼，只见一些人进进出出的，有男有女，有着军装的，也有不着军装的。她没有走进去，就问："你能带我进去办住宿手续吗？"

"当然，跟我来。"高祥边说边朝着招待所的大门走去。

办好住宿手续，一位年纪与陈臻楚相仿的女服务员带着陈臻楚去入住房间。十几分钟后，陈臻楚回到招待所服务台前，高祥问："就在这里吃？还是去古街上吃？"

陈臻楚歪着头问："哪里好吃？"

"那当然是古街上的好吃了。"高祥答。

"行,"陈臻楚伸出左手,摆出邀请的手势,反客为主地说,"那就请吧!"

走出军人服务社,快要落山的夕阳余晖照在通往古街的马路两侧木棉树上。透过硕大的树冠,金黄色的光线斜斜洒落在木棉花朵上,煞是好看。

"这是木棉花吧!好美!"

"是的。木棉花也叫英雄花!"

"你喜欢吗?"陈臻楚侧过脸庞,羞红着脸问他。

"喜欢,很喜欢!"高祥回看了一眼陈臻楚,赶紧仰头望着木棉树冠,说,"这里的军人和老百姓,人人都喜欢这种血染一样的红花!"

"除了这种红花,还有红豆吗?"

"红豆?红色的豆角吗?"

"不是豆角,是红豆,是一种叫作红豆杉的树上结的红色果子,"陈臻楚解释道,"唐朝诗人王维有一首流传很广的诗作《相思》:'红豆生南国,春来发几枝。愿君多采撷,此物最相思。'诗意是红豆生长在南国的土地上,每逢春天不知长多少新枝。希望友人能够尽情地采集它们,因为它最能寄托相思之情。"

"这里是南国,既然有人写出诗句,那一定是有这种果子的,只是我孤陋寡闻罢了,"高祥感慨道,"很佩服你的才情,年纪比我小,却懂得比我多,我追都追不上,算是白吃了好多年的饭。"

陈臻楚绯红着脸颊,莞尔一笑,说:"你不用追啊,我不就在你跟前吗?而且是自己倒追过来的。"

"是说你的才情,我追不上。"

"你懂的,也有好多我不懂。这跟各自的家庭背景和个人成长经历有关,是没有可比性的。"

两个人就这样边走边聊，一会儿就到了古街的街头。

"这里的主食有米线、锅巴饭、特色菜有酸汤鱼、火腿肠、扁豆腐、臭豆腐，牛肉干，还有许多，我叫不出名堂。想一想，吃些什么？"高祥如数家珍地介绍。

"你都吃过吗？哪一种好吃就先吃哪一种。"

"去年夏天的一个周日，我与几位战友来过这里，当时我吃的主食是米线，细嫩爽滑，可搭配不同调料，很好吃；扁豆腐是将黄豆制成面糊再压制成形的，细嫩滑爽，也很好吃；臭豆腐则是以豆腐为食材，经过发酵做成的，带有特殊的臭味，我不敢吃；酸菜鱼是这里的招牌菜，据说是选用山区特有的鱼类和苗家酸菜烹制而成，但是我还没吃过；牛肉干是用本地优质牛肉制作的干牛肉，口感也很鲜美，吃完晚餐再买些回去给舍友品尝。"

"学校已经放假，舍友都要回去了，"陈臻楚说，"我是一放假就先来看你的，再从这里回家。"

"那就买些带在途中吃，比起别的零食，这牛肉干特别有筋道，配些开水还可充饥，"高祥与陈臻楚并排走着，一边介绍，一边留意走过的店铺，来到一家写着"最地道过桥米线"的店面前停了下来，指着店铺上方的牌匾，说，"上次我就是在这家吃的，怎么样？进去吃吗？"

"好。"陈臻楚顺着高祥手指的牌匾，点了点头，边说好，边走进了店铺。

"老板娘，"高祥对着一位围着布裙、面带笑容的中年女子说，"来两碗米线，加最好的配料，多少钱？"

"老规矩，解放军同志优惠，"老板娘满脸笑意地努努嘴，问陈臻楚，"这位也是解放军同志吗？好漂亮啊！"

"她是学生，我妹妹，放暑假来看我的。"高祥说。

"哦，学生也优惠。两位先找空位置坐下，我这就配料做给你们吃。"老板娘说。

高祥和陈臻楚找好位置坐下来一会儿，两大瓷碗热气腾腾、香气扑鼻的带汤米线就端到了他俩面前的桌子上。

陈臻楚把鼻子凑近带汤米线闻了闻，深吸了一口气，说："真香!"

"比你之前曾经说过的面线糊更香吗？"高祥故意问她。

"嗯，"陈臻楚抬头看了一眼高祥，说，"这么说吧，应该是各有特色吧。等以后有机会请你品尝一下可添加许多好料的面线糊，你就知道了。"

"小时候，我家里若是来了客人，阿嬷也会做一碗面线汤，加些猪肉粕一起煮，熟了再加个煎蛋和葱末。阿嬷总是会多煮一点，匀个小半碗给我吃。或者是我头疼脑热，不想吃饭的时候，我阿嬷也会专门煮一碗这种面线汤给我吃。多少年过去了，我还很怀念那种面线汤的味道，也很想念我阿嬷。"

"你这一说，我也记起来了，我和哥哥刚去你们公社插队的时候，最初就住在你家，后来才去水库那边的知青点。在你家的时候，有一次我可能是着凉了，发烧，呕吐，你阿母带我去大队诊所打了退烧针，带了药片回来，医生交代必须饭后才服药，你阿嬷说煮米粥时间长，就煮了你说的这种面线汤给我吃，然后才服药片，接着睡了一个长觉，就退烧了。"

"那你说，是你们那里的那种加了好料的面线糊好吃？还是我阿嬷的面线汤好吃呢？"

"说心里话？还是说好听的话？"

"不一样吗？"

"当然不一样了。"

"那就两样都说出来听听。"

"先说好听的吧。一方水土养一方人，不同地方，都有自己的美食。既是地域特征，也是一种饮食习惯，实际上不好说哪里更好。"

"是这样，你这么说，不管是谁听起来都能接受。那心里话怎么说？"

"当时我胃口不好，吃什么都有反胃的感觉。不过，你阿嬷煮的那碗热气腾腾的面线汤，我记得当时吃了半碗下去，居然没有吐出来。你阿嬷一直站在我床边，看着我吃下半碗面线汤，过了一会儿，又端了小半碗温开水，看着我把药片吞服下去，给我盖好被子，还拿一块干毛巾给我捂额头，说这样才不会让头上着凉，如果服药之后发汗了，可以用来擦汗。所以，如果让我说心里话，那你阿嬷煮的面线汤，虽然我现在已经记不得什么味道，但是，在我心里，那就是最美味的面线汤！"

"你能这么想，让我好感动。我阿嬷若是在天有灵，她会庇佑你的。"

"你也迷信这些吗？"

"谈不上迷信，我是假设，不是无条件的肯定。不过，我从小听阿嬷常说的一句话，就是人在做，天在看。上要对得起苍天，下要对得起土地，中间要对得起自己的良心。后来，通过耳闻目睹一些人和事，我就觉得这些话很有道理。"

"我印象当中，你阿嬷是不识字的啊，还懂得道家思想吗？"

"小时候，每逢农历大年三十和正月初九，阿嬷就会煮很多饭菜，包括刚才说的面线汤，一敬天公，再敬土地公，三敬祖宗。我家乡的天坛山上有座寺庙，阿嬷从未去那寺庙烧香拜佛。我觉得，阿嬷最多就是一种朴素的善念在心里。"

"嗯，这叫心存善念。"

"对。"

"我感觉你受你阿嬷影响很大，就像我受我妈的影响很大一样。"

"近朱者赤嘛，呵呵。"

"呵呵。"

"两位觉得味道怎样？是不是太辣？"老板娘看见两个年轻人在"呵呵"着，就走过来问他们。

"没有，不辣。"高祥听到老板娘的善意问话，赶紧给老板娘回个笑脸。

"谢谢，味道很好。"陈臻楚说着，赶紧喝了一口米线汤。

"好，那你们吃，需要什么再叫我。"老板娘边说边走去照顾其他顾客。

"你慢些吃，我去隔壁买些扁豆腐来配米线。"高祥边起身边说。

陈臻楚说："等吃完米线，逛到哪里，见到喜欢的，想吃再买。"

"这样也好。"高祥觉得陈臻楚言之有理，就收住将要迈出的脚步，回到餐桌椅子上坐下来。隔着桌子，正对着陈臻楚，不大敢正眼看她，视线就在她与两碗米线之间来回游移着。

陈臻楚瞄准高祥的目光移向米线的那几秒钟，眼睛定定地看着高祥，觉得如今穿着军装的他，比起五六年前在知青点当赤脚医生的时候更帅了！脸庞周正，棱角分明，目光有神，眉毛浓密，嘴唇上已经长出些许黑细的胡须。正当她看得入迷的时候，高祥的目光又回到她的脸上。两对目光隔着两碗米线升腾起来的热气，骤然碰触到一起，如同两道闪电交汇一样躲避不及，在各自的心里瞬间震颤着。两人几乎是同时移开视线，陈臻楚娇羞地低下头来。高祥重新把目光转到自己面前的那碗米线，说："咱们趁热吃吧，凉了就不那么香了。"

"好，趁热吃。"陈臻楚抬起头，瞥了一眼高祥，见他已经一手护着碗，一手拿筷子夹起米线正要送进张大着的嘴巴，她也赶紧低头吃起来。

吃完米线，高祥带着陈臻楚继续逛街，来到卖着扁豆腐的店铺前，高祥要买两块扁豆腐，被陈臻楚制止了。她说："一大碗米线吃下去，已经超饱了，吃不下，买了浪费。"

"那就买一块给你尝尝就好，"高祥不容分说，拿出一枚五分的硬币给店家，接过油纸半包着的一块扁豆腐，递给陈臻楚。

陈臻楚接过去，看着细白鲜嫩的扁豆腐，摇了摇头，说："真吃不下的，先拿着，等会儿饿了再吃。"

"好吧，那我来拿。"高祥伸手去接的时候，手指头不经意地触碰到她的手指，躲闪一下，还是把扁豆腐接了过来。

两个年轻人继续往前逛着。路过一间大店铺的时候，店内的灯管骤然亮了起来。高祥一眼看见挂在店铺墙上的一面圆形时钟的短指针指向七时的位置，就打住前行的脚步，对陈臻楚说："快走到街尾了，咱们往回走吧。"

陈臻楚歪着头，看着他，轻声说："快到街尾，那就再走几步嘛，不要半途而废。"

"好吧。"高祥应诺着，迈开脚步继续朝前走去，直至走到街尾，两个年轻人才返身往回走。

陈臻楚问了高祥受伤的经过和小兰的现状，以及他今后的打算。高祥一一作了回答。就在这一问一答之间，他俩已经走到军人服务社外面的篮球场了。下午观球的人群早已散去，只有军人服务社那边的灯光投射过来，弱弱地照亮着篮球场地。高祥领着陈臻楚走到篮球场边的一条长石椅旁，俯下身吹了吹石椅上的灰尘，示意陈臻楚坐下。

陈臻楚见高祥依然站着，手里还拿着那块扁豆腐，就说："你也坐下嘛，把豆腐给我，把它消灭了，免得你一直拿着。"

未等高祥反应，陈臻楚就把扁豆腐接过来，两三口就吃下去了。取下背在肩上的布袋行囊，从里面掏出手绢擦了擦嘴，说："很嫩，好吃，谢谢你的美食，还有美意！"

高祥在陈臻楚身旁坐下来，侧过头看着陈臻楚，说："你的食量那么少，没办法招待你吃更多的美食。"

“等放寒假再来补吃别的，欢迎吗？”

“当然，只是……”

“只是什么？反悔了？”

“不是这个意思。前两天我们卫生队的首长找我谈话，要推荐我报考部队医科院校，让我抓紧准备一下。不知道能不能考上，反正是一颗红心两种准备吧。假如考上了，军校会不会放寒假，现在说不准。如果没考上军校，那么年底可能就要退伍回家了。”

“原来这样啊！很好嘛，那你得抓紧准备迎考！”

“嗯，我会好好准备，能不能考上没把握。”

“什么时候考？考些什么科目？有复习资料吗？”

“首长说考试范围是中学知识，近期就要考试，具体时间等通知。”

“那我回家之后给你寄一套复习资料过来。”

“好的，谢谢！”

“要是你能考上军校，那该多好啊！”陈臻楚仰起头，说，“我们对着月儿许个愿吧！”

“许愿？许什么？”

“心里想要什么就许什么呀。”

“许了愿就可以如愿以偿吗？”

“自己当然也得努力啊，”陈臻楚说，“许愿，是给自己设定一个努力的目标，一个激励自己坚持的理由。”

“说得真好！”

“明天早上八点出发的班车，两个多小时就到火车站，能够赶上明天中午十二点半的火车。明天早上你来送我吗？”

“什么？明天早上要走？”

“是的，”陈臻楚有些伤感地说，“看到你好好的，就可以放心回家了。妈妈正盼着我回去呢。”

"好吧，既然你决定明早要走，那就早点回招待所休息吧。明早我再来送你上车。"高祥边说边站了起来，见陈臻楚没有跟着站起来，就默默地伸出一只手，示意拉她一把。

陈臻楚会意地伸出左手。高祥犹豫了一下，随即用双手去抓她的左手，把她从石椅上拉起来。或许是他没掌控好力度，她倏然撞到他怀里。他赶紧轻轻推开，环顾一下四周，说："对不起……"

"不，是我，没站稳，"陈臻楚仰头看天空，自我解嘲地说，"你看，月亮又出来了……"

高祥抬头仰望一下穿出云层的月亮，感叹道："好美！"

"说月亮，还是？"陈臻楚有些动情地仰视着高祥。

"都美！"高祥感受到陈臻楚深情的目光，短暂对视又迅速移开。

月亮又躲进云层里……

陈臻楚离开不到三个月，高祥考上了西部一所部队医学专科学校。接到入学通知书的当天晚上，他给大姨和大姨丈、陈臻善写信告知这个喜讯之后，走出宿舍，仰望着天空。

一轮将满未满的月亮向着中天缓缓移动。初秋的晴天夜空如洗，群星闪烁。他不禁联想起两个多月前与陈臻楚在军人服务社前面的篮球场边夜谈的情景。那晚的月儿没这么大，也没这么亮，一直在如絮的云层里进进出出。那时候的他，对于能否在短时间里做好迎考军校的准备，还是迷茫的。陈臻楚的鼓励，以及她回家之后立即寄来一套高考复习资料，让他比较系统地复习，特别是数理化方面的知识点，多多少少补了一些短板，这相对于其他部队考生而言，或许就是他能够在这次部队院校招生考试中胜出的秘籍。因此，他觉得应该在信中好好感谢她。想到这里，他立即返回宿舍给陈臻楚写信。

臻楚小妹：

　　首先告知一个好消息：今天下午我接到军校入学通知书了！我觉得这是我的幸运！有幸能够生在新社会，长在红旗下，有幸成为我那慈祥阿嬷的孙子和我善良阿母的儿子，让我在一个充满温馨和厚爱的家庭里得到弥足珍贵的家教，有幸遇到上山下乡到我们那里的知青们，尤其是你和你哥！后来我与你哥又同年入伍，时常来往书信联系，互相鼓励，胜似兄弟。而你多年来对我的关心与鼓励，更是铭记在我心里。是你在知青点的时候，把那本《泰戈尔作品集》借给我看，让我在心里消除了对诗歌的陌生感；是你在来信中一直勉励我多看书、多学习，让我逐渐养成看书学习的好习惯，特别是去年到集训队学习期间，我得空时就泡在阅览室里，复习集训课程的知识点，疲倦了就翻阅报刊和小说。这次军校招考中的语文试卷，其中要求写一篇《志向》的命题作文。我就以这几年在部队这所大熔炉锤炼的体会，特别是前不久参加自卫反击战的经历，以当代青年报效祖国为志向的立意，引用集训队学习期间读过的《钢铁是怎样炼成的》那部小说里的保尔·柯察金的故事，阐述当代青年既要有远大志向，还要有克服一切困难的钢铁意志，还引用了柳青长篇小说《创业史》的一段话，就是"人生的道路虽然漫长，但要紧处常常只有几步，特别是当人年轻的时候"。由此阐述人生的道路上遇到岔道口，必须走对方向。作为当代青年，作为一位有服役期限的义务兵来说，是选择退役回家务农或者打工经商，还是选择服从部队需要，继续留在保家卫国的岗位上？不同的选择，就会有迥异的人生之路。然后我就写了要把自己的志向与部队的需要作为选择依据的观点。

　　以上之所以说这么多，是想对你说，假如没有你的鼓励，我是不可能取得这些成绩的。因此，请你接受我最诚挚的谢意！

　　今天先写这些。当你接到此信的时候，你可能已经回到学校了。而再过十天，我也将抵达军校，届时再给你写信，告知学校的地址和邮箱号。因此，这段时间你暂不回信哦。

　　此致
敬礼！

高祥

一九七九年九月三日

第九章

# 风云际会赋诗篇

红星公社地处闽南山区，海拔近千米，早稻成熟时间要比沿海地区迟半个多月。到了农历七月上旬，这里的早稻才大面积收割。

王向东带着陈秘书和驻队干部，先后到前进大队和山后大队深入了解早稻收成情况。他既前往试行家庭联产承包责任制的生产队，也到其他尚未试行家庭联产承包责任制的生产队走访。

前进大队和溪美大队试行家庭联产承包责任制的生产队基本收割完早稻。尚未试行家庭联产承包责任制的大多正在收割。海拔更高些的大队，包括试行家庭联产承包责任制的山后大队两个生产小队，还得等中下旬才进入集中收割期。

在试行家庭联产承包责任制的生产小队里，无论是在田间地头与正在收割稻子的农户驻足询问，还是走进农户家里详细了解收成情况、所用劳力及总工时、化肥及农药使用数量与费用，以及农闲时段的劳力出路，要求陈秘书都详细记录下来，做好数据对比。同时要求陪同走访的大队长以生产队为单位，将试行家庭联产承包责任制的农户今年早稻亩产加总，与前三年本生产小队集体的早稻亩产进行纵向对比，并且将本大队试行家庭联产承包责任制的生产小队今年早稻亩产加总，与未试行家庭联产承包责任制的生产小队的早稻亩产的平均值进行横向对比。据此分析同一个时段、同一区域、同样气候条件下，实行与未实行家庭联产承包责任制的不同效果。

晚稻收成之后，再做一次同样的统计和分析，形成一份有数据支撑的材料，为年底在本公社举办的全县试行联产承包责任制现场会做好准备。

然而，到了一九七九年十二月的最后一天，全县试行联产承包责任制现场会却没有如期召开。主要原因是县委书记在这年的十一月升任为市委副书记，兼任市委组织部部长。王向东则被提拔为本县政府的副县长，分管农林水系统的工作。

一九八〇年初夏，西南省会城市的气温已经很高，夜晚的小街小巷，路旁的大树底下，许多店家住户把竹制躺椅搬到店家门口，男男女女、老老少少，穿着睡衣裤，闲适地躺在竹椅上乘凉歇息。

高祥即将迎来考入军校之后的第一个暑假。届时他打算请几天假，前往小李的家乡探望他的家人，如果可以多请几天假，也想回家乡一趟。他把这个想法提前告诉了陈臻楚。此时，她已经完成所有学科的学习，毕业论文答辩也通过了，正等着毕业分配去向及工作单位的确定。准备等放了暑假，就跟高翔一起去他战友的家乡。可没想到，学校还没放假，她就接到妈妈来信，说一周前在公租房的楼道里摔倒了，对门的邻居夫妇把她送去医院拍片检查，确诊左小腿胫骨外伤性骨折，随即住院手术。手术是成功的，也雇请了护工帮忙照料。陈臻楚赶紧写信告知高祥，说她不能与他一起去他战友家乡了。然后请同宿舍的周班长代她办理离校手续，并且帮她把床铺上的被褥、过季的衣服、用过的书本和笔记等物品打包好，再托运给她。从床下取出行李箱，只装入当季换洗衣服，她就急匆匆搭车回家了。间隔不到半个月，学校就从邮局挂号寄来毕业证书和应届毕业生报到证。鉴于她哥还在部队服役，家里没有其他子女能够照顾长辈，她被分配到本市区一所实验小学担任语文老师。

一放暑假，高祥就搭乘火车北上，独自前往小李的家乡。在当地人武部领导的支持下，他顺利地找到了小李的家。他的诚意深深地打动了小李的家人。在当地人武部和所在大队干部的见证下，小李娘认了高祥这个儿子。

高祥跟娘说，他只有十天的假期，先来看看娘，还要回家乡去看望大姨和大姨丈，以及在大姨家的妹妹。

辞别了小李的家人，高祥当天晚上赶到县人武部住下，次日一大早就搭乘火车南下，隔天下午到达鹭岛市，从那边换乘汽车来到近百公里外的家乡县城，再从县城搭车到红星公社，趁着夜色径直来到大姨家。隔着进户门的门缝透射出来的微弱灯光，他估计一家人应该还没有休息，就轻轻敲打了几下门板，马上就有人来开门。

"你是？"高祥的大姨见门口站着一位穿军装的后生家，光线的反差，让她看不大清楚来人的模样，心里猜测着会不会是外甥回来了，就靠近些问，"你是阿翔？"

"是啊，大姨，我是阿翔。"

高祥的大姨一边叫高祥快进厝里来，一边返身去叫高祥的大姨丈和小兰。

"阿兄，是你吗？真是你吗？"小兰赶紧跑过来，接过阿翔手提的旅行袋和肩上的挎包，惊喜地连声追问。

"是啊，是我，"高祥看着眼前亭亭玉立的小妹妹，感叹地说，"都长高了！"

"你也长高了啊！"高祥的大姨丈走过来，拍了拍高祥的肩膀，借着不太明亮的煤油灯光，端详起高祥青春洋溢的脸庞，不禁点头称道，"不仅长高了，而且体魄更健壮了！还立了功，我和你大姨都沾光了！"

"别站着，"高祥的大姨抓着高祥的手臂，拉他坐在餐桌前的长条木椅上，说，"快坐下来，我给你煮吃的去，看样子你一定还没吃的。"

"嗯，午餐在火车上吃的盒饭，餐后在鹭岛市下了火车，赶紧去汽车站搭车到咱们县城，又从县城搭车回来。车上一直在打盹，倒不觉得饿。"

只一小会儿的功夫，高祥的大姨就做了一大瓷碗红菇面线汤，端到四方形的红漆餐桌上。看着高祥低着头一边吹着碗里升腾起的热气，一边大口吃着的模样，她的鼻子忽然感觉一阵发酸，赶紧用手捂着，疾步走进厨房，默默地落泪，心里想着三妹金小娘若是还在世的话，见到高祥这么有出息，该会多高兴啊！

吃过红菇面线汤，高祥与大姨、大姨丈和小兰交谈着彼此这几年的情况，以及打算第二天早上去大队和公社，第三天早上就要离开家乡，搭车去地区专属所在地探访一位战友的家人，然后从那里启程回军校。

大姨说："你刚回来就要走啊，不能多待几天吗？"

"只有十天假期，没办法多待。"

"好吧，那你晚上跟大姨丈睡一个床铺，我到小兰房间休息。"

"我刚好可以跟大姨丈多聊一会儿。"

"也不要聊得太晚哦，明天早上我做好了你爱吃的番薯粥，再叫你起来吃。"

尽管与大姨丈聊到半夜才睡着，但是第二天清晨听到柴灶间的动静，高祥就悄悄起床了。部队出早操的习惯让高祥自然调好了五点半晨醒的生物钟。

吃过早餐，王向东先去前进大队，到达大队长家之前，路过自家的低矮瓦厝。厝外由不规则的石板铺成的石埕缝隙里丛生着许多杂草。木制的入户门紧闭着，门闩上的铁锁已经生锈。但是门楣上依旧悬挂着那块"光荣之家"牌匾，门两侧张贴着红纸黑字春联。他默默地站立了一会儿，在心里默念着："阿嬷，阿母，我是阿翔，离开家乡到部队，一晃已经四年多了，感觉就像昨天一样，你们对我的教诲还经常回响在我的耳旁，你们慈祥的容颜也会不时地出现在我的梦境里，并且将陪伴我的一生。我小时候不懂事，经常让你们苦气，现在我长大了，懂事了，却没能孝敬你们，只能牢记着你们的教诲，走好人生的路。"

离开自家古厝，王向东来到大队长家，跟正在吃早餐的大队长说明来意。大队长放下碗箸，很爽快地陪他一起前往公社，向谢书记汇报了前几年在部队的主要表现和上军校一年来的学习情况。

谢书记说："很好！你为咱们红星公社争了光，给全公社的青年做出了学习的榜样！希望你在军校再接再厉，取得新的优异成绩！王书记在这里的时候，有一次正好公社开会，你们大队长接到部队寄来的立功喜报，就在会上情不自禁地夸起你来呢。会后，王书记看了立功喜报，交代你们大队长要写封信给你鼓励一下。"

"路上刚刚听大队长说王书记调到县里工作了。"

"是的，上个月刚调走的，准确地说，是组织上提拔他担任县领导了。"谢副书记说，"刚才听你说这次请假时间短，明天就要走是吧？能不能在离开家乡之前，给咱们中心小学的孩子们做个报告，讲一讲你在部队里立功受奖的情况，鼓舞一下咱们家乡的孩子们，你看行吗？"

"感谢公社领导对我的关心和鼓励！我在部队取得那么一点成绩，是微不足道的，而且我也不善言辞，倒是可以回到小学里，在跟那些学弟学妹们交谈当中，重温儿时的美好记忆。"

"你们看看，咱们的小高这么谦虚，难怪在部队能够表现那么好啊！"谢书记一边拉着高祥的手，一边转过头来，对站在身旁的陈秘书和大队长微笑着说，"你们与中心小学校长联系一下，抓紧安排好这次活动。下午来得及的话，就安排下午，来不及调课，就明天早上，不要影响小高的行程安排。"

次日早上，高祥与大姨、大姨丈和小兰依依惜别之后，带上行李，径直前往中心小学。公社党委陈秘书、前进大队的大队长和中心小学校长已经等在小学大门口。

老校长一手接过高祥随带的行李，一手拍了拍高祥的肩膀，满脸笑意地看着高祥，说："有出息！很争气！"

"没有校长当年对我的栽培，就没有我的今天。"高祥说。

"与善人居，如入芝兰之室，久而不闻其香，即与之化矣！"老校长说，"此乃《孔子家语》当中之名言，用来印证你今天的出息，是最恰当的！就是说，不是我的栽培，而是你有幸生长在一个拥有良好家风家教的家庭里，从小奠定了你的品行基底。"

"校长，早操时间快到了，咱们等会再聊吧。"陈秘书提醒道。

"好，你看我，年纪大了爱唠叨，"老校长说，"咱们过到升旗台那里。等会升国旗仪式结束，高祥就站在台上讲。"

陈秘书从老校长手里把高祥的手提行李袋拿过来，边走边对老校长说："等会儿我要去县里办事，正好把高祥载到县城长途汽车站去搭车，你有什么事要我代办的吗？"

"没有。"老校长朝陈秘书摇摇头，又问高祥怎么不多待几天？

"只请了十天的假，来回乘火车、搭汽车，连轴转，途中要占去一大半时间呢。"

短暂寒暄之后，在老校长的主持下，操场上举行了庄严的升国旗仪式。接着，老校长引导高祥站到矗立旗杆的台面上，高祥先与小学弟妹们简要介绍了自己在部队学习和锻炼的情况，然后说："同学们，小弟小妹们，和你们一样年纪的时候，我就是在这里读完小学的。那时候，老师少，一个老师都得上好多个班，有的还要既教语文又教算术，就连咱们校长也要上课呢。上完初中，我就直接去上解放军这所大学校了，因此，可以说，咱们这所小学在我的心目中，就像摇篮一样，让我度过了快乐而充实的童年。不过，你们和我，都是幸运者！因为我们有幸出生在新社会，随着咱们国家经济的发展，人民的生活水平也不断得到提高。比起咱们的祖上，大多数家庭都是没钱给小孩念书的。少数家境好一点，能够供自家孩儿读书的，也只能去读私塾。就像一代伟人毛泽东，出生于上个世纪九十年代初的湖南韶山冲，九岁才进私塾识字，一直到十六岁，前后七次到当地私塾念书。十七岁才到离家五十里外的湘乡县立东山高等小学堂学习西方新学。离家时，他写了一首拟古诗给他父亲：'孩儿立志出乡关，学不成名誓不还，埋骨何须桑梓地，人生无处不青山'，以表达他一心向学和志在四方的决心。毛泽东由此走出偏僻山村，走向广阔的天地。这是他人生道路上的第一个重要转折。可见打好基础、志存高远的重要性。因此，希望小弟小妹们珍惜今天的幸福生活，好好学习，健康成长，将来都能够挑起保卫祖国、建设国家的重担！"

高祥一番热情洋溢的话，让老校长频频点头。等高祥一讲完，他就接着说："古人家训有言：'人生小幼，精神专利，长成已后，思虑散逸，固须早教，勿失机也。而世间无教而有爱，每不能然，饮食运为，恣其所欲，宜诫翻奖，应呵反笑，至有识知，谓法当尔，骄慢已习，方复制之，捶挞至死而无威，忿怒日隆而增怨，逮于成长，终为败德。'说白一点就是，人在幼年的时候，注意力强，容易专心，长大成人就不这样了，精神涣散，难以专心，所以需要在幼年的时候对人进行教育，千万不要错过这个大好时机。而世上那种对孩子不讲教育而只有慈爱的，常常不以为然，要吃什么，要干什么，任意放纵孩子，不加管制，该训诫时反而夸奖，该训斥责骂时反而欢笑，到孩子懂事时，就认为这些道理本来就是这样，直至骄傲怠慢已经成为习惯时，才开始去加以制止，此时纵使鞭打得再狠毒也树立不起威严，愤怒得再厉害也只会增加怨恨，直到长大成人，最终成为品德败坏的人。因此，同学们正值年少，要向这位穿军装的大哥哥学习，以他为榜样，从小立志报效祖国，好好学习，天天向上，做到德智体全面发展，将来成为国家的栋梁之材！在此，我代表中心小学的全体老师、学生，感谢高祥校友为同学们做出学习的榜样，以及刚才对同学们的勉励！"

在中心小学全体师生的热烈掌声中，高祥坐上公社的吉普车离开了中心小学。一个多小时后，到达县城汽车站，换乘汽车前往地区所在的刺桐城，下车后搭乘人力三轮车，按照陈臻楚之前在信里写的住址，走街串巷找到她家的宿舍。高祥在暑假离校前两天接到陈臻楚的来信，得知她妈摔倒住院手术了，她得赶回家去。

陈臻楚家的对门邻居叔叔得知高祥来意后，用自行车载着高祥去人民医院，停好自行车，引领着高祥到住院部外科病房探视陈臻楚的妈妈。

见到突然出现在病房门口的高祥，陈臻楚的表情既惊讶又欣喜，她紧走两步接过高祥手提的行李，忙不迭地问："什么时候来的？怎么来的？"

"你家对门的这位叔叔用自行车载我来的。"

"谢谢叔叔！"陈臻楚听高祥这么说，才注意到高祥身后还站着身板比高祥瘦小的邻居叔叔。

陈臻楚把高祥的行李放在床边的木椅上，随后带高祥来到她妈妈的病床前，俯下身子说："妈，高祥哥看你来了。"

"阿姨！"高祥走近病床，弯腰俯视陈臻楚她妈妈，轻声问道，"您好些了吗？"

"好多了，"陈臻楚她妈妈看着高祥，说，"听楚儿常说起你，很俊的小伙子！臻善来信的时候也经常说起你。"

"认识臻善、臻楚是我的幸运！"

陈臻楚的妈妈抬起右手，摆动几下，微笑着对高祥说："结交在相知，骨肉何必亲。"

"我妈这是引用一首乐府古辞里的诗句，意思是说知心朋友比骨肉之亲还要亲呢！"陈臻楚补充道。

"阿姨，您的古诗词赋造诣很深啊，张口就来，"高祥依然弯着腰，俯看着陈臻楚的妈妈，由衷赞叹，"臻楚耳濡目染，也是浑身诗意呢！"

"你也很好啊，臻楚都跟我讲，你在部队表现很出色，立了功，还考上军校，不简单啊！"陈臻楚的妈妈看着高祥微笑点头称道。

"臻善在部队的表现比我还出色，他和我经常通信联系，互相勉励，"高祥侧过头去，微笑看着陈臻楚，说，"臻楚也是这样！"

"嗯，都很好！"陈臻楚的妈妈朝着臻楚说，"现在没挂瓶，我这没事，你赶紧带小高去吃饭。"

"阿姨，我不饿，这次请假回来探亲，时间比较短暂，在家乡多待了几天，下午就要搭车去省城转乘火车回学校了，就这样急匆匆地来看望您一会儿。有臻楚在，还有好邻居帮忙，您一定能够很快康复出院的！"

"是啊，楚儿，这次多亏了这位叔叔，要不然，嗨！"陈臻楚的妈妈对臻楚说，"真是应了那句'远水难救近火，远亲不如近邻'的古话啊！"

"妈，这是哪首古诗里的句子呢？"

"这不是古诗，而是明代编写的《增广贤文》格言。不说这些了，赶紧带小高去吃饭吧，"陈臻楚的妈妈朝臻楚挥挥手，又转向高祥，悦色地说，"小高啊，这次来，我没能好好做几道菜招待你，下次有假期回来，阿姨再双倍给你补上哦。"

"好，谢谢阿姨！"高祥俯看着陈臻楚的妈妈，伸出双手握着她的右手，说，"您多多保重！"

"好，会的，再见！"陈臻楚的妈妈对着高祥微笑挥手道别，目送着高祥转身走出病房。

陈臻楚家的邻居叔叔跟着走出病房，对臻楚说："你赶紧带你朋友去吃饭，我在这里等你回来再走。"

"好的，谢谢叔叔！我一会儿就回来。"陈臻楚微笑着谢过邻居叔叔，带着高祥走出医院大门，问高祥想吃什么？

"就近找一家饭馆或者面馆随便吃一点就行，"高祥对陈臻楚说，"我自己去吃，你回去陪你妈妈吧，她还不能自理，叔叔在那边不能陪太长时间的。"

"你说的也是，可是，"陈臻楚有些伤感地说，"你来，我都没空陪你吃顿饭，本来还想跟着你去战友家，然后再来我家，好带你去吃面线糊，配粽子，还有润饼菜、牛肉羹、海蛎煎。现在呢，只能寄希望于寒假了。"

"寒假，"高祥想说不一定能再请假回来，话到嘴边，赶紧改口说："到时候再说，咱们鸿雁传书，见字如面嘛！"

"什么？你要纸上谈兵吗？"陈臻楚别过头，带着伤感、生气的语气说。

"不是，不是这个意思，"高祥握着陈臻楚的手腕，柔声说，"咱们鸿雁传情，情透纸背！"

陈臻楚靠在高祥胸前，忍不住泪水涟涟，带着哭腔说："你快去吃吧，就沿着这条街走到前面交叉路口，往左过了马路，就有许多小吃店，面线糊，粽子，牛肉羹，润饼，中意哪家都能吃饱的。"

"好，放心吧，"高祥轻轻吻一下陈臻楚的额头，从挎包里取出一块手帕，一边帮她擦拭泪水，一边说，"我最迟后天就到学校，到了就写信给你。"

"那得等好多天啊，你可以到校外的邮政局拍一封电报过来，与寄信的地址一样，当天我就可以收到。"

"好吧，拿着。"高祥把手帕递给陈臻楚，伸出右手，握拳以示一言为定。

陈臻楚黯然神伤地看着高祥左拐走向另一条街，这才小跑着返回病房。

在王向东的积极推动下，一九八一年元旦即将到来之时，县政府召开了全县推行家庭联产责任制专题会议。会议由县农委主任主持。前进大队、山后大队和溪美大队先后介绍了试行家庭联产责任制的经过，遇到的问题，解决的办法，以及所取得的成效。王向东代表县政府做了主题发言。

散会之后，其他公社领导陆续离开会场。红星公社的谢书记和陈秘书、县水利局的老局长从各自座位上走向会场的主席台前。等王向东走过来的时候，谢书记紧走两步，靠前跟王向东搭起话头，说："书记，不好意思，叫习惯了，应该叫王副县长，刚才您特别提到县里对于这次会议举办地点的考量，希望您得空多回咱们公社指导工作！"

"在我的心目中，我依然是咱们红星公社的一员，你们有什么事，尽管打电话给我。山区的社员群众很朴实，只要咱们心里装着社员群众，一切为了让群众的生活越来越好，工作尽管大胆开展，群众会理解和支持我们的。"

"您说得太好了，就按您说的做，不对的地方请多批评指正！"

"回去抓紧开会传达贯彻，不要试行的时候走在前面，全面推行却落在后面哦！"

"请放心，我们一定继续走在前面。"

目送谢书记和陈秘书离开，王向东这才注意到老局长站在一旁等着他。他赶紧走过去问老局长有事吗？

"没啥紧要的事，如果你现在不急着回办公室，就一起到局里走走。"

"好啊，一直都想过来找您汇报思想的，可是，到新工作岗位半年多了，还有好多工作在熟悉当中，往各公社跑的时间也比较多。"

"能理解的，你是责任心和事业心都很强的人，加上年轻精力旺盛，一天忙到晚也不觉得累吧！"

"怎么不会累呢？又不是铁打的。"看见老局长对他微笑着，才明白老局长是在揶揄他。

"走，边走边聊。"

出了县大礼堂门口，就是县城的一条古街，首尾有五里长，也叫华侨街，街道两旁是外廊式建筑，也叫作"五脚基"，一楼临近街道的部分建成行人走廊，以供行人遮日避雨。走廊上方是楼房，供店家居住或作仓储。这种建筑格局，起源于十八至十九世纪的东南亚地区，所有临街建筑前都有一道宽约 5 英尺且带顶盖的走廊，被称为"5 英尺路"。英文的"英尺"，音译为闽南语，就叫"脚基"。清末民初，一些东南亚华侨把"五脚基"建筑风格传回闽南家乡，与本地建筑风格相融合，由此塑造了闽南骑楼这种独特风貌的临街建筑。

夕阳斜照在古街上方，"五脚基"笼罩在一片金黄色的光芒里，建筑物的投影在街道上形成明暗相间的强烈对比。行人、两轮自行车和三轮载客自行车穿行于古街上，流动着长长的光影，俨然就是一幅多姿多彩的闽南古街风情画。

王向东之前在山区公社工作期间，到这座大礼堂记不清有多少次，每次开会都是匆匆来往，即使到县里履职之后，他也从未有闲情逛过这条街道。此时跃入眼帘的古街夕照美景，倏然吸引了他的目光。他不禁停住脚步，抬起左手遮挡一下斜照的阳光，感叹道："这条古街真美！"

"是啊，这条古街据说建于二三十年代，历经半个多世纪的风风雨雨。"老局长见王向东看得陶醉，就随口问他来逛过这条古街吗？

"没有。"王向东听老局长这么问，这才迈开脚步，与老局长并行穿过街道的一个巷口，朝着县水利局方向走去。

途中，老局长接着刚才的话题说："中华文化历史悠久，古代有许多伟大发明，宋元时期开启了对外交流的历史篇章。咱们地区所在地有许多古渡口，曾经是海上丝绸之路的起点之一，咱们县通过溪流将竹木和农副产品运到这些古渡口，再由大商船运往海外，然后将海外的商品运回来。借助商船，咱们这里就有许多人赴海外谋生，大多选择去了南洋。通商之后，自然而然地产生文化的交流互鉴，就像刚才咱们路过的那条古街。"

"是的。"

对话当中，王向东与老局长已经来到水利局楼下。这也是一栋与临街"五脚基"一样的两层土木结构的楼房，老局长的办公室在二楼东侧南面，隔着宽敞的中间过道，北面则是局办公室。

老局长见王向东止步不前，估计他可能还有事情要忙，本想邀请他进去再聊一会儿，只好改口问："不进去喝杯茶再走吗？"

"办公室里还有文件要批阅，我改天再来。"王向东说。

转眼间，到了一九八一年八月，王向东到县里工作满一年了。这期间，王向东实际上只来过水利局三次。有一次下乡回来路过，在门口遇见老局长，进来小坐一会儿就走了，其余两次是来局里开会和协调工作的。

就在八月中旬，王小梅大学毕业之后实现了跟随学兄分配到县水利部门的愿望。

老局长得知新分配来的大学毕业生与王向东是同一所大学的校友，一开始还以为只是巧合，当王小梅和其他两位大学生到局里报到之后，在欢迎新同志入职座谈会上，王小梅的一番话，让老局长发现这位身材高挑的女大学生与王向东一样有志向、有情怀。

王小梅说："很庆幸能分配到咱们局里工作，也可以说是如愿以偿。为了这一天，我不仅走过了四年的求学之路，而且这个美好的愿望始于七年前。我的学兄，也是我当知青的时候所在公社的领导，当他在接到大学入学通知书，临走之前的一天上午，他特意到公社所在地一所中心小学看望了在那里担任代课老师的几位知青，我是其中之一。他说的一番热情洋溢的话语，成为三年后我高考选择志愿的航标灯。他当年说：'学业完成之后，他会选择回到第二故乡，希望能够续建那座水库，然后配套建设水渠通向五乡八里的农田，让社员群众不必再为灌溉而起纷争；还要争取建设一座小型水电站，让山区公社也能像县城一样灯火通明，将来能够过上电器化的生活。'当时，我完全被他对于那片乡土所怀有的深情而深深感动。我不用说这位学兄的名字，在座的领导和前辈应该都猜得出他是谁了吧。"

"是王向东，没错吧。"老局长满脸笑意地插话。

"是的。前年，我的大学老师带学生来咱们地区做水力资源考察，正好我要参加学生会换届工作，没能与他们一起来。但是，在他们完成考察回校之后，我一直跟踪了解他们对于咱们县水利资源的考察情况，以及他们给出的考察报告结论，认为咱们县发展水利水电事业具备天然的优势，并且提出相关建议。这就更加坚定了我毕业分配的意向。"

"很好，我代表全局的同志欢迎你。希望，不，是预祝你在今后的工作中利用你的专业知识，为咱们县的水利事业发展做出贡献，就像你的学兄一样！"

得知王小梅家在邻县，座谈会后，老局长让办公室主任带王小梅到所分配的业务科室和集体宿舍看一下，并且给了她三天假期，让她做好上班准备工作。

"谢谢局长关心！我刚从家里来，被褥和当季衣服等生活用品都准备好了，如果可以的话，我想去一趟红星公社，去那个知青点看看，也顺便看一下那座停工的水库现状。"

"很好啊，当然可以的。向东知道你分配来这里吗？"

"我还没告诉他。"

"向东现在已经离开红星公社了，你知道吗？"

"知道。"

"知道他现在在哪里上班吗？"

"他在信里说调到县里工作了，没说什么单位，我也没问，但是他一直关心着我们老师带队来做水利资源开发利用这个考察项目的情况。"

"那我得赶紧给他打个电话，不然学妹来了，学兄还蒙在鼓里，过后说不准还会怪我的。"局长边说边拿起摇柄电话，就要打给王向东。

"不用打，局长，您告诉我，他现在哪个单位就行。等我这边安顿好了，我再去他上班的地方找他。"王小梅还想说"给他一个惊喜"，话到嘴边却没有说出来。

"不行，这个电话不能不打，"老局长微笑着说，"我必须得跟他讲。"

"好吧。"

"你打算什么时候去红星公社？"

"我今天先安顿好，明天再去。"

"小王，你看这样好不好，我一会儿就给向东打电话，如果他没在开会或者忙着什么事，我让他过来看你。"

"好的，局长，那我跟主任先去宿舍安顿一下行李，您有事再叫我。"

王小梅跟着办公室主任走向办公楼后面的一座两层宿舍楼。办公楼与宿舍楼之间是一片空地，零星栽种着几棵小树，一条不宽的石板路将两栋楼连接起来。

路上，办公室主任告诉她，她的学兄现在已经是副县长了。

"副县长？"

王小梅与王向东不频繁的书信来往，聊的是彼此的工作和学习。得知她毕业分配意向，他回信给予肯定，表示赞同与支持，仅此而已。

办公室主任把她引领到二楼的靠西侧的一间宿舍，紧挨着就是一间女厕和盥洗间。

　　"楼上楼下各有十间宿舍。楼下安排的是单身男性居住，两人一间，还空着三间，目前做食堂用。楼上六间宿舍安排单身女性，你来之后就都住满了。另外四间住了两户有家庭小孩的。与你同宿舍的是我们办公室的小苏，她是去年分配来的，这几天家里有事请假回去了，好像跟你还是同一个地方的，以后回家可以结伴。床铺和桌椅，前两天我就交代清洁工清洗过了，草席、被单、蚊帐和薄棉被也都准备好了，你看还需要什么再跟我说，我还有事，先回办公室了。"

　　"好的，谢谢主任。"王小梅目送办公室主任离开，进入宿舍，打开窗户，靠窗的两张床，有一床被褥叠得整整齐齐，白色的纱蚊帐垂下来。她就在对向的空床铺上，把床铺打理好，正在准备摆放自己带来的洗漱用品时，门外传来办公室主任叫她的声音。

　　"来了。"王小梅赶紧走出宿舍门口。

　　"局长叫你，说你学兄来看你了。"办公室主任微笑着说，"走，我和你一起去。"

　　办公室主任带着王小梅走到局长办公室外。

　　"小王，快进来，你看谁来了？"局长招呼着。

　　王小梅走进办公室，瞪大眼睛看了好几秒，才带着疑惑的语气叫出声来："王副主任？"

　　"现在是咱们的副县长，不是公社的副主任哦。"局长说。

　　"没事，快进来，别站在那里。"王向东说。

　　"我刚听主任说的，"王小梅回头看一下办公室主任，"叫习惯了，一下子没有改口过来。"

　　"进来坐下说。"局长发话。

　　王小梅走进来，在门内的椅子坐下来，抬头看了一眼王向东，又赶紧把视线移开，说："您那么忙，还来看我。刚才我就跟局长说不要给您打电话的。"

"刚才局长给我打电话的时候，我也刚好开完会回到办公室，一听说学妹来报到了，当然要过来看一下嘛。"

"正好你来，要不，向东好长一段时间没来局里了。"局长微笑着对王小梅说。

"是啊，整天都有忙不完的事。"王向东自嘲着。

"我刚才差点没认出您来，好多年不见了。"

"是啊，前后有七八年了吧，"王向东下意识地摸摸自己的下巴，最近比较忙，胡子都忘了刮了，在局长这里，他不想聊这些，就转移话题发问，"安排在哪个科室？宿舍也安顿好了吗？"

"就在你之前待过的水资源利用科！"局长说。

"宿舍也安顿好了！"王小梅说看了一眼王向东，然后把目光移向局长，说："谢谢局长！"

王向东看了一下手表，站起来对局长说："我下午还得参加一个会议，我得再回办公室看一下秘书送来的会议材料，改天得空再过来。"

"十一点多了，留下来吃午餐再回去嘛。"局长也站起来，拉着王向东的手说。

"不了，下次找个下午不忙的时候来，再留下来吃晚餐。"

"好吧，既然你还有事要回办公室，就不留你了。给小王批了三天假，等她回局里正式上班的时候你再来。到时候，我从家里带一瓶老家自酿米酒过来，让食堂多做几道菜，欢迎一下你学妹，咱们也好好干几杯，叙叙旧。怎么样？"

"好啊！"王向东边说边走出局长办公室。

王小梅正式到局里上班之后，首先阅看科里存档的历年资料，把重要的数据摘抄到笔记本里，希望尽快地了解科室的常规工作。自从三天前见到王向东之后，他的影子就不曾离开过她的脑海里。

在知青点的时候，他与知青们一起劳动和学习，没有公社领导的架子，倒是像大哥哥一样，除了不喜欢与知青们嘻嘻哈哈之外，其他都好说话。因此，包括她在内，知青们对他就是一种可亲近但是不可随便的感觉。在她回城之前，他就被组织上推荐去上大学了，巧合的是，她参加高考，居然被录取到与他同一所大学的同一个系，遗憾的是，她入学的时候，他已经毕业离校了。后来她参加学校学生会，得知他曾经担任学生会主席，莫名的冲动，让她追问和查询他毕业的去向，从而得以跟他重启联系，进而促成她追寻他的脚步分配到这里工作。尽管他已经离开了这个工作单位，担任了更重要的工作，但是，她的心里，却有着比此前任何时候她都更加靠近他的感觉。然后，当她下班后到局里的值班室，摇起电话机，拨打过几次他办公室的电话，都是没人接听。有一次，她在下班前十分钟拨打电话，虽然打通了，却是工作人员接听，说领导有事忙着，问她是否有事报告，否则不要随便打电话。此后，她就没再打了。

国庆节前一天晚上八时，局会议室举办喜迎国庆联欢活动。王小梅承担了整个活动的设计、编排和组织协调工作，并且集二胡演奏、独唱、独舞多个节目于一身，获得阵阵掌声。

王向东在局长陪同下，也是频频点头称道。晚会结束之后，王向东随局长来到办公室茶聊。

"你这学妹不错，工作很勤奋，人缘也很好，文艺方面更是一个不可多得的人才啊！"老局长含笑夸着王小梅。

"是的，当年在知青点的时候，就显露了这方面的才华！"

"我看啊，这个小王很不错，又是你学妹，你要多关心哦。"

"在您手下，您关心着，就很好了。"

"我说的不是工作，"老局长伸手碰了碰王向东的手臂，说："你也老大不小了，婚姻大事不好耽误的。"

"你看我，除了工作，一无所有，哪敢想成家的事？何况人家是城里人，年龄也差好多岁。"王向东面对老局长发自肺腑的关心，由衷感叹道。

"上周我找她谈过话，就像之前你来局里一段时间之后也找你谈话一样，了解工作的适应情况，有没有什么困难和问题需要组织帮助解决，以及对于局里的工作有没有什么应该改进的建议。然后我特意问了她的家庭情况。你知道她家的情况吗？若是知道了，就不用我多说了。"

"还真不知道。"

"她说很小的时候就没在父母身边，是由外婆带大的。外婆曾经是小学音乐老师，因此，她从小就喜欢上了唱歌。外公年轻时去了南洋，从此没有回来。她自懂事起，只在外婆的家庭相册里见过妈妈出嫁前的照片。小时候，她曾经问过外婆，妈妈在哪里？外婆说，你妈妈去南洋了。一开始，我以为她入职后的勤奋是为了给大家好印象，其实，是她的成长经历让她比同龄人更加自立和懂事。"

"她可能是来到局里一段时间之后，切身体会到这个集体的温暖，特别是您让她感受到慈祥长辈的关爱，因此，才会将自己的身世告诉您。"

"对啊，从另一个角度看，则说明你这位学兄对她关心得很不够嘛！"

"确实是，"王向东觉得老局长批评得很在理，就自我批评起来，"你看我，脑袋里就是工作、工作，不只是对她，对周围的其他同事，也都是疏于关心。即便是您，那么关心我，而我也大都是遇到问题了才想到您。今天要不是您特意邀请我来参加喜迎国庆联欢活动，我都不确定什么时候再来。"

"别自责了，我这边你倒是不用分心，有事情我会去找你的。但是，我们做工作，也要学会弹钢琴，忙里要偷闲，脑袋才不会发烧，发烧就会出故障，"老局长指了指自己的脑门，继续说，"比如晚上没有开会的时候，可以去人民体育场散散步，到古街上看看电影，听听南音，而不要弄得像个苦行僧一样。还有啊，对小王，你的学妹，以后真要多关心！她可是很崇拜你的！看到你，她的脸就红起来，也不大敢正面看你。我是过来人，你也老大不小了，不要视而不见哦。"

"多谢老领导指点迷津，以后我会注意的！"

"以后是什么时候？"老局长说，"国庆节后，下周的周六，我让办公室代我去买三张南音演唱会的门票，我替你约上小王，就说是我请你们一起听南音的。下下周末，你就自己买票，私下约她去听南音，或者看电影也行。怎么样？"

"好吧，让老领导费心了！"

"希望我这心不白费哦，"老局长抬手看了一眼手表，说，"你看，时间不早了，我也要回家了，你骑自行车过来的吗？还是走路？"

"走着来的。"

"我让办公室主任载你回去，还是你自己骑车回去，局里的公车好几辆，国庆节后你再让秘书把车骑回来。"

"不用，我习惯走路，不远的路，十几分钟就到了。"

王向东从水利局的院子里出来，走在回县委机关食堂的路上，回想着老局长对自己的工作，乃至婚姻的关心，无微不至地体现了一位前辈，也可以说是长辈对晚辈的厚爱。自从多年前与金小娘萌生过那份爱意而未果，特别是金小娘病故之后，他的心思都用于工作上，以此来淡化内心深处对于金小娘的怀念。收到王小梅的来信，看得出字里行间所表达的意思，可他都视为一位小女生幼稚的情感，既不点破拒绝以免伤了人家的自尊，也不承接人家隐约递送过来的情意，只想让自己的冷淡和时间的推移来淡化这一切。刚才听老局长转述她的身世，让他不禁自责起自己的冷处理方式，并且在心里陡然产生了对她的些许怜意。即使不谈及婚恋问题，作为同一所大学的学兄，还曾经与他们一起生活过几个年头，今后多关心一下她也是应该的。

国庆节后的第一个周六上午快下班时，老局长让局里的通信员送了一封信件给王向东。打开信封取出一张当晚八时的南音演唱会入门券，是南音四大名谱之一的《梅花操》。王向东会心一笑，把入门券对折一下放入上衣口袋里。

晚上七点半，王向东就到了那条古街上与大礼堂相隔百余米的人民剧院小广场。他是第一次光顾这里，就在小广场两侧围墙内侧的宣传栏前驻足，浏览玻璃窗内张贴的南音演唱会节目简介和一些戏剧宣传画，一边留意着老局长和王小梅的出现。可是，临近八时了，还没看到他们的人影。他想，或许局里临时有什么事情耽搁了，自己就先入场找座位等他们。一直到首段"酿雪争春"演奏开始了，王小梅才来，弯着腰，挨着王向东的座位坐下，低声对王向东说："局长临时有事走不开，让我跟您讲一下。"

"哦，要紧吗？是局里的事，还是家里的事？"王向东侧过脸，压低声音问道。

"局长没说，应该是工作上的事，听口气，应该不大紧要。"

"哦，"王向东还想说我明白了，话到喉咙里，赶紧换个说法，"那就好。我们听一会儿，等下早点退场，我跟你去局里看一下。"

王小梅轻声答道："嗯，听您的。"

听了两段曲子，王向东稍微侧过头，低声对王小梅说："你先出去，在门口等我一下，我送你回局里。"

王小梅与王向东先后走出剧院，向着水利局走去。默默地沿着古街走了一小段，拐进一条巷口之后，行人比较稀少。王向东首先开了口："之前听你唱过歌曲，音色很美，没听过你唱南音，也会唱吗？"

"会唱几段曲子。"王小梅侧过脸瞥了一眼王向东，说道。

边走边聊，王向东与王小梅不一会儿就来到水利局的楼房外。

王向东抬头看了一下二楼没有灯光，只有大门内侧的值班室和一楼的几间办公室还亮着灯。

"局长应该是回去了，灯都没开着。"王小梅说。

"哦，那我就不进去了，咱们得空再联系。"

"我都有空，就怕您没空。"王小梅低着头说。

"你有空也可以写信给我，得空时我就会看的，但是不敢保证很及时地回信哦。"

"您的回信，一句可抵我一百句，我都能背出来。"王小梅带着既嗔怪又调皮的语气说，"您是领导，金口不能随便开，笔下不能随意写。"

"接受你的批评！如果意犹未尽，可来信继续批哦，"王向东含笑挥了挥手，说，"快进去吧！"

"好吧，您路上小心。"王小梅应答着走向小院大门。到了门口又停住脚步，回头看一下王向东已经返身离开，在路灯下的投影越来越长，越来越淡，渐渐消失在她的视线里，这才返身走进小院里。

又一个周末临近。王小梅吃过晚餐，先去附近的一个小公园里走走，然后回到县局的大门外。背对着大门，她站在那里看着巷道上的过往行人，回味着上周六晚上在这里目送学兄在夜灯下渐行渐远的情景，然后返身进入小院，走进科里，打开电灯，坐到自己的办公桌前，打开抽屉，取出信笺，提笔给她心仪的学兄写了一封短信，装入信封，贴上邮票，骑上单位的自行车，到街上的邮政大楼外，投进邮筒里。

隔天傍晚，王向东从省城回来，走进办公室，看到办公桌上一封寄件人地址写着"内详"的平信，拿起来拆开，阅看起来。

尊敬的学兄：

今天周四，又一个周末即将到来，不知您后天晚上是否得空？

如果得空的话，请打电话给我，我就去买票，然后提前到剧场里等您。对了，如果您还要请局长一起听南音的话，我就买三张票哦！”

此致

敬礼！

学妹：小梅于周四晚

周五一整天，王小梅没有下乡，也没有她心中所期待的电话打给她。一直到周六上午快下班的时候，她才听到邮递员那辆永久牌自行车特有的铃声响起，赶紧走出科室，跟随着邮递员的脚步来到值班室。等邮递员把一大沓报纸和信件放到值班室的桌上，她随即翻看那些信件，其中一封收信人写着“王小梅”的信件，内心不禁扑扑直跳起来，赶紧取回科室里拆开阅看。

小梅学妹：

你好！

很不巧，收到你的信之后，我没能如你所希望的能够在本周末续听南音。因为我刚从省城回来，明天早上又要去北京出差，可能得下周末才回来，具体时间还不确定。所以先给你回信，等我回来再约哦。晚餐时间到了，我先去食堂吃饭，饭后得空再继续聊。

……

晚餐的时候，遇到我所分管单位的一位老同志，应他所邀，饭后一起走走，听他反映单位一些工作上的事，以及他子女的就业问题，希望组织上能够给予照顾。刚刚回到办公室里，取出工作笔记，先把这位老同志反映的问题记下来，以免过后忘了。或许是现在每天要处理的公务比较多，或许是记忆力减退了，经常觉得有些事情遗忘了。因此，就更加确信好记性不如烂笔头的道理了。

话说回来，虽然上周六晚上因故没有听完《梅花操》所有曲子，但是，过后我让秘书帮我到县图书馆借了一本关于南音的书籍，放在床头，用了三四个晚上的睡前时段仔细阅看，觉得之前对于南音的了解太肤浅了！

知道吗？或许你是知道的，南音，迄今已有一千多年的历史了，被誉为"音乐的活化石"。由曲、指、谱三大部分组成。我们那天晚上听的《梅花操》，就是"谱"，与《四时景》《走马》《百鸟归巢》，合为四大名谱。《梅花操》还是这"四大名谱"中的翘楚！以梅花为意境，表现"争春"、"娇笑"、"流香"、"破萼"、"竞放"的历程，勾勒出一幅动人的梅花画图，歌颂了梅花洁白、芳香、耐寒的高贵品质。

我猜测你外婆当时给你取名的时候，是否源于她老人家对于梅花的喜爱和对于你的期盼？实际上，除了南音，歌颂梅花的文艺形式还有许多，例如南宋词人陆游的词作《卜算子·咏梅》，就是一首很经典的咏梅词，以物喻人，托物言志，意味深隽，达到物我相融的境界。

无独有偶，伟人毛泽东也有一首词作与南宋词人陆游词作《卜算子·咏梅》同一词牌和词名，现转抄给你：

风雨送春归，飞雪迎春到。已是悬崖百丈冰，犹有花枝俏。俏也不争春，只把春来报。待到山花烂漫时，她在丛中笑。

前天我到省城参加一个有关社会改革与发展的学术报告会，其中有一位大学青年教师作了题为《风云际会展宏图》的报告，大意是说作为当代青年应当抓住这个大好时机，去施展自己的才华，实现自己的抱负。刚才我查阅了词典，弄清楚了"风云际会"的出处是唐·杜甫《夔府书怀四十韵》中的诗句："社稷经纶地，风云际会期。"我想，何止是大学的青年教师呢？各行各业的从业人员，只要还在工作岗位上，无论性别和职业，在这样一个改革与发展的风云际会期，都应当勇立潮头，奋力拼搏，充分发挥自己的才智，把实现个人的理想抱负与咱们国家的繁荣富强有机结合起来，风云际会赋写壮丽诗篇。在面对困难与挫折的时候，像梅花那样不屈不挠，凌寒绽放；当工作取得成就的时候，像梅花那样不出风头，笑迎春天！

好，就写到这里了。下周见！

学兄：向东于周五夜

一九八二年元旦这天晚上，红星公社里正在值班的谢书记从有线广播里听到一则重要新闻，就是中共中央批转《全国农村工作会议纪要》，就农村改革提出四点意见。首先就是关于农业生产责任制。要求把完善生产责任制的工作和促进农业生产的全面发展目标密切联系起来。再就是关于改善农村商品流通。要求主要依靠发展商品生产，实现多产畅销。然后，还有关于农业科学技术、提高经济效益，改善生产条件等问题。要求抓好水利、农机、化肥等项投资的利用效益，坚持"决不放松粮食生产，积极发展多种经营"的方针，要集体与个人一齐上。

听完广播不到十分钟，谢书记就接到王向东打来的电话。

"刚才，中央电视台新闻联播节目播放了中共中央批转《全国农村工作会议纪要》，肯定了包产到户的做法，将逐步在全国大力推广。你刚才收看了吗？"

"收看了。"

"元旦过后，省里和地区专署或将陆续开会传达《全国农村工作会议纪要》精神，研究部署推广家庭联产承包责任制。"

"那就好，就等着这一天！"

"还有，水库和电站立项工作，一经上会研究，县里就会通知公社上报副指挥长和抽调人员的。"

"如果您是指挥长，公社要报副指挥长的话，那一定是我，除非您反对哦。"

"正合我意，怎么会反对呢？！"

"哈哈！"

"听到这个笑声，我能看见你满脸笑容呢！"

"您有千里眼，逃不过您的火眼金睛！哈哈！"

"哈哈，哈哈哈！"

……

第十章

# 乡镇企业异军起

一九八三年十二月的第二个周六上午，王向东在红星公社水库工地指挥部召开工程进度汇报会。快结束的时候，他被工作人员叫到指挥部办公室接听县委办的电话通知，要他回县里参加第二天上午县委召开的全委会议，有关人民公社体制改革工作。回到竹棚搭建的会议室，他对与会人员说："刚才，工程技术组、民工管理组，以及宣传、保卫和后勤等工作组的负责同志都汇报了各自的工作进展情况和存在问题。总体上看，水库重建开工将近半年来，按照专家组审定的工程图纸，在工程技术人员的指导下，三支施工队伍抢抓施工进度，八年的施工期限有可能提前竣工。但是，水库是百年工程，接下来还要启动一座小型水电站的配套建设，摆在第一位的，始终是施工质量，无论哪一支施工队伍，都是不允许只顾进度、不顾安全。不仅施工队的负责人要切实负起责任，咱们工程技术组和安全保卫组的同志，也要加强检查。特别是负责爆破施工的班组，一定要加强安全教育和雷管炸药的保管，任何侥幸的心理都要不得。我昨天傍晚才到红星公社，今天一大早就与谢书记赶来召开这个协调会，这算是第三次了吧，本来晚上要住下来的，可是刚刚接到电话，下午得赶回县城。明天上午有个很重要的会议，是关于人民公社体制改革的内容。去年12月召开的五届全国人大五次会议通过并公布施行经全面修改后的《中华人民共和国宪法》，确定改变农村人民公社'政社合一'体制，设立乡政府作为基层政权，普遍成立村民委员会作为群众性自治组织，实行以家庭承包经营为基础、统分结合的双层经营体制等规定。今年10月12日，中共中央、国务院发出《关于实行政社分开，建立乡政府的通知》。指出：当前农村改变政社合一体制的首要任务是把政社分开，建立乡政府；同时按乡建立乡党委，并根据生产的需要和群众的意愿逐步建立经济组织。明天晚上大家可以通过有线广播听到会议报道。"

"有线广播的水泥杆还没架设呢。"坐在王向东旁边的谢书记压低声音对他说。

"水泥杆还没架设？宣传组的同志刚才怎么没有汇报这件事？"

"我们一直在催促县工业局，对方说这段线路不属于他们的保障范围，需要咱们自己采购钢筋水泥和砂石，就地预制水泥杆，他们派技术员前来指导。即使在县城帮咱们预制好，也需要动用许多车辆运输，问题更大。"

"会前不是有喇叭在播放歌曲吗？"

"那是拆了公社会议室的扩音设备，先拿过来这里用了。"

"原来是这样，"王向东侧过头对谢书记说，"你做得对！明天我再跟分管工业的李副县长商量一下，看怎么解决广播电线杆问题。你留下来，与工程技术组和安全保卫组的同志到材料仓库、库区工地仔细检查一下。"

"好的，您放心吧。"

开完协调会，王向东看一下手表，还不到十一点，就跟谢书记说，要赶到公社吃午餐，又问工程技术组的王小梅需不需要跟车回县局。

"您刚才不是交代谢书记带我们检查施工安全吗？过几天，局长要来看我们，我再跟车回局里吧。"

"嗯，好吧。"王向东满脸笑意地回应王小梅，叫上秘书，一起离开了项目指挥部。

一九八四年元旦上午，红星公社大门张灯结彩，两侧门柱上分别挂着两块新牌匾，上了白色底漆的木板上用红色油漆分别写着中共闽南县红星乡委员会和闽南县红星乡人民政府。两块牌匾上头都粘贴着一朵绸布大红花，各自系连着两条红绸丝带。大门口聚集了数百位农民群众。王向东代表县委、县政府宣布：经省人民政府批准，红星公社更名为红星乡政府，中共闽南县委批准撤销红星公社委员会，成立中共闽南县红星乡委员会，同时宣布相关人事任免通知。红星公社党委谢书记改任红星乡党委书记，公社党委陈秘书被提拔担任党委副书记，并且被提名为红星乡政府乡长人选。紧接着，王向东与谢书记共同揭下两块牌匾上的红绸大花朵。鞭炮声、锣鼓声与人群的欢声笑语响成一片。

此后两三年，红星乡与周边乡镇，乃至全国各地农村一样，持续推动以家庭联产承包责任制为核心内容的农村生产经营体制改革，显著释放了捆绑在集体生产经营上的劳动力，富余劳动力逐渐转向农副产品生产、外出打工，以增加经济收入，农民生活不断得到改善。

转眼到了一九八七年。元旦过后的第三天上午，红星乡召开工作总结会议，由谢书记主持。陈乡长代表红星乡人民政府做上一年度工作总结。他说："咱们这个山区乡村，自从一九八二年全面推行家庭联产承包责任制为核心内容的农村生产经营体制改革至今，已经过去了五个年头。五年来，全乡粮食产量呈现逐年递增的良好势头。今年全乡平均亩产达到1550斤，包括早晚两季水稻，不包括秋种番薯、冬种马铃薯和其他杂粮，同比五年前生产队集体生产时的平均产量增加了33.5%。元旦前几天，谢书记和我到几个村走走，与村干部和部分农民交谈，都说粮食确实增产了许多，有些家庭两三年前就将盈余的粮食卖给制作米粉等副食品的作坊，得到一些现金收入。如果家庭里有人外出打工，又是一个增加家庭经济收入的渠道，逢年过节到供销社就可以比以往购买更多的布料、食品和日常用品。原来买布料，还得有布票，如今敞开供应了，这在改革开放之前是不敢想象的。你们说是不是？"

未等台下的与会人员回答，陈乡长继续他的讲话："刚才总结的是过去一年咱们这个山区乡集体生产经营体制改革第五个年头的增产增收情况，从根本上消除了集体组织生产效率低下等弊端，提高了以家庭为经营主体的生产积极性和劳动效率，促进了农村富余劳动力的转化，催生了以食品加工及其他轻工业为特征的乡镇企业发展，以及城乡贸易市场的兴起和繁荣。回过头来看，从试点到全面推行，咱们走过一段少数人探索、多数人跟进的稳妥的生产经营体制改革之路，成效是明摆着的，说明这条路走对了！尽管还存在一些问题，比如相邻水田灌溉的矛盾冲突，施肥喷药时间的协同等问题，目前只能互相协商解决，而在不远的将来，咱们国家实现了农业现代化，农机将代替耕牛，具有更高的劳动效率。重新修建的水库不久即将竣工，前年开工的引水渠目前已经修建过半，首期将修建到溪美、前进村的各村民小组。配套建设的一座小型水电站将与水库竣工时间同步。今年入秋之后，咱们就要提前预制水泥电线杆，请电业局来帮咱们架设，拉好电线。一旦发电站落成，装配好水轮发电机和变电压设备，就能够提供电力照明。到时候，咱们山区的夜晚就不再是漆黑一片，家家户户都有电灯，就像夜空中的星星一样美丽。更重要的是，有了电，将有助于发展食品工业，比如电动碾米将取代传统的水车碾米，一些副食品作坊有了电力供应，就能够提高生产效率。副食品销路跟着增长之后，就能不断扩大生产规模，更好地解决农闲时段富余劳力的出路问题。同时，有了电，我们还能发挥侨胞和港澳台胞多的优势，通过招商引资，创办更多的'三来一补'企业，目前已经有一家雨伞厂、玩具厂和两家制衣厂。以上说的这些，归结为一句话，那就是，农村生产经营体制改革，不只是现在尝到的这些甜头，而且将来的日子会更好，大家一定要有信心！接下来，请谢书记讲话，大家鼓掌欢迎！"

谢书记面带微笑，抬起左手，示意掌声停下来，然后说："刚才，陈乡长把去年全乡的工作做了很好的总结，对今后的工作做了一些预安排，大家回去之后，要把今年要重点抓的几项工作，特别是刚才陈乡长提到的发展副食品生产、增加就业和家庭收入，大家要多做宣传发动，让那些有副食品生产经验的农民大胆扩大生产，带动邻里跟上。大家的眼光也不要只是盯着本乡本村，也可以到相邻乡村走走，看看有哪些适合我们这里发展的，比如漆篮、篾香等制品，看他们的原材料是就地取材，还是从外地采购的。咱们与周边的地理环境和可利用资源大同小异，比如制作漆篮的毛竹、制作老漆的油桐树，各村都有栽种，或多或少而已。制作的技术也可以请人家传授给咱们，这是咱们社会主义制度优越性的体现。如果在资本主义社会，那是不可能免费传授给你的。总之，就是要多渠道寻找解决农闲时段的劳动力富余问题。咱们把眼光再看远一点，离这里不太远的地方，不是有四个经济特区吗？这几年来，咱们这里有些年轻人通过亲戚朋友介绍，一个带一个地出去外地打工，主要集中在广东和江浙等地，到广东的主要是深圳及周边地区，而到其他特区打工的不多。出去之后，有段时间里也出现了一些问题，村委会及时反映到乡里来。乡党委、政府认为这些问题具有代表性和时代特征，如果不能及时解决，就会影响到打工家庭的和睦，还会影响后续外出打工的热情，对于化解富余劳力的出路是不利的。因此，乡里当即研究决定，从司法所、民政所和派出所抽调干部，连同村委会里的治安委员，组成两个工作组，到本乡外出打工人员较多，而且问题反映比较集中的企业所在地，在当地党委、政府大力支持下，历时三个月，走了五个地方，妥善解决了反映比较集中的两大问题。不过，这些问题解决了，还会有别的问题冒出来，就像稻田里，喷药杀了一批稻飞虱，过一段时间又会有新的稻飞虱或者别的虫子出现，做什么事，解决了什么问题，都不能指望一劳永逸。同样，在扩大农副产品加工方面，咱们也不能停滞不前，不能局限于本乡本村的几位带头人，也可以写封信，或者托人带个口信，问一下在港澳台地区的亲朋好友，看有没有在大陆办厂的？引荐到咱们这里来考察一下，看咱这山区的自然条件和招商引资环境适合创办什么企业？咱们这里不仅能生产农副产品，也有了几家制衣、伞具、玩具等轻工产品。每个村都要积极主动地招商引资，有的村距离乡政府远一点，交通不大方便，可以引荐到咱们乡政府附近的前进村和溪美村。前不久到县里开会的时候，王副县长，就是之前在咱们公社的王书记，说县里正在研究制定招商引资的考核、奖励办法。应该会比咱们乡里制定的奖励办法更有力度。等相关文件出台了，谁引进的企业，就奖励到谁的头上。假如今年咱们全乡能够引进三至五家企业落户，那么，在农闲时段就能多安排一些不便外出打工的农民就业，既兼顾家庭，又增加家庭收入。而且，王副县长还提到今后具备一定经济发展基础的乡镇要发展外向型经济问题，也就是出口主导型经济。目前咱们这里还不具备发展条件。对于咱们山区而言，还是得结合咱们自己的实际情况，不能好高骛远，用大家听得懂的俗语说，就是要先学会了走路，才能跑得起来。我这里举这些例子，算是抛砖引玉，供大家参考。农历春节即将来临，各村要开展一些健康的文体活动，例如猜谜语、乒乓球、象棋、拔河、攻炮城等比赛，活跃春节氛围，避免封建迷信活动死灰复燃。请大家回去之后，及时传达给村委会的全体成员和各村民小组的组长，深入宣传发动招商引资办厂。春节过后，乡里将召开一次农副业项目拓展与招商引资办厂情况交流会，让各村互相学习借鉴。好，我就补充这些意见和建议。"

同日上午，王向东则在县政府新建的大会堂里参加农口各单位年度工作总结会议。会后，新任县水利局蔡局长紧随王向东身后走出大会堂。蔡局长此前是县委农办副主任，早些年被招工到县农机厂，从学徒工做起，三年后就当了车间里的一个班组长，然后被推荐上大学，在省城的农业大学读农业机械专业，毕业后被分配到本县城关公社农技站工作，从技术员、副站长到站长，不断进步。在倡导干部革命化、年轻化、知识化、专业化的大背景下，他于两年前作为德才兼备的干部，被提拔担任县农办副主任。

蔡局长问道："王副县长，您下午有空吗？"

"我下午还有个会议得参加，有事吗？"

"老局长前几天又住院了，我就去医院看望过他，也找了主治医生了解他的病情，暂时没有生命危险，但是他的风湿病已经严重影响到心脏，需要住院治疗一段时间。那天，他还特别交代我不要向您汇报他再次住院的事。"

"老领导就是累坏了，我等会儿给院长打个电话，让他交代主治医生，必须治愈才准许他出院。我这边得空时再约你去医院探望他。"

"好的。"

"还有别的事吗？"

"我来局里不久，对局里的工作还很不熟悉，刚才在会上的汇报很粗糙，还好会议小结的时候，您对局里的工作成效做了两点重要补充，不只是对老局长和局里工作的充分肯定，也是对我的鞭策与鼓励啊！"

"刚到一个新单位，熟悉工作需要一段时间，这很正常。"

"有件事请示您。"

"尽管说。咱们都有基层工作和工农兵大学生的经历，你不仅比我年长一点，而且比我早两三年毕业，论理，我该称你学兄才是。"

"那不敢，我只是虚长了年岁，而您现在是我的领导，您该批评就得批评！"

"工作层面，咱们都对组织负责，对工作负责，实事求是，是非分明；工作之外，咱们既是学兄学弟，还是同事朋友，可以互相关心帮助。你说呢？"

"嗯，您说得对！"

两个人边走边谈，走到县政府大院里的一处分岔路口。王向东停下脚步，问："你刚才要跟我说什么事？"

"老局长移交工作的时候，除了局里的工作，还特意交代了一件事。"蔡局长欲言又止。

"什么事？"

"就是王小梅与您的婚事，"蔡局长含笑看着王向东，说，"老局长说，小梅前几年把大部分时间都放在那座水库和配套电站项目上，直到受伤才离开项目工地，出院后在家休息了一段时间。昨天她科长跟我讲，前几天接到小梅来信，说已经恢复得差不多了，要提前回来工作。"

"前几天她也写信跟我说过，本来这几天要去看望一下，忙着走不开，就先给她回了一封信。"

"那您的意思是？"

"就让她回来上班吧，出院应该有一个月了吧，应该恢复得差不多了。"

"不是说伤筋动骨得三个月吗？"

"伤情不算很重，年纪轻，恢复快。我之前大腿也受伤过，做了手术，出院后直接就回到公社上班，一边休息，一边做些力所能及的工作。"

"原来小梅是以您为榜样啊！"

"书记，那我明天让办公室派辆车去接她回来，先送她去医院再拍个片检查一下，看后续还需要做什么理疗，或者需要针对性地做什么锻炼，局里也好根据她的身体恢复情况再分配她适当的工作。

您要来关心她也比较方便。"

"嗯，好吧，那我得谢谢你这位学兄！"

"这是我的分内事，不言谢哦。"

"等小梅回来，我再跟她好好谈谈，就说不能再拖了。这样好不好？我的学兄！"

"好！这样好！"

一晃到了当年春节。红星乡那条百米长的小街上，除了原有的米粉、线面、米粿、面条等传统副食品作坊，又增加了榜舍龟、鼠粬粿、香饼、麻糍等糕点食品作坊。山后村除了发动村民以地址已扩大麻竹种植之外，初步谈成引进优质脐橙种植。为此，村委会召开村民代表会议，把一片近千亩的荒山拿出来竞标承包三十年，限定种植多年生果树或者经济林，而且不能造成水土流失。在没人敢吃第一只螃蟹的情况下，村支书找县信用合作社借贷了两万元作为承包项目的押金，带头承包了其中的三百亩，拟开垦种植优质脐橙。前进村村委会准备将五十年代集体种植的水仙、本山和毛蟹等品种的茶场，以及六十年代开垦荒山所打造的两百多亩梯田，合并成一个承包经营项目，一次性对外公开挂牌发包，要求承包人必须具有十年以上种茶制茶经验、茶园必须改种本县其他乡村传统种植的佛手茶苗，承包期限三十年，免交前十年承包费，第二个十年，每年以交公粮的标准上交早稻谷五千公斤，第三个十年以交公粮标准上交早稻谷七千公斤。以此基数进行公开竞价发包。溪美村有位乡贤引荐了一位台商前来考察天坛山，拟投资开发樱花园为主景区，茶花、桃花、梨花、菊花为副景区，集观光、餐饮、住宿为一体的风景区，拟分两期投资五千万元人民币。首期计划投资不少于两千万元，工期不超过两年；第二期投资三千万元，工期不超过三年。承诺景区建成之后，对于被占用山地的村民，不分男女老少，允许免费进入景区游玩。由于天坛山的山地范围涉及几个村，背面还是临县的地界，需要由乡政府上报到县政府这一层面去协调才行。

闽南人过春节，通常要持续到吃元宵丸和元宵赏花灯为止。地处山区的红星乡，没有元宵赏灯的习俗，心里却有元宵节的观念。不过，这也是因人而异的：对于农作物的田间管理，就有"初三隔开，初四舀肥"的农谚，意思是春节过了三天，该给农作物施肥的时候，就得下地干活了，不能只顾着过春节而耽误了农时；外出做工的，则在初九那天敬过"天公"，吃过"天公生辰"面线鸡蛋之后才出远门；乡政府及各所站、小学、卫生院这些吃公粮、领工资的干部职工，就得执行国家规定的春节假期。于是，春节假期一过，红星乡党委、政府立即进入工作状态，忙起"农副业项目拓展与招商引资办厂情况交流会"准备工作，初定元宵节过后的第二天上午召开，由于部分人事变动而推迟了。谢书记奉调到县委宣传部担任部长，陈乡长接任红星乡党委书记。撤销地区行政公署，实行市管县之后的首任市委组织部长升任市委副书记，闽南县委书记接任市委组织部长，王向东副县长被直接提拔担任闽南县委书记。市委农办主任因病提前退休，由闽南县政府县长接任，市委农办一位副主任转任闽南县委副书记，提名县长人选。

王向东刚被任命为县委书记的第二天，就到市里参加市委全委（扩大）会议，研究召开全市农业农村工作会议的有关事项、关于促进乡镇企业健康稳步发展的若干措施，以及关于鼓励招商引资，发展外向型经济的若干意见。回到县里之后，王向东立即要求县委办准备召开本县全委（扩大）会议的相关材料，包括召开农业农村工作会议、起草贯彻落实市委、市政府《关于促进乡镇企业健康稳步发展的若干措施》《关于鼓励招商引资，发展外向型经济的若干意见》的实施办法。

两周后，红星公社陈书记召开农副业项目拓展与招商引资办厂情况交流会，传达市县两级党委、政府先后召开的农业农村工作会议精神、市委市政府《关于促进乡镇企业健康稳步发展的若干措施》和《关于鼓励招商引资，发展外向型经济的若干意见》，以及本乡贯彻落实这两份文件的实施办法，其中包括招商引资的考核、奖励办法。陈书记说："刚才传达的这几份文件非常重要，是我们今后一个时期促进乡镇企业健康稳步发展、鼓励招商引资和发展外向型经济的根本遵循，其中的招商引资的考核、奖励办法很明确，也很具体。简单地说，就是谁引进的企业，就奖励谁。今年，咱们全乡争取在原有基础上再引进二至三家'三来一补'企业落户，借鸡下蛋。这样的话，就能在农闲时段安排更多富余劳力，让那些不方便外出打工的农民就业。咱们要在前几任书记打下的工作基础之上，一方面眼观山外世界，进一步加大招商引资工作力度，另一方面立足本地资源，进一步促进乡镇企业健康稳步发展！"

在县委、乡政府及其相关部门的重视支持下，由红星乡政府牵头申报的天坛山跨县域开发风景区的筹建项目仅用两个月就办妥了用地、林业、水土保持、工商税务等相关部门的审批或登记手续。同时，前进村利用宗亲关系，从临县引进一家竹器漆艺加工厂也选好了办厂地址。乡政府专门成立招商引资工作小组，负责跟进这两个项目的推进工作，紧锣密鼓地推动项目落实。

日历翻到一九八八年。这年的国庆佳节前夕，天坛山风景区首期工程历时一年半竣工。红星乡利用国庆假期举办了盛况空前的庆典仪式。通往天坛山风景区的沙土路是新开建的，沙土路两侧密密麻麻插着红旗，中心小学百名高年段小学生戴着红领巾，穿戴整齐的白色衬衣和蓝色裤子，手持彩色花，在风景区入口处两侧列队欢迎。临时搭建的主席台上方，红色横幅布条上张贴着的黄纸黑体字写着："天坛山风景区首期工程竣工庆典仪式"。主席台前沿，一字摆放着十几盆姹紫嫣红的大丽菊，与不远处一大片五颜六色的波斯菊，遥相呼应，烘托着热烈地庆典氛围。省、市两级旅游局局长、县委宣传部长、天坛山风景区覆盖区域的相关乡镇领导，前进、溪美等村"两委"干部，以及附近的村民群众到场参加庆典。

红星乡党委陈书记主持庆典仪式，根据红星党委、乡政府制定的《关于招商引资兴办乡镇企业的考核奖励办法》，向招商开发"天坛山风景区"和引资兴办"竹器漆艺加工厂"的两位村民颁发了奖状和奖金。县委宣传部长谢部长代表县委、县政府对天坛山风景区首期工程竣工表示祝贺，并宣读了县委王书记亲笔书写的贺词，充分肯定红星乡党委、政府紧紧抓住改革开放的历史机遇，不等不靠，既立足本地，又放眼外界，两条腿走路，开启了乡村经济发展的新篇章，结束了山区只有手工作坊而无轻工企业的历史，与推行家庭联产承包制一样，都具有划时代的意义！希望红星乡党委、政府以此为新起点，再接再厉，探索走好农工贸融合、以工贸促农、农林果并举、多产业驱动的山区经济发展新路子！

省旅游局局长向天坛山风景区颁发了"县级风景区"牌匾，并且在致辞中说："根据一九八五年国务院发布的《风景名胜区管理暂行条例》和国家城乡建设环境保护部制定的《风景名胜区管理暂行条例实施办法》等规定，经县级以上人民政府审定命名、划定范围，并报省旅游局批准为县级风景区，这对于天坛山风景区周边乡村的经济发展将具有很大的推动作用。目前景区只是完成首期开发，到第二期建设完成之后，天坛山风景区将形成山樱花、桃花、梨花、菊花、茶花等多个花卉组团，不论春夏秋冬，景区都花团锦簇，姹紫嫣红。希望开发商把风景区的保护工作列为首要任务，建立健全植树绿化、封山育林、护林防火和防治病虫害等规章制度。还要保持好原有的自然风貌，切忌大搞'人工化'造景，也不可大规模改变地貌，做到合理开发建设与科学管理相结合，维护风景区自然环境和生态平衡。祝愿红星乡一二三产业协调发展、多业并举，造福人民！"

第十一章

# 终成眷属有情人

在天坛山风景区竣工后的首个除夕上午，王向东与王小梅选择这天在县水利局举办一场简朴又有意义的婚礼。两周前的一个周日，王向东特地前往居家养病的老局长家里请他当证婚人。老局长欣然应允。没想到，婚礼前一天，老局长让家属骑着自行车来找蔡局长，交给亲笔书写的证婚词，请蔡局长届时代他宣读证婚词和祝福语。

局里的会议室，作为婚礼场所，虽然空间不大，却布置得很有氛围。主席台上方的红色横幅布条书写着"王向东王小梅新婚典礼"，左右两侧对联分别写着："志同道合结连理"和"琴瑟和鸣奏乐章"。主席台下的桌椅，围成一个"同"字形，每张桌子上都摆着糖果、饼干和茶水。

新郎新娘各自穿戴着新衣裳。新郎携手新娘，居中站在主席台上，一个笑容满面，一个含羞微笑。蔡局长立于主席台的左前侧，拿着一张信笺，说："今天，是王向东和王小梅两位同志喜结连理的大喜日子，也是咱们水利局的一件大喜事。我接受老局长的临时委托，代他宣读证婚词。"

各位来宾、各位同仁：

今天，我们欢聚一堂，共同见证和庆贺王向东和王小梅喜结连理、珠联璧合。我受新郎新娘双方的委托，十分荣幸地担任他们的证婚人。

　　新郎、新娘相识、相知于红星公社（现在的红星乡），又先后就读于同一所大学的同一个系，在知识的浩瀚海洋里和共同的理想追求中相识相知，超过十个年头，特别是小梅分配来我局工作的六年里，我见证了她与向东从相知到相恋的过程，并且在这个美好的周末，欣喜地见证他们携手走进神圣的婚姻殿堂。为此，我谨表示热烈的祝贺！并请允许我引用三句古诗作为我对两位新人的寄语：

　　第一句是"执子之手，与子偕老"。这是一句古诗，出自《国风·邶风·击鼓》，意思是：让我握住你的手，同生共死上战场。原来指战士之间关系，现在多运用形容爱情的永恒。这里引用此诗句，就是希望你们婚后漫长日子里，永结同心、白头偕老。

　　第二句话是"相呴以湿，相濡以沫"。这是《庄子·大宗师》文中的句子，意思是泉水干了，两条鱼一同被搁浅在陆地上，互相呼气、互相吐沫润湿对方，彰显患难与共之情。于此引用上述句子，就是希望新郎新娘在人生旅程上，携手同行，共克时艰。

　　第三句话是"琴瑟和谐，鸾凤和鸣"。这是元代徐琰所著的《青楼十咏·言盟》里的诗句，意思是像琴瑟鸾凤一样成双成对。借此用来表达对于新郎新娘的良好祝愿：情笃意合，幸福美满。

　　"宣读完毕，"蔡局长说，"大家都知道的原因，老局长今天没能如愿亲临婚礼现场，但是，在证婚词的字里行间，深深地表达了老局长对新郎王向东和新娘王小梅今日终成眷属的美好祝福，以及对于新郎新娘的殷殷寄语。我想，这对于咱们局里已婚或者未婚的同志而言，也是一种勉励和期许，因此，希望同志们不要辜负老局长的殷切期望，勤勉尽职，再接再厉，在改革开放的际会风云里书写青春华章，记录人生的荣光！接下来，有请新郎新娘跟大家分享他们相知相恋历程中的最难忘瞬间。掌声响起来！"

　　在热烈的掌声当中，王向东和王小梅深情对视了一下，在各自的眼神里明白了如何回应新老局长和同事们的关爱与祝福。

"非常感谢老局长和蔡局长，以及所有参加我和小梅婚礼的同事们，由衷感恩大家的祝福！不胜感激大家的关照！"王向东携手王小梅弯腰鞠躬。然后说，"我在咱们局里待过一段时间，大家都知道我是严肃多于微笑，做事多于言辞。因此，蔡局长让我讲讲与小梅的爱情故事，我脑海里倏然闪过许多美好瞬间，可是嘴笨表达不出来，就让小梅给大家唱两首歌吧，一首是代我唱的，另一首是她为大家献唱的。好不好？"

"好，好！"在大家的一片欢呼声里，王小梅清清嗓子，说："是的，我内心非常清楚爱人向东这时候最想唱的歌曲，一定是《在希望的田野上》，以此献给他和我的第二故乡，歌唱这片充满希望的田野和家园，歌颂改革开放的新时代，歌颂咱们的新生活。"

唱完《在希望的田野上》，王小梅赢得一片喝彩和掌声，她抱拳表示谢意，说："接下来，我为大家学唱歌曲《甜蜜蜜》，这首歌的曲谱取自于印度尼西亚民谣，表达了情侣热恋时的浓情蜜意，当然也最适合表达我与爱人向东的真情实感。"

婚礼结束之后，蔡局长和同事们簇拥着新郎新娘走到水利局大院门口。新郎拉着新娘的手，再次给大家鞠躬致谢！在大家的祝福声中，新郎骑上自行车，载上新娘直奔汽车站，搭车前往鹭岛市，辗转到达轮渡，乘船前往王小梅心仪多年而未曾登临的琴岛，来到一座临海的宾馆下榻。在二楼面海的一间客房里放下行李，王向东反手关上房门。王小梅走到硕大的木窗前，推开双扇窗户。凉爽的海风扑面而来，徐徐吹拂着她的脸颊，撩起她的刘海。面向窗外如画的港湾，王小梅如痴如醉地观赏着。

王向东走到王小梅身后，张开双臂拥揽王小梅。

王小梅回转头，脉脉含情地注视着王向东投过来的炙热眼神，她的心犹如小鹿在跳跃，身体颤抖起来……

夜色降临的时候，王向东与王小梅携手走到宾馆附近的一家海鲜店用餐。色彩斑斓的贝壳类海鲜，大大小小、形态各异的鱼儿在水池里，或静躺着，或游弋着，等待着食客的挑选。它们能够苟活的时间，完全取决于食客的眼光、胃口以及店主人为它们所做的定价。

"小梅，想吃什么？你来点。"

王小梅浏览了一圈琳琅满目的海鲜，柔声说："我不想吃它们。"

"不然想吃什么？"

"我想吃……"王小梅抬起头来，深情注视着她的爱人，还没把调皮的话说出口，脸颊已经涨得通红，赶紧改口说："想吃粥。"

"那就点一条深海鱼，头尾做鱼粥，鱼身清蒸，再点一道青菜，好不好？"

"好，能吃饱就行。饭后去海边走走，我想听听浪头拍岸的声音，还有……"

"还有什么？"

"等会到了海边再跟你说。"

吃过晚餐，王小梅挽着王向东的臂膀，顺着石板铺就的蜿蜒小道，在皎洁的月光下来到海边，沿着环岛步行道漫步。她紧紧地依偎着他，隔着海湾，一起面向对岸鹭岛上鳞次栉比的楼宇，那五彩缤纷的霓虹灯犹如星光闪烁。

"在想什么？"看到王向东目不转睛地看着鹭岛上的璀璨灯火而若有所思的样子，王小梅禁不住问道。

"我在想，咱们的红星乡很快也能够灯火通明了。小孩夜读不用像他们的祖祖辈辈那样点油灯了，村民们将来还能用上家用电器，用电煮饭炒菜，烧水洗热水澡，不仅能够看露天电影，甚至能在家里看电视呢！"。

"会的，按照目前的施工进度，估计不超过半年，水库和电站都将竣工，您多年的期望就要实现了！"

"也有你的贡献在里面。"

"比起你所付出的心血，我根本不值得一提。"

"咱们母校的教授带学生来考察水利资源之后，你一直关注着红星乡和咱们县水利资源开发利用的调研情况。毕业分配到咱们县水利局工作，一启动水库和电站项目，你就和科长进驻项目指挥部，吃的苦，流的汗，可能比当知青时更多。受伤治疗出院，局里批准你在家休息，你却记挂着工程项目的扫尾工作，提前回来上班。所有这些，不值得一提吗？"

王小梅痴情地看着她的爱人，娇嗔地说："上午是谁在婚礼上说自己不善言辞的？"

"有错吗？"

"你说不善言辞，大家都觉得你是自谦，不好意思谈自己的心事。"

"不能说大家的看法有错，只是对于'不善言辞'的理解不同而已。你看我平常工作的时候，是做事情多呢，还是说话多呢？"

"当然是做事多呀！"

"这就对了嘛，相对于工作而言，不就是不善言辞吗？"

"这样说也没错，反正我说不过你。"

"那你就唱歌吧，我肯定唱不过你。"

"向东，今晚，不要说为你唱歌，无论你让我做什么，我都依你，"王小梅柔声细语，"我会把自己的一切毫无保留地交给你，向你敞开心扉……"

"之前隐瞒什么了？"

"用词不当！不是'隐瞒'，而是'珍藏'！"

"怎么说？"

"就是将珍藏多年的，"王小梅想接着说"姑娘家最私密的礼物献给你"，话到嘴边，赶紧改口为，"第一次对你心动的记忆告诉你。"

"我猜一下，不，还是你自己说吧。"

"那是在知青点的时候，你和我们这些从闽南各地来的知青同吃、同住、同劳动，没有一点公社领导干部的架子，而像大哥哥一样。有一次集体组织政治学习之后，你把我叫住，让我发挥音乐才能，教大家唱革命歌曲，活跃知青点氛围，而且，你还亲自参加唱歌活动，带头学唱，尽管腔调不好听，那时，我已悄悄喜欢上了你。只是……"

"只是什么，欲言又止的，刚才还说毫无保留呢！"

"就是在知青点期间，听说你暗恋着那位金小娘嘛。前几年我分配到咱们水利局之后，老局长特意给我讲了你的身世，后来又在参与水库重建项目期间，无意中听到前进村的村长说起金小娘生前为集体、为群众做的一些实事和她的不幸婚姻，让我对她有大姐一样的亲切感，增添了同情与敬佩！"

"是吗？"王向东此时听到王小梅这番心里话，让他倏然发现眼前这位高挑清秀、楚楚动人的新娘子由外及里的美丽，不禁把她拥揽入怀，轻柔地吻着她的额头、眉眼、双颊……

将满未满的玉盘悬挂在夜空中，清辉与夜灯相互交融，给这个难忘的夜晚增添了斑斓的色调。

良久，王小梅轻轻推开她的爱人，说："有个问题一直想问你。"

"随你问，"王向东定睛注视着王小梅，说，"知无不言。"

"你还会想念她吗？"王小梅的眼神里藏着疑惑，说，"好多次，一起听过南音之后，你送我回局里的路上，还有你约我到公园散步的时候，我都开不了口。"

"要问谁呢？"

"就是我刚才提到的金小娘啊！"

"有时候，"王向东停顿了半拍，若有所思地说，"偶尔吧。"

"嗯，她是个好人，"王小梅说，"有时候我也会想起她。你和金小娘很般配。"

"谢谢你的理解。"

"你现在还会想她吗？"

"会啊。人生旅途总会遇到一些至爱亲朋，留在脑海深处，是难以磨灭的。"

"你说得对！人非草木，孰能无情？有缘成为亲人、朋友、同学或者同事，都应当珍惜，"王小梅柔情地环抱着王向东的脖子，说，"实际上，当时我对于你和金小娘，不只同情和惋惜，还有……"

"还有什么？"

"还有就是，"王小梅低下头，说，"当时在想，知青点里有好几位女生，都漂漂亮亮的。既然你和她都不可能走到一起了，为什么不转过头来看看我们呢？"

"你们当时都还小嘛，而且都是城里来的学生。"

"其实，只要有爱意，其余都是次要的，包括年龄、身高、体重、文化、肤色等。当然，每个人的具体标准不一样，但是对于爱的梦想与追求应该是一样的。何况当时你在我的心目中，除了公社领导的身份之外，更多的是一位有抱负有担当有能力的大哥哥呢。"

"当时在我的眼里，你们都是小妹妹。"

"实际上，那时候，我们也不小了，只有陈臻楚年纪小一些，其他几位女生都十七八岁了嘛。"

"是吗？"王向东左手掌轻轻抬起王小梅的下巴，含笑问道，"假如当时我对你表达爱意，你不觉得冒昧和唐突吗？"

"不会啊，"王小梅深情地看着王向东，说，"那时候，我曾经傻想过你能对我好一些呢！"

"那时候对你不好吗？"

"好啊，对谁都好啊，无差别的好！"

"不然呢？"

"就要像对待金小娘那样嘛！"

"那样是怎样？"

"我怎么知道你们怎样呢？"

"没怎么样啊，或许不是你想象的那样。"

"我想象的是哪样？"

"我怎么知道你想象的是哪样呢？"

"咱们好像在玩绕口令似的，呵呵。"

"虽然像是绕口令，但是你的意思我多少知道一点。"

"知道多少？"

"你说出来的都知道，没说的就不知道了。呵呵。"

"又要绕口令了吗？"王小梅环抱着王向东脖子的双手把他的脖子往她面前拉近一些，说，"我可不想浪费这美好的时光，干脆跟你坦白吧，当时我就期待你能对我更好一些，不同于你对其他人的那种。"

"人的认识与情感，是会随着岁月而改变的。时过境迁，物是人非，这些都是世间常态。感情不移，爱意不变，难能可贵，我得感谢你！"

"该是我感谢你才对。"

"感谢我什么？"

"感谢你把这份爱留给了我。"

"真是这样想的吗？"

"不然呢？"

"那你拿什么感谢我呢？"王向东深情地看着她那脉脉含情的双眼。

"刚才不是跟你说了吗？我要把我的一切都交给你，托付我的终身。而此时此刻，我想借助岸边的浪涛声，学唱一首很抒情的闽南语歌曲给你听，以此表达我的心情。"

"哪首歌？"

　　"歌曲名是《望春风》，创作于三十年代，反映海峡对面的女同胞遭受封建礼教束缚，憧憬和期待爱情的心声。前些年从港澳地区流转进来这首歌曲的磁带，一下子就传唱起来。我是上大三那年在校园里学唱的。当时就在想，若是在知青点的时候有这首歌的磁带就好了。"

　　"为什么？"

　　"那就可以学唱给你听嘛！"王小梅含羞微笑地说，"你那么聪明，听到那歌词，准能猜到我的心思。"

　　"现在唱也不晚啊，我还省得猜呢，"王向东转头环顾左右，说，"附近游客很多，声音不要太大，以免打扰到别人。"

　　"嗯，知道了。"王小梅略微昂起头，面向海湾对岸，用不太地道的闽南语腔调，轻声唱了起来：

　　　孤夜无伴守灯下，
　　　清风对面吹。
　　　十七八岁未出嫁，
　　　想到少年家。
　　　果然标致面肉白，
　　　谁家人子弟。
　　　想要问伊惊歹势，
　　　心内弹琵琶。
　　　谁说女人心难猜，
　　　欠个人来爱。
　　　花开当摘直须摘，
　　　青春最可爱。
　　　自己买花自己戴，
　　　爱恨多自在。

只为人生不重来，
何不放开怀。
谁说女人心难猜，
欠个人来爱。
花开当摘直须摘，
青春最可爱。

王小梅饱含情意的低声清唱，和着浪头拍岸的哗哗声响，连同岛上传来的悠扬琴声，油然激荡着王向东的心田……

王向东与王小梅喜结连理的第二年夏天，已在部队医科大学毕业后留校担任助教的高祥，于此前四年里，由于受命带领毕业班学员前往云南边境的部队医院实习，支援部队医院做好保障老山作战任务，因此一再推迟婚期，直至"两山"轮战结束之后，他才向所在军校提出拟于当年暑假结婚的申请报告，获准之后，他立即到校外邮政局先给陈臻楚和李勤家分别拍了电报。

给陈臻楚的电报上写："婚假获批，你何时可启程。为节省时间，可否约定好在榕城火车站汇合再往皖南？盼复。"

给李勤家的电报上写："婚假获批，近期启程，抵家时间另告。请即禀告娘，仍按前年家信商定仪式酌作准备。"

三小时后，高祥先后收到陈臻楚和李勤家的回电。

陈臻楚的回电上写："久盼终于成真，即日即可启程。榕城汇合甚妥。请告知具体出发时间。"

李勤家的回电上写："来电收悉。妹将协助娘做好筹备事务，期待你们到来，共同办好婚礼。"

高祥接着给小李家乡所在地的乡人武部长打了长途电话，告知近期准备到小李家举办一场简朴婚礼，已经得到小李家赞同，并且商量好婚礼不办喜宴与新娘回亲仪式，余则遵循当地习俗等情况，希望得到乡政府的支持，并盛情邀请人武部长届时主持婚礼。得到乡人武部长的热情回应，并称即向乡党委书记与乡长汇报，还会前往小李家协助筹办这场意义不凡的婚礼。

三天后，陈臻楚按照高祥第二封电报所约定的启程时间，搭乘长途汽车前往榕城火车站。由于从军校所在的蓉城前往榕城的路途较远，途中还需要换乘，因此，高祥打了个提前量，比约定汇合时间早了近六个小时到达榕城火车站，排队买好前往皖南的硬座车票之后，就在候车室里等候着陈臻楚的到来。然后，他们就在火车站外一家小餐馆要了两碗热汤面。餐馆服务员把热面汤端在油腻的小餐桌上。隔着碗里升腾起来的热气，陈臻楚和高祥相视而笑，或许此时他俩都回忆起多年前在云南边境小城吃着过桥米线的情形，或许他俩都在为着这个迟来的婚礼而发自内心的欣喜。但是，他俩只是微笑着，谁都没有开口说出什么来。

吃过热汤面，他俩回到候车室，排了个把小时的队，才在前拥后挤当中上了火车，在列车上度过午后时光和一整个夜晚，凌晨才到达皖南车站，在候车室等到天亮了，才转乘汽车前往小李家乡的乡政府，找到事先通过电话联系过的乡人武部长。乡人武部长热情地接待了高祥和陈臻楚，招待他俩在乡政府食堂吃了午餐，然后派了公车。一路陪同他俩到小李家。

第二天上午九时许，乡人武部部长、乡政府驻村干部和村"两委"成员，以及小李家的亲戚朋友百余人陆续来到小李家。家门上贴着大红双喜字，门户两侧贴着乡政府赠送的一副对联，左联是"百年合好结连理"，右联是"千里姻缘一线牵"，横批是"琴瑟和鸣"。乡人武部部长应邀主持婚礼。按照当地农村习俗，新郎、新娘在堂屋内进行拜堂仪式。高祥穿着崭新的绿色军装，与红色旗袍裹身的陈臻楚一起向小李娘行磕拜礼。小李娘满脸笑意，眼含泪花受礼。

新郎和新娘向出席婚礼的乡人武部部长等嘉宾和乡邻亲友分发喜烟、喜糖。应一群年轻人的热烈邀请，新郎以其粗犷的歌声，清唱电影插曲《驼铃》，藉此抒发真挚的战友情和兄弟情。新娘则以当年流行的歌曲《牵手》，唱出"牵手而行、共度岁月"的心声，歌声绕梁，意味深长。

高祥与陈臻楚在小李家布置得喜气洋洋的在婚房中度过甜蜜而又静谧的新婚头三天。离开小李家的前一天晚上，高祥和陈臻楚再次向小李娘和勤家妹妹表达谢意，感谢她们费心操办了这场婚礼。同时，高祥跟她们提出介绍陈臻善给秦家妹妹认识的想法，提议双方先书信联系，相互了解一段时间之后，再确定是否继续交往。如果彼此中意而成家，那么就是亲上加亲了，是一件很美好的事情。

陈臻楚把她哥的近照拿给小李娘看，简要介绍了她哥的情况，说他哥跟高祥是同年入伍的，也在部队提了干。因为妈妈身体不好而于前年申请转业回到地方，分配在区文化馆工作。

小李娘把照片递给女儿，说："跟你高祥哥一样俊朗，还是你嫂子的亲哥，就像你高祥哥说的，可亲上加亲呢。"

李勤家接过照片一看，脸颊倏然泛起红晕，把照片回递给她娘，说："娘说好就好。"

小李娘接过陈臻善的照片，问陈臻楚："你娘现在身体好了吗？"

"我哥转业回来不到半年，我妈就去世了。如果咱妹对我哥中意的话，我和高祥再动员我哥入赘到咱家来，婚后再申请调动到这里工作。"

"那好啊，"小李娘对女儿说，"这些娘不懂，你跟高祥哥，还有你嫂子合计一下。"

"娘，还没互相认识呢，现在说这些，要让我羞死吗？"

"高祥哥和你嫂子又不是外人，你也毕业分配工作了，女大当婚，有啥好羞呢？"

"不是还没联系吗？说不准人家看不上咱呢！"

"咱妹既年轻又漂亮还能干，能娶到咱妹，那是我哥的福分呢！"

"那你哥知道你们的想法吗？"小李娘拉起陈臻楚的手问道。

"我来之前，高祥在给我的来信当中，夹带一封给我哥的信，里面有跟他谈到介绍咱妹给他认识的想法。他问我咱妹的年龄，我大致说了个岁数，他说双方年龄相差比较大，担心跟咱妹不愿意。"

"你哥多大了。"

"比高祥大两岁。"

"也就差个十来岁，不算太大嘛。再说，男人大一些，更加成熟稳重，而且还是部队里培养出来的干部呢！"

"娘，我和臻楚是这么考虑的：就是说，如果臻楚她哥能与咱妹对上眼，将来既可以让他入赘到咱家里来，您也可以和咱妹到臻楚她哥现在工作的城市里居住。那是一座有着悠久历史文化底蕴的古城，又是处处焕发改革开放勃勃生机的新城。"

"只要他俩有缘分，在哪工作更好就去哪里，到时候由他们拿主意。"

"娘，您很开明！"

"本来嘛，哪个长辈不都是这样想的啊！"

"有您这句话，我就心中有数了。我和臻楚明天启程回我家乡，到我大姨家，买些喜糖分给堂亲们，然后到臻楚娘家小住一两天，再跟她哥好好谈谈。"

高祥带着陈臻楚乘火车、搭汽车，辗转两天，才回到家乡，直奔大姨家里。大姨十天前接到外甥来信之后，就天天盼着外甥带新婚妻子回来。当高祥带着陈臻楚来到她家门口时，正好遇见大姨走出户门张望。

"大姨。"阿翔紧走两步来到大姨面前。

"阿翔，让大姨看看，好像更壮了！这是新娘子吗？好水灵啊！"

大姨一手拉着外甥，一手拉着外甥媳，走进户门，边走边喊着，"外甥来了，外甥和外甥媳来了！"

高祥的大姨丈正在诊室里看书，听到妻子大声叫喊，赶紧放下书本走到厨房来。

高祥紧走两步迎上去，双手握着大姨丈的手问候："您都好吗？"

"还好，就是腿脚不大好使，心力有些不济，老了啊！"

"这位就是我在信里跟您说的臻楚。"

"大姨丈好，"陈臻楚站在高祥侧身后，微笑着对大姨丈说："经常听高祥提起您，没有当年您教他学医，就没有他的今天。"

"阿翔自己努力的，我只是带他入门而已。"

高祥的大姨把行李拿到小兰房间，返回厨房的时候，见外甥和外甥媳站着，赶紧招呼他们坐下来，说："我去煮红菰面线给你们吃。"

"阿兰和我表妹还没放假吗？"高祥问大姨。

"十几天前，你表妹就来信说暑假要先去参加社会实践半个月才回来。小兰是前几天才来信说她目前在医院实习还没结束，没放暑假。她知道你要回来吗？"

"最近我没有写信给她。"

"那我赶紧拍电报给她，看她能不能请假回来。"

"我只有十天婚假，路途上占去大半时间。因此，明天早上我们就得搭早班客车走，到臻楚娘家住一天，然后得赶回学校带学员外出实习。"

"我也很想念小兰，好多年没见过她了，应该长成大喳某了吧！"陈臻楚对大姨说。

"嗯，差不多有你这么高了，只是瘦了些。"大姨比画着说。

"那你这次也没空去乡政府和村里走走了？大队长现在叫村长，公社主任叫乡长。以前那位王副主任，读完大学又回来当公社书记，有一次来到咱们家门口，临时有事又折返公社，现在县里当领导了。"

大姨说。

"上次回来探亲的时候，就是谢书记接待我的。那位王书记，那时候就去县里了。"

"嗯，说不清是时间过得快，还是干部调动得快。以前的公社干部很长时间都没换，现在来几年就走了。听村长说，谢书记去年年底也高升到县里了，管宣传工作的。王书记现在是县委书记，昨天有线广播里还播了他在全县农村工作会议上讲话呢。"大姨丈说。

"那现在谁在乡里当书记呢？"高祥又问。

"就是之前那位陈秘书，接任书记了。"大姨丈答。

"你大姨丈知道得比我多，虽然现在腿脚不好，很少出门走动，但是有人来找他号脉问药，就会闲聊一些乡村里的事情。现在有了电，小学操场差不多每个月放一次电影。村长就利用电影放映前的一小段时间，讲一讲乡政府最新布置的工作和农田管理知识。还有，每天早中晚的有线广播，播放全国各地新闻。感觉咱们这山旮旯不再闭塞了。"大姨微笑着说。

"大姨，我觉得您也知道很多啊！"陈臻楚不禁夸起大姨来。

"经常听，就能知道很多外面的事情。新社会就是好，特别是改革开放这几年，变化更大。以前你婆婆参加修建的那座水库，也修好了，还能发电。你大姨丈说，等今年底乡政府在天坛山上安装好转播台，他就托人去县城买一台彩色电影机回来，家里随时都能看电影。"大姨说。

"谁跟你说是电影机了？是电视机。赶紧去做面线汤吧。"大姨丈说。

"好，你们跟大姨丈聊，我去做吃的。"大姨对外甥和外甥媳说。

"大姨，我来给您当帮手。"陈臻楚边说边跟着大姨走到灶间。

"灶间柴火烟熏，会弄脏衣服，还会呛到的。"

"大姨，已经通了电，怎么不买电饭锅和电炒锅来用？就不会被柴火烟熏了。"

"现在两个喳某仔都到外地上学了，家里就我和你大姨丈，也没养猪了，平时买一次柴火，能用上好几个月。你大姨丈说过要买这些电锅，后来听说明年要启动农村电气化工程，政府有补贴，就打算到那时候再买。"

大姨一会儿就做好了两大碗红菰面线汤，里面加了瘦肉羹、煎蛋、金针菜和葱末，热气腾腾，香气扑鼻。

"来，趁热吃。"大姨招呼着。

"这么大碗啊，匀些您和大姨丈一起吃吧。"陈臻楚说。

"我们中午做咸饭吃的，现在不饿，一会儿做晚餐再吃。"大姨说。

高祥吃完面线汤，从上衣口袋里掏出一小叠二十元的崭新人民币，对大姨说："我买了几包喜糖在行李袋里，等会拿出来给您，明天您再上街帮我再买些香饼和麻醪，分发我家左邻右舍那十几户堂亲、乡政府和村里的领导，以及中心小学那位老校长，代我感谢他们对我的关心！这两百元您先收下，估计是不够的，您先垫付，然后写信告诉我。我再邮汇给您。"

"放心吧，这些事情大姨来做，不用拿钱给我，你回部队路上还要花销，跟大姨不要见外。"

"不是见外，这是应该我付的喜糖钱。"高祥边说边把钱放到大姨手里。

"两位妹妹也得寄喜糖给她们吃。"陈臻楚对高祥说。

"对，过几天咱们回到军校，再寄给她们，"高祥对大姨丈说，"我有阿兰学校的地址，没有表妹的，您抄个地址给我，还有王书记和谢书记的通信地址能不能问村长要一下？过后您再写信告诉我。"

"村长不一定有王书记和谢书记的通信地址，我忽然想起一个人，她一定知道的。"陈臻楚对高祥说。

"谁？"

"王小梅，女知青当中唱歌特别好听的那位，有印象吗？"

"有印象，就是你叫她小梅姐那位吧。"

"是的。"

"那她怎么就知道王书记和谢书记的通信地址呢？"

"我听我哥说过，恢复高考这年年底，小梅姐考上与王书记同一所大学的同一个系，毕业后主动申请分配到咱们县水利部门工作，半年前结婚了，你猜猜，她嫁给了谁？"

"猜不到，你说吧。"

"就是这位王书记，王向东！"

"是吗？那找到她不就等于找到王书记了吗？可是，怎么联系到她呢？"

"我哥有她的地址啊，她和我哥不时有联系的。"

"那位谢书记呢？"

"小梅姐在县水利部门工作，可以请她帮忙问一下，这要比问村长更直接，也更清楚。大姨丈，您说吗？"

大姨丈说："有道理。这位王书记是好人，也是一位心里记挂着咱农民的好领导。咱这山区能建成一座水库，还通上电，多半是他推动的。"

"嗨，可惜三妹没那个福气……"大姨不禁伤感起来。

高祥明白大姨为什么感伤。他说："感谢大姨和大姨丈对我和小兰这么多年来的关爱和照顾！当年如果不是大姨丈耐心教我学习中医药的基本知识，就没有我的今天。阿嬷和阿母不在人世，大姨和大姨丈就是我和臻楚、小兰最亲的亲人！因此，尽管婚假时间很短，我都必须带着新娘回来向大姨和大姨丈请安，同时请求大姨和大姨丈原谅我没有把这次到战友家里举办婚礼的决定事先写信禀告！人生经历过生离死别，才能真切体会到亲情的可贵；军人经过战争的洗礼，才会深刻感受到战友情的凝重。亲情，是血缘和姻缘形成的情分；战友情，是在军营和战场凝结的情感，在我的心里，两样情感都占据着重要的位置！"

大姨丈说："你这番话，让我觉得站在我面前的，不仅是魁梧英俊的军人，而且是心智成熟的男子汉！你刚才说去战友家认亲和举办婚礼，我认为做得很对！如果事先你写信跟我和你大姨讲，我们肯定是举双手赞成的，还会给你发贺喜的书信和菲薄的贺礼。"

"是啊，是啊，"大姨接过话头，说，"不管在哪里举办婚礼，看到你成婚，带着这么水灵和乖巧的新娘回来，我和大姨丈都很欣慰！你阿嬷和阿母在天有灵，也会庇佑你们幸福的！"

第二天一大早，高祥和陈臻楚离开大姨家，搭上前往县城的早班客车，再换乘长途客车到臻楚娘家所在地汽车站，然后坐上人力三轮车到达宿舍区时已是下午两点多。陈臻善作为娘家大舅哥，与高祥同年入伍，多年来一直保持着密切的联系。由于部队分处不同省份，因此多年来从未见过面。此时得以相聚，两双大手紧紧握着，把臻楚晾在了一边。

陈臻楚放好了行李回到小客厅，见他俩还紧握着双手说个不停，就对她哥说："他现在是你妹夫了，第一次到咱家来，你这个大舅哥准备了什么好料招待他？我们还没吃午餐呢。"

"这么迟了，还没吃午餐？"

"在县城中转搭车顾不上吃嘛。算了，你们继续聊吧，我去做两碗面条。晚餐你再亲自下厨吧。"

"好，咱们晚上到街上找一家海鲜茶馆，带上我从部队驻地买回来的特曲，咱们好好庆祝一下。"

在刺桐城海边一栋海鲜茶馆二楼包间里，陈臻善做东，点了三道海鲜和一道青菜，海鲜卤面当主食，餐馆免费提供了糖醋花生米、酱醋黄瓜和小银鱼等几样佐餐小菜。陈臻善打开自带的特曲白酒，给妹夫、妹妹和自己各斟满一小杯，等三道菜一上来，就开始频频敬酒，祝贺新婚、故交重逢、战友久别，敬辞多样，而且还得每样三杯，大有一醉方休的阵势。

见高祥有些招架不住，陈臻楚开始挡酒，她说："哥，你妹夫没你的酒量好，他可是第一次到咱家里，你是要让他醉成泥，好让我整夜替他醒酒吗？"

"他属于遇酒脸红那一类，具有欺骗性，"陈臻善故意不理妹妹的劝止，带着酒气说，"这么多年不见，我们高兴多喝几杯，你不要拦着。我知道你心疼他，可是谁心疼我呢？妈妈走了，妹妹出嫁，我成了孤家寡人。好，不说了，喝酒，干杯，我先干为敬，这杯是敬什么名目了？我都迷糊了！"

"迷糊就不喝了。"陈臻楚一边把已经开的第二瓶白酒从他哥面前拿走，一边劝说她哥。

"不行，敬酒都要喝干，一滴不留；酒瓶打开了就要喝完，一杯不剩。"

"没事的，"高祥给臻楚使了个眼色，又在桌子底下轻踩一下她的鞋掌，说，"咱哥高兴，就让他多喝几杯吧。"

"还是高祥，不，是妹夫，理解我，"陈臻善端起酒杯，对高祥说，"你是学医的，即使喝醉了，麻了，也有办法醒酒，是不是？是，还是不是？"

"醒酒没问题，但是每一次醉酒，对身体都有伤害。因此，喝酒得根据身体状况，不要攀比、不要逞强，不要贪杯。"

"哥，高祥说得对，你就听他的吧。而且，咱们一起说说话不好吗？何必喝得醉醺醺呢？！"

"话在酒中，苦在酒中，乐在酒中，"陈臻善对妹妹说，"你不懂，不懂得男人为什么要喝酒，我来告诉你：喜事庆贺要喝，伤感解愁要喝，干活解乏要喝，远足钱行要喝，战前誓师要喝，凯旋庆功要喝。"

"是的，说得很对！但是，再对的话，也不必一次讲完；再好的酒，也不必一醉方休。我这样说，对不对呢？"高祥涨红着脸，右手端着酒杯，左手竖起拇指对陈臻善说。

"你说的，也对，"陈臻善有点短舌根地说，"也不对，咱们这杯酒还没喝下去，喝下去，才对！"

"好吧，咱哥俩都把各自杯里的酒干了，"高祥转过头看着妻子面前的那瓶已经打开的白酒，对她使了个眼色，说，"你叫服务员把这些菜端去热一下，送一壶热茶过来。"

陈臻楚明白高祥的用意，起身顺手拿起那瓶酒走出包厢。

看见陈臻楚拿着那瓶白酒走出去，陈臻善起身想制止，被高祥一句话给挡回来："臻善，你刚才一直在敬酒，都不给我回敬的机会，现在这杯酒，我把所有应该感谢你的话，都融入这杯酒里了，这次我先干为敬哦！"

见高祥一饮而尽，陈臻善说："你要是以感谢我的理由来敬我，那我这杯酒不能喝。"

"为什么？"

"该感谢的是我，不是你，所以不能喝，"未等高祥申辩，陈臻善继续说，"想当年，我和妹妹上山下乡的时候，最初就住你家里。你阿嬷和阿母很照顾我们，到了知青点，你阿嬷煮好吃的让你阿母带上山，都分给我和妹妹吃，记得有一次我妹周身过敏，你连夜和我一起下山找你大姨丈取特效药回来给我妹治疗。你说，我要不要感谢？到了部队里，你经常写信关心我，鼓励我，而且连同我妹一起关心和鼓励，才有我和我妹取得的进步。这些要不要感谢你？今后，我妹还要你关心一辈子，而且，还得连同我继续关心和鼓励，要不要感谢？"

"是啊，先不说要不要感谢，你说的这些，倒是勾起我对一些往事的回忆。时间过得太快了，快得让咱们觉得就像发生在昨天一样。你和臻楚对我的关心与勉励，同样印记在我的脑海里。可以说，没有你和臻楚对我的关心与勉励，就不可能有我的今天，你说，我要不要感谢你？"

就在两位战友互相理论究竟感谢谁的时候，陈臻楚跟在端菜的服务员身后走进包厢，手提着一大杯温开水，见她哥杯里的酒还没喝完，就说："哥，你晚上已经尽了东道主的诚意，也第一次在妹妹眼里显示了你的好酒量，而且酒后句句在理，没说半句酒话，把从事多年宣传工作的语言功夫都很好地展现出来了，咱兄妹把这杯酒干了，一会儿赶紧吃点面食，能够更好地解酒。来，干了！"

陈臻楚先干了，倒扣酒杯在桌子上，陈臻善端起酒杯也要干掉，被高祥伸手挡住，说："来，给我，我替你喝。"

"不用你替，这是我妹敬我的，我得自己喝。"说完，陈臻善一口喝完，也把酒杯倒扣在桌上。

"好，酒杯我都收了，咱们打卤面吃，"陈臻楚给她哥边盛卤面，边说："趁热吃了，吃完了再说话。"

陈臻楚吃了小半碗，先下楼结账，然后让服务员帮忙叫两辆人力三轮车来，交代必须车顶上是加布篷的，以免酒后吹到海风而着凉。

尽管乘坐着的是加了布篷的人力三轮车，但是依然挡不住海风的吹拂。回到家里的时候，陈臻善的酒意基本被海风吹退了。

陈臻楚给他哥、高祥和自己各倒了一杯温开水，对她哥说："咱妈走了，你就是一家之主。我虽然暂时还住在家里，但毕竟是嫁出去了。咱们家里需要一位女主人来帮你打理生活。或者说，男大当婚，你也老大不小了，生活里需要有个人来陪伴你，心灵才不会孤独。今晚你喝酒时的状态，你说的话，我隐约能够听出你内心的孤独感。我是你妹，你承认也好，不承认也罢，我都说出来。高祥现在已经不仅是你的战友，更是你的妹夫，你的亲人。我们这次特意去他那位牺牲的战友家里举行婚礼，你非常理解和支持。这不仅仅是为了兑现他要把战友家当作自己家的承诺，更是为了让战友的妈妈真正感受到亲生儿子好像还在眼前一样，让战友的妈妈、妹妹和你一样，能够感受和分享至亲的幸福氛围。"

"是的，可是……"

"可是什么？"

"我没高祥那么幸运，能够遇上像我妹这么优秀的女孩。"

"缘分不是天上掉下来的，"陈臻楚不无感慨地说，"不能被动地等待，而要主动去寻觅，去发现，去追求。"

"你现在区里的文化馆从事群众文艺工作，是大有可为的。听臻楚说过，咱们这座城市历史悠久，人文荟萃，还是海上丝绸之路的一个重要起点，明天不是要带我去参观清真寺、承天寺、开元寺吗？对于这些历史文化古迹，一天时间只能有个印象而已。而你不仅有工作的便利条件，也有比较充裕的时间来学习、研究和宣传这些宝贵的历史文化，利用你熟悉的美术绘画和摄影摄像技能，制作一些图文并茂的宣传资料，让更多的人了解这座城市，热爱这座城市。这次我和臻楚跟小李娘和他妹道别的时候，已经向她们发出了邀请，让她们找个时间来我们这里做客，到时候你来当东道主，好好展示一下你的才艺哦！"高祥说。

"小李家有位比我年轻漂亮的妹妹，去年在当地医学专科毕业后，分配在她家乡的卫生院当护士，很文静，很乖巧，还有一个很贴切的名字，叫勤家。高祥在跟她和她娘介绍咱家的情况时，特别介绍了你的情况，我发现勤家妹妹听得很专注，脸颊也红了。若是你们能够对上眼，那就是天作之合呢，是不是啊，高祥！"

"是的，是这样。"高祥附和道。

陈臻善若有所悟地点点头，然后抱拳对高祥说："那我得先感谢你和妹妹了。"

三天后，高祥带着新婚妻子辗转回到军校。当晚，高祥写信给就读于家乡省会城市医科大学中医专业二年级的妹妹小兰，告知他的婚讯，以及婚假期间回家乡的情况。陈臻善则写信给曾经同宿舍的周班长，感谢她关于爱情、婚姻与家庭的切身体会给予她的启迪，促使她勇敢追求自己的爱情，才有今天的幸福。

次日上午，高祥夫妇先到学校大门外不远处的邮政局，分别给小兰和周班长各汇寄二十元的喜糖喜饼钱，然后搭乘公交车到本市区的锦里古街、武侯祠、杜甫草堂等处游玩，最后去春熙路等美食街巷品尝红糖糍粑、担担面、冒菜火锅等美食。

在军校待了两个夜晚，陈臻楚依依不舍地吻别高祥，独自搭乘火车回家。高祥从火车站回到军校教师宿舍，看到书桌的台灯下压着一张折叠的信笺，展开之后，跃进他眼帘的是陈臻楚那秀丽的字迹：

亲爱的，我的高祥哥，我的爱人：

在咱们中国传统文化中，"洞房花烛夜"乃人生三大幸事之首，而且，与我的爱人一起到为国捐躯的战友家里举办婚礼，感觉特别有意义。接着，你又带我回到家乡大姨家，让我认识你至亲的人，然后陪同我回娘家，与我哥推心置腹交谈，勉励他发挥专长，更好地完成转业的华丽转身，并且帮他谋划婚姻。这一切，让我更加了解我爱人的心胸和情怀，也让我更深地爱着我的高祥哥！我多么想，多么想在这蜜月里，在你温暖怀抱里多待些日子。但是，我明白，你不只是我的爱人，你也是一名军人，那是属于国家的。军校有任务等着你去完成，我不能拖你后腿，就像此前两次推迟婚期一样，我完全理解和支持你！请你放心去工作，我等待着与你的重逢。不必问郎归期，郎就在我心里。谨此改写柳永《雨霖铃·寒蝉凄切》下阕词句，以寄情愁："情深自古伤离别，更那堪，燕尔新婚节！今晨爱人吻别，月台边，晓风残月。此去半年，将是千山万水阻隔。

便纵有百般思念，皆付笔端说！

你的楚妹

于凌晨三时

第十二章

# 一诺千金战友情

　　在高祥和陈臻楚持续推动下，经过两年多的书信联系，陈臻善与李勤家喜结连理，并且听从高祥和陈臻楚的建议，同样选择在小李家举办婚礼。婚后，陈臻善与李勤家综合比较两地情况，李勤家申请并获准调到陈臻善所在城市的一所街道卫生院当护士，并将她娘接过来一起生活。

　　陈臻楚临产前，在学校附近租了两间平房和一小间厨房。产下一男婴之后，雇请保姆帮忙做家务。小李娘过来帮陈臻楚坐月子。陈臻楚的孩子一周岁时，高祥获准转业，分配到市区一家公立医院外科工作，正赶上单位集资建房，把转业安置费加上历年积蓄，交了集资建房款。两年后，集资建房竣工，分得八十多平方米的套房，有两大一小房间和一厅一厨一卫。简单装修之后，高祥夫妇住进新家，把小李娘接过来居住。

　　小兰从省城的医科大学毕业后，高祥希望她分配在与他同一家医院工作，然后把大姨和大姨丈从老家接来城里居住，为此专程回家乡征求大姨和大姨丈的意见。大姨和大姨丈赞成高祥争取把小兰分配市区医院工作的想法，但是婉拒了外甥接他们去城里居住的好意。为了便于照顾年迈的大姨和大姨丈，回报大姨和大姨丈的照顾之恩，同时协助大姨丈整理祖传的中医诊疗病例和中草药方剂，小兰申请并获准分配到红星乡卫生院工作。

转眼就到了二十世纪最后一个年份。这年的暑假期间，高祥跟陈臻楚说，咱们和你哥嫂的工作都稳定下来了，日子也过得越来越好。咱们周围的同事和朋友不是都举家外出走走，看看祖国各地的发展和变化。

"好啊，宝宝三岁了，平地可看着他，让小家伙自个儿走一会儿，暑假我也才得空。你要带我们去哪里？把娘也一起带上。这几年多亏娘来帮衬，要不，我得更辛苦。"

"是啊，如果要出去玩，肯定得带上娘的。你想去哪里呢？"

"记得我跟你读过几次的宋诗《观潮》吗？苏东坡写的。"

"只记得前后两句，其实就是一句，就是庐山烟雨浙江潮，二三句记不清楚了，你看我这记性！"

"你是理工男，记不全不怪你。你连我们的结婚纪念日、我和宝宝的生日都不记得，还能指望你记住这些诗词吗？要不要给你提示一下？"

"好啊。"

"第二句的意思是，没去看庐山烟云和浙江潮，就会千般的遗憾，就像我的心情一样。"

"记起来了，'未至千般恨不消'，对吗？"

"是的，那第三句呢？想起来了吗？"

"嗯，"高祥思索了一会儿，摇了摇头，说，"有请老婆再做提示！"

"一旦到了之后，回头想想，也没啥的。"

"'到得还来别无事'，没错吧！"高祥不禁感叹，"很有禅意的一首诗，随着年纪和阅历的增长，越发觉得这首诗作的好。"

"要不世人怎么称之为大文豪呢？"

"只是咱缺乏文学艺术天赋，老记不住这些诗词佳句，"高祥拍了拍脑门，自嘲道："谁让阿爸阿母生了这个无趣的脑袋瓜呢！"

"你对那些医学医疗的名词数据，还有哪些生涩的中西药名不是记得滚瓜烂熟吗？"

"那是，这些可是人命关天啊，能不清楚吗？"

"所以说，不是记性问题，而是这边的问题。"陈臻楚指着高祥的左胸。

"接受批评，以后多花些心思在你身上。"

"不只是我，还有宝宝，娘，大姨和大姨丈，小兰，以及在我们成长路上给予过真诚帮助的所有人。"

"对，滴水之恩，即使做不到涌泉相报，咱也得记在心里，以我们的真诚，我们力所能及的方式来回报恩人。"

"我知道你是个重情重义、待人做事都很认真专注的人。但是一个人的能力和精力是有限的，不可能一下子做成许多事，得分轻重缓急。"

"嗯，还得亲疏有别。对吗？"

"那我和宝宝，还有娘，在你心目中是不是最亲的呢？"

"这还用说吗？"

"那你先带我和宝宝，还有娘去看庐山烟雨玩吧，浙江潮以后再说。"

"好啊，一定会的。不过，咱们国家的美丽山河太多了，三山五岳，五湖四海，何止是庐山烟雨浙江潮呢？再说，这些名山胜景，'未至千般恨不消，到得还来别无事'，毕竟只是过眼烟云。而这么多年来，我心里一直铭记着小李战友的遗愿，不敢忘怀！就是当年他要去参军入伍的时候，娘舍不得他远行，他就跟娘承诺，等他退伍回来，会顶起这个家，还带娘去北京看天安门和游长城。在战场救护伤员的危险时刻，他做好了牺牲的心理准备，就把他对娘的承诺，郑重地嘱托于我。然后义无反顾冲到前面去，在敌人地堡前沿，为抢救受伤的战友而踩到敌人预埋的地雷而献出他年轻的生命。我对你说过的，你还记得吗？"

"你对我说过的话，我都记得的，何况这么沉重的一件事，我怎能忘了呢？"陈臻楚说，"那你的意思是先带娘去北京一趟吗？"

"嗯，你也去，还要约上你哥和你嫂子，一家人一起陪娘去。"

"我嫂子知道她哥当年曾经对娘的承诺吗？"

"这个我不清楚。"

陈臻楚又问："娘知道富家哥曾经把他对娘的承诺告诉你吗？"

"我没对娘说，娘哪能知道呢？一直担心提起这件事会让娘伤心，只好默默地记在心里，等待有朝一日能够兑现战友的嘱托。"

"嗯，那你是打算暑假去吗？我才有时间，可是你和我哥嫂都行吗？来回可能得好几天呢。你得空找旅行社先了解一下，然后做个行程规划和财务预算。"

"嗯，有道理，还是我老婆细心！"高祥给臻楚竖个拇指，接着说，"明后年咱们再找个时间带大姨出去走走，不然她一辈子都生活在那个山沟里。"

"只带大姨？不带大姨丈一起走？"

"你记得咱们结婚那年，我带你到大姨家的时候，大姨丈就在说他腿脚不好，心力不济了。"

"记得啊，这些年我怀孩子，生孩子，没再和你去大姨家。大姨丈现在身体好些没有？"

"更严重了。去年小兰分配工作，我回去找乡里的领导，在大姨家住了一晚。我请他挽起裤腿让我仔细看一下，他开始不肯，大姨催促着，他才挽起了裤腿。我用手指按压了几处，确认水肿得不轻，而且不是一般的风湿，恐怕侵袭到了心脏。我让他跟我来市区大医院做个体检，他说人老了就像机器磨损一样，经不起仪器检查，担心被留下住院。还说他这几年一直在服中草药，对药效有信心。"

"是不是年纪大了都比较固执？还是老中医对西医的排斥呢？"

"两方面都有吧。嗨，我也劝不动他。"高祥苦笑一下。

"大姨身体怎样？"

"这几年也衰老了许多，不过，总体上还算硬朗，平常还养鸡养鸭种菜呢。"

"对了，一直想问你，那位姨表妹毕业了吗？"

"明年才毕业，听大姨说，她打算考研，继续深造。"

"嗯，那咱们找时间跟我哥嫂商量一下，看他们什么时间段才得空与咱们一起带娘去北京一趟。"

"今天正好周六，你打个电话给你哥，让他们晚上过来一起吃饺子，然后我再征求一下他们的意见。"

"现在都快到中午了，哪里来得及准备呢？"

"不用准备啊，我到咱们小区门口新开的一家生鲜超市里，我进去逛过，里面就有整包速冻的饺子啊，包什么馅的都有。之前咱们习惯自己擀皮做馅，从买菜洗菜切菜、和面擀皮、制作馅料、包成饺子、上锅蒸煮，得花许多时间。今后要逐步适应买现成的菜肴，习惯吃快餐，把做饭菜的大把时间节省下来，去做一些更有益的工作。比如我们可以一起锻炼身体，休闲身心，带小孩去公园玩，也可以做各自业务方面的钻研。现在评职称，不只是要看资历和学历，还要发表多篇学术论文才行。虽然行政职务上，我提到科室领导层，拿刀子上手术台，咱的业务能力也是大家认可的，但是，学术上却是一块短板，医院最近跟设医科大学搞战略协作，作为他们的附属医院之一，人事与供养体制不变，就是在医科大学可在我们医院设立硕士培养点，本科生和硕士生可以来我们医院实习，这样一来，医院就有可能多补充一些年轻的医务人员，一方面可缓解人手不足，另一方面对我来说，在业务技能上也会形成一些正向的压力。因此，必须努力把短板补上去才行。本来就经常加班，如果今后要在业务上多花些时间，就更帮不了你的忙了。"

"知道你忙，副主任同志，我要你帮忙了吗？"陈臻楚深情地瞥了高祥一眼，嗔怪他，"不给我添乱就好了，上次差点让我去休小产假。"

"不是保证不再犯低级错误了吗？"

"谁信你的保证？我得自己严把关才靠谱！"陈臻楚从餐厅抽屉里拿了两张五十元人民币递给高祥，说，"好了，不跟你理论这个。去超市买水饺吧，韭菜馅和雪里蕻馅的各买两大包，我给哥打电话。"

傍晚，陈臻善夫妇来到高祥家。李勤家一进门，换了拖鞋，就问来开门的臻楚："宝宝呢？"

"跟娘一起玩呢。"陈臻楚说。

姑嫂一起到娘住的房间里。

高祥从厨房拿一壶开水出来，跟陈臻善一起坐在沙发上泡茶聊天。

"老弟，你今天不用值班了？"

"昨晚上值的班，今天早上换班才回来的，"高祥说，"还是你的工作环境比较好，既清闲，又有文化氛围。"

"不是清闲，而是清水衙门，"陈臻善苦笑一下，接过高祥手里的一罐佛手茶，说，"你的手是拿手术刀的，不是泡茶的，不小心烫伤了，我可担待不起哦。"

"老兄，你这是在表扬我呢，还是在挖苦我啊？"

"哪能挖苦你呢？好几次我和勤家来家里，你都没在，要么值班，要么加班，够忙的。今天有空请我们过来喝茶吃饺子，莫非又要升职了？还是另有喜事呢？"

"去年才升的副职，哪能又晋升呢！"

"这个我能理解，毕竟咱们从部队转业回来时间不长，一切都得从头开始，不论是业务方面，还是人际关系上。因此，你回来没几年，就被提拔到科室领导这个层级，尽管是行政副职，也算超常规了。如果不是出于我对你的了解，还以为你走哪门子路呢！"

"嗯，老兄你是知道的，咱们除了业务工作上努力，绝不会为了升职去动什么歪心思。"

"老弟，杯里的茶凉了，"陈臻善拿开水壶往盖碗里再添些开水，把高祥面前那杯茶水重新换热的，说，"我觉得你今后不拿手术刀的时候，可以换岗担任科室的支部书记。呵呵！"

"好啊，以后年纪大了，站不了手术台，退下来做思想政治工作也不错啊。好了，不说这个了，咱们说自家的事吧，"高祥端起大舅哥冲泡的佛手茶，深吸了一口清香，然后小饮了一口，说，"临近中午的时候，我跟臻楚聊起咱们一家人，带上娘，一起到北京走走，带她去看看天安门和长城。趁着娘现在走得动。不像我大姨丈现在腿脚不便就不好外出了。而且，有一件在我心里记挂了许多年的事情，促使我去做刚才跟你说的这个想法。"高祥就把李富家当年对娘的承诺、在战场上的嘱托，以及自己一直没有跟娘提起的顾虑，一一跟陈臻善说开。

"嗯，你这么有心和用心，我和勤家肯定支持的。回头我跟勤家议一下，看什么时间段请假比较合适。虽然咱们每年都可以享受休假的职业福利，而实际上都没休过那么多天的假期，其他同事也是这样。不过，倒是可以利用国庆节和春节的假期。"

"好，那就国庆节去吧。提前买机票、订住宿也比较合算。节前咱们请一天事假出发，国庆当天早晨就可以到天安门观看升旗仪式。"

"行啊，等会儿我跟勤家议一下。"

"还有个事，"高祥问，"你最近跟王小梅有联系吗？咱们找个时间去拜访王书记。"

"可以啊，你什么时候得空就提前告诉我。我再打电话给小梅，请她帮咱们跟王书记约个见面时间和地点。"

"地点由王书记他们定吧。"

"行。"

两个多月后，国庆节前一天的早晨。高祥与陈臻楚带着未满三周岁的孩子，与陈臻善夫妇一起陪同小李娘在刺桐机场乘机前往北京。

抵京入住酒店后，一行人打车抵达天安门，先到纪念堂瞻仰一代伟人的遗容，再去参观革命历史博物馆。第二天凌晨，他们在充斥寒意的秋风中，打车前往天安门广场，静候着日出时刻的到来。伴随着悠扬嘹亮的军乐声响起，武警国旗护卫队员们肩枪正步，护送国旗到升旗台前。在雄壮的国歌声中，鲜艳的五星红旗伴随着朝阳冉冉升起。

此时，高祥在心里默默地对着为国捐躯的战友说："小李，你曾经许下带娘和妹妹到北京看天安门和游长城的诺言，今天，你的心愿正在实现！不只是带娘和妹妹来到天安门，而且，正在观看庄严的升国旗仪式。今明两天，还将陪同娘前往长城和故宫游览。"

隔天一大早，一行人打车到前门楼东侧，然后转乘旅游专线车，个把小时就到了长城脚下的仁寿门。

望着蜿蜒向上看不到顶端的宽大城墙，小李娘说："我这腿脚恐怕上不去，就在这里等你们吧。"

高祥在窗口买了观光门票和游览示意图。边走边看着示意图上的重要景点，拿给臻善，说："你仔细看看，这方面你比较在行，咱们选两三个重要景点游览，不然时间不够，娘也走不动。"

陈臻善大概浏览了一下，对高祥说："那就先去'好汉碑'，然后再决定要不要继续往前去'烽火台'和北八楼游览。"

"行，就这样，"高祥随即走到小李娘跟前，说，"娘，这边城墙很长，景点也很多，咱们只能选择去两三个景点看看。第一站准备先去'好汉碑'，那里竖立着一块石碑，上面刻着毛主席的诗句'不到长城非好汉'，也是八达岭长城最重要的景点之一。我陪着娘慢慢走，咱们一家人都要登上长城，才算是好汉！"

"我年纪大了，腿脚不好使，当不成好汉了。你们上去，我慢慢走，累了就歇着。"

"娘，您看，"高祥指着走在前面的一群外国游客，说，"前面那些外国游客，看样子，岁数也不小，还拄着拐杖，背着行囊呢。"

"你说这些人从哪来的？"

"不清楚，看肤色、头发和眼睛，应该是欧美国家。"

"欧美国家在哪里？离我们国家不远吧？"

"娘，欧美国家是指欧洲和美洲的一些国家，离我们国家挺远的。如果坐飞机的话，比我们昨天坐的时间还要长很多倍呢，不过，"高祥说，"我也没去过这些国家，只是按照以前学过的地理常识，说个大概。"

"以前在老家，现在你们那里，怎么就没见过这些外国人呢？"

"有啊，咱们刺桐城的西街和开元寺不时都有外国游客来观光。目前欧美国家的经济发展水平比我们高，而我们是发展中国家。随着改革开放的深入，咱们国家正在往好的方面进步，人民群众的生活水平也得到很大提高，要不然，你看这城墙上，更多的是跟咱们一样肤色的人群，外国游客只是少数。将来，说不定在这些欧美国家，也可以见到咱们国家的游客呢！"

"高祥哥说得真好！说不定，咱们一家人还要一起去国外旅游呢！您要照顾好自己的身体，小毛小病不能扛着不吭声，"李勤家想说才不会小问题变成大问题，话到嘴边，觉得这样说会引起娘的猜疑，就改口说，"现在医疗条件好了，头疼脑热都不是问题。"

"是啊，咱们的日子越过越好了。出趟远门，坐上飞机，就像鸟在天上飞一样。不蛮你们说，昨天早晨坐飞机，心一直发慌着，下了飞机才像一块石头落了地。"小李娘脸上绽放着笑容。

高祥说："娘，咱们边走边聊，我扶着您走！"

"没事，我自己慢慢走，不行再跟你说。"

"好吧，那您和勤家带着宝宝慢慢走，我和臻楚、臻善走在前面一点。"

一会儿，高祥夫妇和陈臻善先到达'好汉碑'，相约齐声喊道，"长城，我们来啦！"

李勤家和她娘，带着宝宝走在后面。娘喘着粗气，靠在城墙上，一边照看着高祥的孩子，一边听着高祥夫妇和陈臻善在十几米外的地方大声呼喊，眼角不禁湿润起来，视线渐渐模糊，盈眶的泪水无声地流了出来，赶紧抬起衣袖擦掉。

不时回头留意着娘和小侄子的李勤家，似乎觉察到异样，走到娘跟前，问娘怎么啦？

娘一手把高祥的孩子护在膝前，一手轻擦着泪水，对着女儿强作笑意，说："娘高兴！"

"奶奶，不要哭！"宝宝瞪大眼睛看着奶奶说。

"奶奶高兴，不哭！"

李勤家从随身小包里掏出一块手帕，递给娘，说："我知道，娘是想到我哥了。"

"是啊，那年，本不想让他去参军的，可他偏要去，说好去部队锻炼两年就回来。可是，这一去，多少年了啊！还说退伍回来，他会顶起咱们这个家，还要带咱们到北京看天安门和长城。"娘不禁哽咽起来，赶紧拿手帕擦去脸颊的泪水，捂住鼻子。

"娘，咱们现在就在长城上啊！"

"是啊，所以，娘的心里，既宽慰，又伤感，"小李娘拿手帕再擦眼角的泪痕，说，"一路上我都在想，你哥要是能一起来看天安门，看长城，那该多好啊！"

"嗯，不过，我哥一定能够感知咱们这趟北京之行的！"

"你高祥哥带咱们一大家子来北京，是不是你哥对他说过这个想法呢？"

"是的，娘想得没错。我哥牺牲前，曾经跟高祥哥说过他的心愿。高祥哥担心娘会伤心，就一直记在心里。前些年高祥哥在部队的时候，假期有严格的规定，没能安排一长段时间带咱们出来，现在转业到地方，工作基本稳定下来，咱小侄子也会走路了，就跟臻善合议这趟北京之行。"

"这么说，你和臻善也知道？就瞒着娘一个人啊！"

"娘，高祥哥和臻善，嫂子和我，都不是要瞒你的，就是不想提起我哥当年对娘说的这些话，免让娘伤感。"

"其实，娘心里明白着呢，知道你高祥哥,臻善,就像你哥一个样,还有你嫂子，都是娘的好儿女！"

"娘，高祥哥和臻善还打算明后年选个长假期，咱们一大家子陪同娘去一趟河口，就是云南那边，看看我哥长眠的地方，"李勤家说着，也不禁伤感起来，赶紧从包里掏出手帕擦掉，说，"本来约好不想跟娘提早说的。"

"娘现在有你们这些好儿女，跟着你们到闽南沿海城市生活，一大家子和和美美，你小侄子整天奶奶长奶奶短的，叫得我好宽心。"小李娘拉着女儿的手说。

"娘，咱们再往上走几步，到高祥哥他们那里，可以看到城墙外很远的地方，你听，他们还在叫喊着，要充当好汉呢！"

"娘还有一件事问你。"

"娘说。"

"咱们明天回去，可在咱老家逗留一天吗？"

"高祥哥买了往返机票了。娘有什么急事要回老家吗？"

"急事倒没有。就是咱们两年没回家了，如果回程也能像前天来的时候在中途停靠，咱们是不是可以出机场搭车回一趟老家看看，然后重新坐飞机或者坐火车回你们家？"

"娘，我刚才说了，高祥哥已经买了往返机票，中途只能在机场的候机楼短停一会儿，不能出机场的。"

"前天，中途停靠那个机场的时候，我就看见坐在咱们前排的旅客带着行李出机场的。"

"那是人家买的就是到那个地方的机票。"

"哦，这样啊。"

"娘是有什么急事吗？有急事的话，我一会儿跟高祥哥说一下，晚上到宾馆的时候，打电话给航空公司，看能不能改签航班。"

"不是什么急事，就是想着老家那几间房子，还有那个菜园子。"

"咱们屋里没啥值钱的东西，小偷不会光顾的。娘要是担心，我让高祥哥给咱们乡政府武装部打个电话，请他们派人去看一下，再给咱们回个话。"

"好吧，要不，今年春节前，你给我买好火车票，我自个儿回去看一下，春节后再回来。

"奶奶，宝宝要找妈妈。"

"来，宝宝，奶奶走不动，姑姑带你去找妈妈。"

高祥夫妇和臻善仍在激动地喊着"长城，我们来啦"，吸引了好多游客驻足观看和拍照。陈臻善走到一位戴着眼镜，举着一部国产相机正在拍照的中年男同胞跟前，把挂在自己胸前的海鸥相机递给他，请他帮忙拍个全家福。

"行，没问题。"

李勤家抱着宝宝来到她嫂子身边。

"妈妈，妈妈！"宝宝叫唤着。

"快下来，宝宝，这么大了，让姑姑抱着很辛苦！"陈臻楚把宝宝从小姑怀里接过来抱着，对李勤家说，"我哥让游客朋友帮我咱们一家子照相，走，到娘那边去。"

"我来抱吧。"高祥过来接手抱过宝宝。

"爸爸，要尿尿。"

"你这小子，爸刚抱过来，你就要撒尿，先忍着，拍照完再尿！"

陈臻善引领着中年游客走到娘的身旁，然后安排岳母站在前排中间，让外甥靠在岳母跟前，他和妻子并列站在后排，高祥和臻楚站在前排，分立于娘的左右侧。安排妥当之后，让戴眼镜的中年男游客帮忙拍了三张。

陈臻善谢过帮忙拍照的中年游客，取回相机。

"爸爸，要尿尿。"

"高祥哥，我来吧。"李勤家抱着走到城墙边角，把宝宝放下来。

高祥夫妇也跟着走过来。

"你们不用过来的，小孩的尿不臭，刚才我看见别人家的小孩也是在墙边尿的。"李勤家很利索地给宝宝脱下裤子。

高祥蹲下来，一边抱起宝宝，一边说："宝宝忍一下，不要尿到城墙里面，等会儿叔叔阿姨、爷爷奶奶不小心踩到，就会滑倒的。"

高祥抱着宝宝走到五六米外一处低矮的城墙缺口，把宝宝抱上城墙，对宝宝说："慢慢站起来，站稳了，就对着城墙外撒尿。爸爸在你身后护着你，不用怕，勇敢一点！"

陈臻楚和李勤家跟着走过来。陈臻楚柔声提醒道："小心哦！"

"你不要叫好不好？"高祥转过头来对陈臻楚说。

"爸爸，尿不出来。"

"宝宝不怕，这边墙体很宽，摔不了的，你放松点，就尿出来了。"

随着一道细小的弧形液体朝着城墙外射出，宝宝说："尿了。"

"好，宝宝慢慢蹲下来，爸爸抱你下来之后再提裤子哦。"

高祥把宝宝抱下来，给他提上裤子，摸摸他的头说："宝宝勇敢，长大之后也像爸爸一样去部队锻炼哦！"

"这才几岁啊，就跟他说这些！刚才，我一颗心都提到这里了。"

陈臻楚指着自己的脖子说。

"男孩子，从小就要给他适时地练胆，不能娇生惯养！"

"嗯，我负责给你生出来，教育方面你得负主要责任。"

"好了，嫂子，别担心，高祥哥有办法，"李勤家蹲下来抱起宝宝，说，"走，到娘那边去，不然她也是担心的。"

"宝宝让你高祥哥抱吧，"陈臻楚对李勤家说，"他力气大，难得他有空抱呢！"

高祥又从李琴家手里接过宝宝，朝着娘等候着的地方走去。

陈臻楚拉过小姑子的手，边走边问小姑子打算什么时候要小宝宝？"再等一两年吧，职称过了再要。"

"我哥没意见吧？"

"他当然想要啊，不过，他也理解就是。"

"那就好，周末得空就来家里跟宝宝玩。"

姑嫂边聊边往回走，来到娘的身旁。

一家人商议一下，决定放弃烽火台和北八楼这两个预选目标，返回到长城入口处，乘坐旅游专线车回到前门楼东侧，再打车到王府井大街，找到帅府园胡同里的"全聚德"烤鸭店吃晚餐。

在烤鸭店吃晚餐的时候，趁着高祥夫妇带孩子去洗手的时候，小李娘低声问女儿道："勤家，到这么大的饭店，又是吃烤鸭，一定很贵吧，等会你要去买单，不能全让你高祥哥付钱。"

"我和高祥哥说好了，由他统一支付，回家结算之后，再分摊。难得一家人都有时间出来走走，您开心就好。"

"勤家说得对，您只负责微笑，我来负责拍照。"陈臻善拿起桌上的海鸥牌相机，比画拍照的样子。

服务员端来刚烤出的鸭子，荷叶饼和葱酱等辅料。形态丰盈的烤鸭，油光润泽，飘逸着诱人的香味。

"娘，这是北京最负盛名的一家烤鸭店，"高祥拿餐具切了一只鸭腿，递到小李娘面前的盘子里，说，"您快尝尝，'不吃全聚德烤鸭真遗憾'呢！"

"这么好看，舍不得吃！"

"娘，这不是要给您看的，高祥哥给您夹在盘子里了，您就快吃吧，"李勤家说。

"那就先给孩子吃吧。"小李娘把盘子挪到臻楚面前。

"娘，您快吃吧，每个人都有的，"臻楚又把盘子挪回小李娘的面前，侧过头去对高祥说，"你给大家都分一下。"

一家人品尝着肉质鲜美酥脆的烤鸭，配着荷叶饼，就着葱酱等辅料，吃得津津有味。

吃过晚餐，一家人走出悬挂着"全聚德"金牌匾的烤鸭店，沿着胡同，走到闪烁着霓虹灯的王府井大街上，小李娘眼花缭乱，笑意满面。

第二天早上，一家人又去故宫游览了大半天。回酒店结账退房之后，提前打车前往机场。

在机场办妥登记手续，过了安检，就在候机室里找了两排相邻座椅的空位坐下。陈臻善和高祥挨坐在一块。陈臻楚带着孩子，跟李勤家和她娘坐在一起。

陈臻善说："这一趟出来，都是你跑前跑后的，辛苦你了，老弟！"

"老兄，谁跟谁啊？"高祥握起拳头，朝陈臻善前胸轻轻打了一拳，说，"我觉得，终于实现战友的心愿，同时也在咱们的人生旅途上留下珍贵足迹。即使辛苦一点，不也非常值得吗？！"

"老弟说的是！我回家之后，要把这几天拍摄的这几卷照片赶紧冲洗出来，买两本相册，把照片按时间顺序整理好，咱们各存一册，作为纪念。趁着娘还走得动，我和勤家还没要孩子，明年春节假期，咱们一大家子再出发。"

"好啊，由你初选几个目的地，咱们找时间议定一下，你再规划路线图，然后确定出行日期，出行方式。住宿、餐饮、交通都由你代办，费用 AA 制。不过，这趟的所有费用由我全包了。"

"咱们不是说好 AA 制的吗？俗话说，兄弟明白账嘛。至少我和勤家的费用得算给你。娘这一份费用就由你支付。下一回咱们陪同娘去河口，娘的费用由我和勤家负责。你看这样好不好？"

"这样吧，以后咱们一大家子不管去哪里，娘的费用都由我负责。咱们两小家的旅行费用再 AA 制。"

"好吧，你是娘的儿子，我是她的女婿，只能算半个儿，争不过你哦。"

"呵呵，"高祥朝陈臻善竖起大拇指，再拍了拍他的肩膀，说，"名如其人啊！情商'臻'高，'善'解人意！"

第十三章

# 千禧之年迎曙光

自从推行家庭联产承包责任制之后，闽南地区各乡村农民从集体组织生产的束缚中解放出来，先有一部分青壮年农民成群结队前往广东和江浙地区打工，并且逐年增加外出人员数量，不断扩大打工区域和务工领域，从鞋服、伞具、箱包等轻工制造业扩展为电器、食品、厨具、洁具等行业。除了春耕春播、夏收夏种和秋收冬种等几个季节性的时段可在农田里见到人数较多的农民在阡陌中穿梭忙碌之外，农闲时段只能见到地里零零星星的农民身影，成为农田成片农作物的点缀。尤其是伴随着房地产市场的兴起，沿海一些乡镇的石材、陶瓷和水暖等产业得以蓬勃发展，新的供销大军奔赴全国各大中城市，通过设立专卖店、加盟店和上门推销等营销方式，促进了相关产业产品的销售，由此带动石材、陶瓷和水暖等产业生产规模的进一步扩大。同时，涌现了一大批具有全国影响力的商品品牌。

到了二十世纪九十年代初，红星乡的传统副食品加工作坊已经得到一定程度的扩张，特别是那座水库及水电站落成之后，副食品加工作坊从手动改为电动，进一步提高了农副产品生产效率。但是，农副产品的销量遇到了瓶颈。为此，红星乡制定了《关于招商引资兴办乡镇企业的考核奖励办法》，发动村民利用海外华侨和港澳台胞的亲友关系招商引资办企业，除了引进"天坛山风景名胜区"投资项目和"竹器漆艺加工厂"之外，又有针织厂、伞具厂、太湖猪繁殖基地和金针菜种植基地等企业陆续引进，由此增加了村民的就业。

一九九三年十一月五日，为了稳定土地承包关系，鼓励农民增加投入，提高土地的生产率，党中央颁发了《关于当前农业和农村经济发展的若干政策措施》，规定"在原定的耕地承包期到期之后，再延长 30 年不变"，进一步完善了家庭联产承包责任制，既保护了农民的生产积极性，也稳定了数亿农民从集体组织生产的束缚中解放出来的预期，不必担心政策短期有变，而放心地从乡村农民转变为城市农民工，加速了城市工业化进程。

为了更好地学习贯彻党中央《关于当前农业和农村经济发展的若干政策措施》，研讨如何进一步消化农村剩余劳动力和增加农民财产性收入等问题，县委宣传部于当年十二月最后一天的上午，在县委党校举办"改革开放十五周年回顾与展望"的理论研讨会。

过了春节假期，上班首日上午，王向东当即召开县委常委（扩大）会议，研究县委近期的重要活动，包括县委、人大、政府、政协领导班子成员到所分管或联系的乡镇、规模企业的调研工作。王向东说："刚接到市委组织部转发省组的通知，我三月初将去省委党校参加县委书记培训班。因此，从今天到启程去省城之前，仅有二十天，这期间可能还要到市里开会或者其他公务活动，不可能安排太多的调研时间，只能选择几个乡镇走一下，谢部长就跟我一个组，我去市里开会的时候，你继续组织调研。各位常委和人大、政府、政协党组成员既可以各自单独设置调研项目，也可以几位领导设置同一个项目，然后独立或者一起开展调研活动，调研项目在精不在多，调研时间安排从容一些，把日常工作和调研活动兼顾好。"

利用赴省委党校培训前的一小段时间，王向东在谢部长和县委办主任的陪同下，在相关乡镇事先提供的走访名单当中，选择调研了四个主业比较突出的乡镇。一个是富有高岭瓷土资源，并据此发展日用陶瓷的山乡；二是堪称气候康养福地，有着乌龙茶叶生产悠久历史的茶乡；三是荔枝、芦柑享誉海内外的水果之乡；四是销售大军遍布大江南北，水暖阀门销售份额占据全国四分之三的卫浴镇。调研期间，每到一个乡镇，王向东都是直接走进生产车间、茶果园，与企业主交谈，了解生产、销售、市场环境、政府服务和企业诉求，仔细记录在考察笔记本里。轻车简从，不作报道，不接受企业招待。利用乡镇食堂用餐前后一小段时间，就乡镇政府如何更好地协助企业发展等问题，听取乡镇党政一把手的汇报，再扼要谈些感触。

在省委党校培训期间，王向东听取了党校领导、教授、省直单位领导和校外专家学者的授课、讲座，参观了榕城模范社区和重点企业，开拓了理论知识和行政管理视野。利用周末等课余时间，他将近年来对于县乡区域经济发展的思考，结合前期到四个乡镇调研的情况，撰写了一篇关于《闽南县乡区域经济发展刍议》的文章。首先，阐述全国各地自然资源、气候条件、人文历史、工业基础和经济社会发展水平等诸多方面存在的差异，以及计划经济时期形成的轻重工业体系布局和改革开放以来各地招商引资力度有别，没有必要且难以统一发展某一工业门类和推崇某一经济发展模式，而应由具有土地开发权、财政权、发债权和较为完备的经济发展权，且与庞大的乡村基层社会更加接近的县级政府，来担负和主导县乡区域经济发展的重任，这对于国家治理和经济发展具有重要意义。其次，阐述发展县乡区域经济发展的三个层面：一是县乡两级政府，应当根据本地的自然资源、人文优势和传统产业，借鉴相邻县乡区域经济发展主业，选择发展一至两个主要轻工业项目或者农副产品加工项目或者品牌农副业项目，以此带动上下游企业和配套服务产业发展；二是县乡两级政府及其职能部门单位，应当树立为企业服务的观念，为企业招商引资引智搭台，尤其是面向港澳台胞和侨胞的招商，让企业借台唱戏，助推合作项目落地。在提升服务水平和工作效率，为企业发展排忧解难的同时，严控针对企业的检查评比，切实为企业减负；三是人大、纪检监察要强化职能，媒体要发挥舆论监督作用，及时曝光处理行政不作为、乱作为、吃拿卡要等典型案例，纠正基层普遍存在的形式主义、官僚主义作风，优化企业发展的营商环境。在培训结业交流会上，王向东这篇文章受到与会者的一致好评。

千禧之年的第一缕曙光即将到来前夕，王向东和王小梅、高祥和陈臻楚、陈臻善和李勤家，三对夫妇相邀各自搭车来到红星乡故地重游。由于王向东不能确定到达时间，因此，陈臻善雇了一辆丰田牌旅行车，于一九九九年十二月的最后一天上午，携夫人陪同高祥一家子，先行到达高祥大姨家里。在大姨家吃了焦菜干咸饭配红菰面线汤的午餐。午后，高祥夫妇把孩子暂寄在大姨家，请大姨帮带一晚上，然后带上小兰，继续乘坐那辆丰田牌旅行车，到天坛山风景区，选择在景区的湖边木屋住下，然后就在景区里的游客餐厅用餐，高祥点了一桌具有当地特色的菜肴，主食是卤手工面条，菜是清炒佛手瓜片、三层肉炒萝卜片和黑笋干卤猪肉，配清炖白番鸭汤，加上一盘鼠麹粿作为副食，让臻楚和臻善夫妇吃得特别开心，赞不绝口。

晚饭后，高祥夫妇和小兰，以及陈臻善夫妇，刚走回湖边木屋一会儿，红星乡陈书记和刚到任的乡长赶到景区来看望高祥、陈臻善两家人。高祥把一行人逐一作了介绍。

陈书记拍了拍高祥的肩膀，说："咱们第一次见面，是你回来探亲那年，我那时候是党委秘书，还陪同你到中心小学跟你的学弟学妹们交流，差不多快二十年了吧。四五年前，有一天你们村长带喜糖给我，才得知你带新婚妻子回来短暂逗留一天就回部队了。过后你还专门写信给我。去年，你妹妹要回咱乡卫生院工作，你也给我写过信，你们村长还来乡政府找过我，说了小兰的志向和心愿。我让卫生院积极配合去办手续，本想给你回信，忙这忙那就忘了。过后听院长说，你妹妹专业知识很扎实，工作很努力，就是来咱们这里屈才了。"

"感谢陈书记关心和夸奖！"小兰怯生生地说。

"不用谢我，应该感谢王书记和谢部长才对。按照常规来讲，咱们乡卫生院是要不到省医科大学毕业生的。假如没有留在省城，也会分配在市级医院，咱们县医院都要不到，因为不是师范类的毕业生，允许在省内双向择业。那时候，担心被县医院抢走你妹妹的档案，我到县里找了谢部长，请他签批一下。为了保险起见，谢部长又把咱乡卫生院的申请报告拿去找王书记汇报，请王书记在报告上签字画押。终于办成了这件好事，今天特意讲给小高听一下。小高在部队立过功，给家乡增添了光彩，军人家庭就应该得到优待。不过，这件事就在咱这个范围里讲就好哦。"

"明白。没想到我小妹的毕业分配，居然惊动到这么多领导！不过，我觉得您的推动是最重要的，"高祥转向小兰，说，"你得好好工作，才对得起这么多领导的关心！"

"非常感谢书记关心！"小兰再次怯怯地说。

"好好干，工作中如果遇到什么问题，尽管来找我，"陈书记朝小兰点了点头，然后转过来对高祥说，"今天下午我和乡长在县里开会。会议结束后，王书记把我叫住，跟我说，约了你们两家要来这里汇合，明早一起迎接千禧之年的第一缕曙光。而且说，你们已经跟景区联系过了，不让我和乡长回来陪同。我说，这个想法非常好，不只是一个很有时代感的创意，而且隐含着对红星乡的一片深情。所以，我跟乡长怎么可以不赶回来呢？刚才听你的一番介绍，才知道你爱人和大舅哥以前就是跟王书记的夫人一起在咱们知青点待过好几年的知青。"

"因为是元旦假期，所以此行没敢向书记和乡长报告，不想还是惊动了两位领导，非常抱歉！"

"下不为例哦，小高，"陈书记又拍了拍高祥的肩膀，说，"农历春节期间，乡党委、政府准备举行一场乡贤茶话会，邀请回乡过节的各级党政机关和企事业单位科级以上领导、港澳台胞和海外侨胞聚一聚，向各位乡贤汇报咱们红星乡改革开放后，特别是这几年来的变化，恳请各位乡贤出谋划策，发挥各自资源优势，助力咱们红星乡进一步发展。届时，你们几位都要来参加哦！"

"九点多了，咱们到会客室等候王书记吧。"乡长提醒陈书记。

"好，大家一起走吧，会客室大一点，在那边继续聊，等候王书记。"

陈书记和乡长领着高祥和陈臻善两家人来到景区餐厅旁边的会客室。等大家落座之后，景区老板娘泡着本地产的乌龙茶，热情地给陈书记和乡长，以及高祥和陈臻善两家人斟茶。

晚间十时许，由远而近传来小车喇叭声响，两道车灯光线向着景区射来，越来越亮。乡党委陈书记和乡长，以及高祥和陈臻善两家人赶紧走到会客室外，等候着王向东夫妇的到来。小车停在景区会客室外的停车场。乡长跟在陈书记身后，紧走几步到小车旁。陈书记刚要伸手打开后车门，王书记已经自己开了车门走出来。

"不让你们赶回来，你们还是来了。"王书记微笑着对站在他跟前的陈书记和乡长说道。

"我和乡长元旦这天带班，不耽误。"

"让你们等很久了吧！"

"没有，听到汽车喇叭响，才出来的，刚才就在会客室跟小高他们茶聊着。"

"好啊，那就再去会客室坐一会儿吧。"

陈书记和乡长走在前面，引领着王书记夫妇到会客室里。高祥和陈臻善两家人跟着进入会客室落座。

"这是景区的老板娘，知道王书记要来，一直和我们在这里等着。"陈书记跟王书记介绍。

"抱歉，下午开完会，又和县长会见一位有意向来咱们县投资茶业生产项目的台商，耽搁些时间，让大家久等了。"

"这位台商要来咱们红星乡考察吗？"陈书记问。

"我跟他首推这里，让他元旦过后就来。"王书记含笑点点头，说。

"太好了，咱们这里发展茶业生产项目，自然条件得天独厚！"陈书记说。

"到时候，能请这位台商到景区来看看吗？"景区老板娘对陈书记说，"咱们景区二期投资项目准备对外招商。"

"好啊，你们准备好二期投资项目的相关资料，"陈书记微笑着回应景区老板娘，然后对王书记说，"明天早上看过日出，咱们顺便游览一下景区，请书记给景区后续发展指点迷津！"

"咱们看看景观，感受天坛山的'仙气'，"王向东对陈书记说，"作为执政一方的基层领导干部，真诚欢迎海内外投资者来咱们这里投资。他们获得合理投资回报的同时，客观上也有助于咱们山区的发展。但是，任何投资项目都是有风险的，因此，就投资景区二期项目而言，应由拟合作双方自己谈，谁出资本谁拿主意，咱们乐见其成就行。"

"您是县委书记，站得高，看得远，您的意见很重要！"

"不要给我戴高帽哦，"王向东含笑回应景区老板娘，"寻找合适的合作方，就像您婚前找意中人一样的道理，看对眼，聊得来，有诚意，有实力，就妥了。"

"王书记言之有理，而且比喻得非常贴切！"乡长附和道。

王向东朝乡长点点头，说："来这边快半年了吧，山区离家远一点，但是这里民风淳朴，空气好，还有'仙气'呢！在这边练好内力，磨刀不误砍柴工哦！"

"好，我记住了，感谢书记勉励！"乡长点头表态。

"你也是！"王向东转向陈书记，说，"在这边当过秘书、乡长、书记，把肩膀练结实了，脚板练出茧来，不愁无用武之地！"

"谨记书记教诲!"陈书记点头称是。

王向东接着问高祥和陈臻善两家人是不是第一次来这里。

"我在咱家乡土生土长,但是天坛山从未来过。小时候望而却步,想都不敢想能够开发成风景区!"高祥赞叹道。

"嗯,我在知青点待过几年,从天坛山脚下的公路经过时,偶尔仰望过天坛山,也不曾想到有今天这模样!是改革开放的春风吹绿了咱们红星乡,也催发了天坛山景区的各种花卉。"陈臻善说。

"我也没想到啊,"陈臻楚说,"没想到这些年变化这么大,更没想到咱们今天能够相会在天坛山上!"

王向东回应陈臻楚道:"听小梅说,你和她一样,都是恢复高考的第一届大学生,而且,你学的是汉语言文学专业。如果能将那段难忘的知青岁月写成文学作品,介绍给广大读者,是很有意义的一件事。每个人来世上一遭,能做成一两件有意义的事情,就不枉此生了!"

"如果您和小梅姐的爱情故事允许我写进去,我就更有信心把这段知青岁月写成长篇小说或者报告文学,呵呵。"陈臻楚对王向东和他身旁的高小梅打趣道。

"我和向东的故事比不上你和高祥的故事精彩哦!"王小梅微笑着回应陈臻楚。

"都很精彩!"陈臻善说。

"我觉得你和勤家的千里姻缘,连带着高祥与勤家哥哥的战友情深,也是很感人的。我跟向东说起过你们这些事,他也很受感动!"高小梅说。

"是的,小梅说的没错!"王向东说,"还有这位小兰,之前听谢部长说,你为了报答大姨的照顾之恩,也为了协助大姨长整理祖上传下来的中医诊疗病例和中草药方剂,放弃在大医院发展的机会,主动要求分配到咱们卫生院工作,这样的情怀也是非常值得肯定的！"

"刚才我跟她讲了毕业分配工作的经过，她这才知道背后有您的关心与支持呢！"陈书记补充道。

"好多人是拼命往城里跑，你是逆行者，"王向东对小兰说，"知恩图报是一种美德，整理中医诊疗病历和中草药方剂，是一件非常有意义的工作！就像一个人点着一盏不灭的心灯，照亮着探寻宝库的道路！"

"在我看来，妹妹的做法，只是基于很朴素的感情而做出的选择，而王书记却给予这么高的评价。非常感谢书记的关心和勉励！"高祥对站在他旁边的小兰说，"快谢谢书记！"

"谢谢王书记！您的一番话，更加坚定了我的选择，我会记住您的鼓励和鞭策！"小兰说。

王向东环顾一下所有人，说："改革开放之后，经济得到很大的发展，大家的物质生活水平都有较大的提高。但是，一切向钱看等不良风气，正在对人际关系和社会风气构成负面影响。因此，很需要加强社会主义精神文明的宣传教育，重视中华民族优良传统文化传承，把尊老爱幼、尊师重教、崇德崇善、重义守信、睦邻友好等社会公德发扬光大，让血脉相连的亲情、岁月洗礼的友情、纯洁美好的爱情故事成为世间美谈！臻善、臻楚，你们兄妹从事宣传和教育工作，更加责无旁贷哦！明天即将开启二十一世纪的新征程，我们要紧跟着国家发展的脚步，在各自工作岗位上努力工作，不负即将到来的新时代！"

"书记说得太好了！很有高度！"

赞许声和着掌声！

"好了，"王向东双手抱拳致谢，说，"我是沾着'仙气'，有感而发，说上几句。假如这些话有些'高度'，那是因为我的双脚站立在千米高的天坛山上，呵呵！"

　　"哈哈，哈哈，哈哈……"王向东一席话引发大家舒心的笑声。

　　"陈书记，时间不早了，让王书记他们去休息吧，明天还要起早呢。"乡长看了一眼时间，小声提醒道。

　　"好，晚上咱们也住在景区，明天早上陪同王书记他们一起看日出，"陈书记回应乡长，随即对景区老板娘说，"等会儿安排我和乡长住在王书记下榻的木屋附近哦。"

　　"好的，陈书记。"景区老板娘热情应诺。

　　次日早晨六时许，王向东与高小梅、高祥与陈臻楚、陈臻善与李勤家三对夫妇，以及陈书记、乡长、小兰，在寒冷的晨风里，登上天坛山最高峰的大石坪上，翘首眺望东方，注目远处山岚，天边渐渐显露橘红色的霞光，紧接着，一轮红彤彤的朝阳徐徐升腾起来……

　　（全文完）

二○二四年五月二十五日　修订于泉州